현대무림

현대무림 4

초판 1쇄 인쇄일 2018년 3월 23일 ┃ **초판 1쇄 발행일** 2018년 3월 27일

지은이 조휘 ┃ **펴낸이** 곽동현 ┃ **담당편집 팀장** 이범수
편집부 신연제 김예리 이윤아 홍현주 김유진 조서영 임소담 정요한 김미경 박수빈

펴낸곳 (주)조은세상 ┃ 출판등록 제 2002-23호
주소 경기도 연천군 미산면 청정로1355
TEL 편집부 02)587-2966 ┃ FAX 02)587-2922
e-mail bukdu@comics21c.co.kr

조휘 ⓒ 2018
ISBN 979-11-6171-715-9 ┃ ISBN 979-11-6171-609-1(set) ┃ 값 8,000원

현대무림

조휘 현대판타지 장편소설

NEO MODERN FANTASY STORY

4

북두
(주)좋은세상

조휘 현대판타지 장편소설

NEO MODERN FANTASY STORY

CONTENTS

1장. 요무(妖舞)

우건은 그야말로 송골매가 토끼를 사냥하듯 사내를 덮쳐
갔다.

사내 역시 기다렸다는 듯 오른 주먹을 기세 좋게 뻗어왔다.

휙!

우건은 머리를 젖혀 사내가 휘두른 주먹을 가볍게 피해
냈다.

사내는 권법을 수련한 듯했다.

내뻗는 주먹에 만만치 않은 내력이 실려 있었다.

공격이 실패로 돌아간 사내가 무릎으로 우건의 가슴을
쳐왔다.

제법 형(形)을 갖춘 공격이었다.

그러나 문제는 상대가 우건이라는 점이었다.

우건은 태을십사수의 비원휘비로 사내의 무릎을 밀었다.

"어어!"

균형을 잃은 사내가 쓰러지지 않기 위해 다리에 힘을 주었다. 덕분에 적 앞에서 나자빠지는 볼썽사나운 모습은 피했지만 힘을 너무 준 탓에 상체는 거의 무방비와 다름없었다.

쉭!

우건은 지체 없이 태을십사수의 광호기경으로 사내의 목덜미를 틀어쥐었다. 광호기경은 원래 혈관을 압박하는 수법이었다. 피가 통하지 않은 사내의 얼굴이 금세 하얗게 질렸다.

젖은 빨래처럼 축 늘어진 사내가 힘없는 목소리로 간청했다.

"모, 목숨만은 살, 살려주시오."

"어떻게 대답하느냐에 따라 고통의 세기가 달라질 거요."

우건은 틀어쥔 목덜미에 힘을 가하며 취조를 시작했다.

사내의 이름은 주상조(周常照)였다. 그는 원래 촉망받는 외과의였는데 진통제를 상습 복용한 사실이 들켜 면허를 잃었다.

한데 병원에서 쫓겨나 알코올 중독자로 폐인처럼 살아가던 그에게 은밀히 손을 뻗어 온 자들이 있었다. 바로 신조농장이었다. 신조농장은 우건이 직접 본 대로 변제 능력을 상실한 채무자를 납치해 여자는 외국 사창가에 팔아넘겼다. 그리고 남자는 그들이 하는 장기밀매사업에 이용했다. 도시 괴담처럼 여겨지던 일이 신조농장에서는 실제로 이뤄진 것이다.

제안을 받아들인 주상조는 신조농장이 납치한 채무자의 장기를 불법 적출하는 일을 도맡았다. 그리고 그 대가로 신조농장으로부터 여자와 술, 마약을 공급받아 방탕하게 살았다.

신조농장의 구조를 알아낸 우건이 마지막으로 물었다.

"신조농장의 주인은 누구요?"

자신의 운명을 직감한 듯 멍한 표정으로 대답하던 주상조가 마치 악몽을 꾼 사람처럼 몸을 부르르 떨며 대답을 머뭇거렸다. 신조농장 주인이 생각보다 대단한 인물인 듯했다.

우건은 몇 번 더 물었다. 그러나 모호한 대답만 돌아올 뿐이었다. 결국, 주상조의 사혈(死穴)을 짚어 목숨을 끊었다. 그가 저질러온 악행을 생각하면 비교적 편안한 죽음이었다.

우건은 장기적출이 이루어진 창고를 나와 북쪽으로 올라갔다. 주상조에게서 신조농장의 구조를 알아낸 덕분에 길을 헤맬 염려가 없었다. 곧 콘크리트로 지은 건물이 나왔다.

지금까지 본 건물은 대부분 비용이 별로 들지 않는 조립식 건물이었다. 한데 콘크리트로 지은 건물이 있다는 말은 그 안에 아주 중요한 사람이나, 물건이 있다는 말과 같았다.

콘크리트 건물은 바로 사채를 빌린 채무자의 대출 문서를 보관하는 문서 보관소였다. 조선시대에 장예원(掌隷院)을 만들어 노비 문서를 보관했듯 신조농장은 콘크리트 건물을 지어 돈이란 마물로 사람을 노비로 만드는 대출 문서를 보관했다.

우건은 보관소로 걸어가며 기파를 퍼트렸다. 마치 비행체를 찾는 레이더처럼, 그리고 잠수함을 찾는 소나처럼 동심원을 그리며 퍼져 가던 기파가 숨어 있는 적을 속속 찾아냈다.

모두 여섯이었다. 칼을 등 뒤에 빗겨 찬 두 명은 두꺼워 보이는 철문 앞에 당당한 자세로 서 있었다. 그리고 그 둘을 제외한 나머지 네 명은 바닥과 지붕, 나무에 매복해 있었다.

우건은 조용한 장소를 찾아 휴대전화를 꺼냈다. 물론, 김동이 준 대포폰이었다. 수연 명의의 전화를 쓰면 나중에 귀찮은 일이 생길지 모른다며 김동은 대포폰을 쓰라 권유했다.

단축번호를 누르는 순간, 바로 통화가 이뤄졌다. 원공후였다. 원공후의 휴대전화 역시 우건과 마찬가지로 대포폰이었다.

"나요."

―말씀하십시오.

지금까지의 상황을 간략히 설명한 우건은 그들이 해야할 일을 알려주었다. 원공후가 알았다며 전화를 끊었다. 휴대전화를 주머니에 넣은 우건은 월광보를 전개해 달빛 속으로 스며들었다. 비응보, 섬영보와 더불어 삼미보라 불리는 월광보는 이름에서 알 수 있듯 달빛에 신형을 감추는 보법이었다. 당연히 달빛이 강할수록 위력이 한층 강해졌다. 그리고 오늘은 마침 환한 보름달이 중천에 떠 있는 날이었다.

우건은 보관소 정문을 지키는 사내 두 명의 1미터 앞까지 접근해 한상검의 자루를 잡았다. 서늘한 감촉이 손바닥을 통해 전신으로 퍼져 갔다. 우건이 전설상의 경지인 무형검둔을 펼칠 수 있다면 보관소를 지키는 여섯 명을 단숨에 없앨 수 있을 테지만, 그는 아직 그런 경지에 도달하지 못했다.

즉, 지금은 무엇보다 속도가 중요하다는 뜻이었다.

첫 번째 사내와 마지막 사내가 쓰러지는 시간의 차이가 적으면 적을수록 혹시 있을지 모르는 변수를 제거할 수 있었다.

우건은 천지조화인심공을 운기하며 발검했다.

획!

월광보가 풀림과 동시에 우건의 신형이 드러났다.

우건을 발견한 사내의 눈이 찢어질 듯 커졌다. 1미터 앞에 다른 사람이 숨어 있으리라고는 전혀 생각 못한 얼굴이었다.

우건은 지체 없이 생역광음으로 찔러 갔다.

쉬익!

한상검이 발출한 새하얀 검광이 레이저처럼 어둠을 관통했다.

촤악!

첫 번째 사내의 목이 벌어지며 피가 허공으로 튀었다. 동료가 죽는 모습을 본 두 번째 사내가 등 뒤에 빗겨 찬 칼자루에 손을 가져갔다. 우건은 물이 흐르듯 자연스러운 동작으로 두 번째 생역광음을 펼쳤다. 두 번째 사내는 칼자루를 잡기 직전에 미간에 구멍이 뚫려 공중으로 붕 떠올랐다.

그사이, 오른발로 바닥을 박차며 방향을 바꾼 우건은 허공에서 회전하듯 몸을 돌리며 검광을 뿌렸다. 부챗살처럼 퍼져 간 검광이 사방에 매복해 있는 나머지 사내들을 덮쳐 갔다.

천지검의 절초 선도선무였다.

가장 먼저 날아간 검광이 바닥에 매복해 있던 세 번째 사내의 정수리를 관통했다. 그리고 그 뒤에 날아간 두 개의 검광은 지붕과 벽에 숨어 있던 사내들의 가슴과 목을 갈랐다.

그러나 근처 나무에 숨어 있던 여섯 번째 사내는 운이 좋았다. 검광이 나뭇가지에 막혀 위력이 줄어드는 순간, 급히 상체를 돌려 팔 하나가 잘리는 선에서 목숨을 건질 수 있었다.

사내는 고통을 느낄 여유가 없었다. 우건이 토끼를 노리는 매처럼 자신을 덮쳐오는 중이었다. 그대로 등을 돌린 사내는 북서쪽 방향에 어렴풋이 보이는 불빛을 향해 냅다 뛰었다.

사내가 걸음을 옮길 때마다 잘린 팔뚝에서 뜨거운 피가 용솟음치듯 뿜어져 나왔다. 사내는 신법이 뛰어났다. 몇 초가 채 지나기 전에 보관소 문과 상당한 거리를 벌렸다. 신법으로 이름난 고수가 아니라면 추격하기 쉽지 않은 빠르기였다.

그러나 도망치는 적을 잡기 위해 꼭 신법이 뛰어날 필요는 없었다. 우건은 지체 없이 수중의 한상검을 앞으로 던졌다.

쉬익!

빗살처럼 어둠을 가른 한상검이 사내의 등으로 들어가

가슴으로 빠져나왔다. 가슴에 구멍이 뚫린 사내는 비틀거리며 몇 발자국 더 걸어가다가 철퍼덕 쓰러졌다. 격공섭물로 한상검을 갈무리한 우건은 사내의 몸을 뒤져 열쇠를 찾아냈다.

우건은 열쇠로 문서 보관소를 열며 주위를 둘러보았다.

아직은 고요했다.

그러나 지금의 고요는 폭풍이 몰아치기 전의 고요에 가까웠다. 눈치 챈 적이 몰려오기 전에 서둘러야 한다는 의미였다.

서류가 든 캐비닛이 보관소 내부에 4, 5미터 높이로 쌓여 있었다. 캐비닛에 대출 서류가 가득하다면 이들에게 피해를 입은 피해자의 숫자가 몇 천을 넘어 몇 만을 헤아릴 듯했다.

우건은 선령안으로 정미경의 대출 서류가 들어 있는 캐비닛을 찾았다. 캐비닛 문에 이름이 적혀 있어 금방 눈에 띄었다.

우건은 캐비닛을 열어 그 안에 든 파일의 라벨을 눈으로 훑었다. 중간쯤에 정미경의 이름이 적힌 파일이 있었다. 파일을 꺼내 안에 든 서류를 읽어보았다. 서류 내용 중에 정미경의 죽은 남편과 그 남편의 형으로 보이는 이름이 있었다.

정확히 찾은 셈이었다.

우건은 지체 없이 삼매진화로 서류를 태웠다. 재로 변해 흩어지는 서류를 보다가 고개를 돌려 보관소 안을 쓱 둘러보았다. 다닥다닥 붙어 있는 낡은 캐비닛이 시야를 가득 채웠다.

이들 조직에 고통 받은 사람은 정미경만이 아니었다. 수천수만 명의 피해자가 법과 제도의 도움을 받지 못한 상태에서 온갖 협박에 시달렸다. 그리고 끝내 돈을 갚지 못한 사람들은 사창가에 팔리거나, 장기밀매 희생자로 전락했다.

우건은 캐비닛에 든 대출 서류를 전부 꺼내 보관소 바닥에 쌓았다. 순식간에 종이로 만든 작은 산 하나가 만들어졌다.

그때였다.

우건은 이상한 점을 하나 포착했다.

보관소에는 수십 개의 캐비닛이 있었는데 그중 한 캐비닛에만 서류가 전혀 들어 있지 않았다. 단순히 서류가 들어 있지 않아 이상하다는 말이 아니었다. 처음부터 아예 비어 있었거나, 아니면 서류를 다른 캐비닛으로 옮겼을 수 있었다.

한데 뭔가 이치에 맞지 않는 점이 있었다.

비어 있는 캐비닛의 손잡이는 사람의 손때가 묻어 반질반질했다. 즉, 다른 캐비닛에 비해 자주 사용했단 의미였다.

한데 정작 캐비닛 내부에는 먼지가 쌓여 있었다. 먼지의 두께를 봐서는 몇 달, 아니 몇 년 동안 사용하지 않은 듯했다.

이는 자주 사용했지만 서류를 보관하는 용도는 아니란 뜻이었다.

우건은 손때가 묻어 반질거리는 손잡이와 먼지가 쌓인 캐비닛 내부를 통해 한 가지 상황을 유추할 수 있었다. 바로 캐비닛 손잡이를 뭔가 다른 용도로 사용했다는 추측이었다.

우건은 손잡이를 돌려보았다. 그러나 반응이 전혀 없었다. 잠시 고민하다가 손잡이를 잡은 손에 힘을 주어 눌러보았다.

철컥!

손잡이가 캐비닛 안으로 쑥 들어가는 순간, 기계장치가 움직이는 소리가 들렸다. 우건은 한 발자국 물러나 잠시 지켜보았다. 캐비닛이 있던 자리가 벽과 함께 회전하기 시작했다.

10여 초가 지났을 때였다. 캐비닛이 있던 자리에 검은색 금고가 모습을 드러냈다. 원래 캐비닛과 검은색 금고가 벽 양쪽에 붙어 있어 손잡이를 누르면 위치가 서로 바뀌는 듯했다.

펑!

우건은 오른손 장심을 금고 문에 붙여 장력을 발출했다.

파금장이었다. 파금장의 위력을 견디지 못한 문이 움푹 들어갔다.

우건은 질풍처럼 10여 장을 더 내갈겼다. 마침내 금고 문이 부서지며 내부 모습이 살짝 드러났다. 붉은색 가죽으로 겉을 싼 책이 하나 보였다. 한상검을 뽑아 부서진 금고 문을 적당히 잘라냈다. 우건은 오래지 않아 책을 손에 넣었다.

우건은 수중에 넣은 책을 재빨리 훑어보았다. 시간이 없어 자세한 내용은 확인 못했지만 무슨 책인지 바로 감을 잡을 수 있었다.

은밀한 거래를 기록한 비밀 장부였다.

페이지마다 뇌물을 건넨 사람의 이름과 지위, 뇌물로 건넨 액수, 그리고 거래한 장소가 자세히 기록되어 있었다. 페이지 끝에는 이를 뒷받침하는 증거를 보관하는 소형 USB까지 있었다. 그야말로 오리발이 불가능한 완벽한 물증인 셈이었다.

페이지를 넘기던 우건의 손이 갑자기 움직임을 멈췄다. 전에 들어 본 기억이 있는 이름이 페이지 위에 적혀 있는 탓이었다.

그 이름은 바로 정광규(鄭廣赳)였다.

작년 연말, 우건은 홍귀방과 힘든 싸움을 치러야 했다. 원래는 쾌영문주 원공후와 친분이 있는 이경준의 딸 은수를 구하기 위해 벌인 싸움이었다. 한데 그 와중에 제천회란 조직이 존재한단 사실을 알아내는 부수적인 성과를 거두었다.

제천회는 다음 대선에서 자기 사람을 대통령으로 만들기 위해 여당인 한정당 국회의원의 약점을 잡는 일에 열심이었다. 국회의원의 약점을 잡아 지지를 얻어낼 계획인 것이다.

그런 제천회의 마수에 걸려든 국회의원이 바로 4선 의원이며 국회 기획재정위원회 위원장을 맡고 있던 박필도였다.

박필도는 여색을 엄청나게 탐하는 자였다. 제천회는 인신매매사업을 벌이던 홍귀방에 연락해 박필도가 원하는 여자를 납치해 그에게 넘기라는 지시를 대방주 장헌상에게 내렸다.

제천회와 연을 맺기 위해 필사적이던 장헌상은 그 지시에 따라 박필도가 점찍은 은수를 납치했다. 물론, 그 행동으로 인해 홍귀방은 우건과 원공후 두 사람의 손에 멸문지화를 당했다.

은수가 박필도의 요트 셰에라자드에 잡혀 있다는 사실을 알아낸 우건은 단숨에 쳐들어가 그녀를 구출했다. 그리고 생포한 박필도를 고문해 제천회가 대선에 관여하려 한다는 정보를 알아냈다. 우건은 박필도에게 제천회에 관한 정보를 더 알아내려 했지만 그가 아는 사실은 그를 포섭한 사람이 한정당 사무총장으로 재직 중인 정광규라는 사실 하나였다.

한데 정광규란 이름을 보관소 비밀 장부 속에서 다시 발견했다. 즉, 이 신조농장 역시 제천회와 관련이 있다는 뜻이었다.

비밀 장부를 챙긴 우건은 원래 하려던 대로 삼매진화를 일으켜 대출 서류를 태웠다. 불길은 순식간에 보관소 전체를 태우기 시작했다. 우건은 연기가 차오르기 전에 밖으로 나왔다.

우건은 살을 찌르는 날카로운 살기를 느낌과 동시에 섬영보를 펼쳐 옆으로 피했다. 피한 자리에 암기 수십 개가 탄환처럼 박혔다. 신형을 급히 세운 우건은 주위를 둘러보았다.

10여 명의 적이 보관소 문 앞을 둥그렇게 포위한 상황이었다.

우건이 정미경의 대출 서류만 찾아 태웠거나, 아니면 바닥에 쌓아놓은 대출 서류만 태웠으면 발각당하지 않았을 것이다.

그러나 금고를 여느라 지체한 탓에 이상을 눈치 챈 적들이 보관소 앞으로 몰려왔다. 물론, 우건은 자신의 행동을 후회하지 않았다. 그에 상응하는, 아니 상회하는 성과를 거두었다.

머리카락을 길게 길러 뒤로 묶은 사내가 앞으로 걸어 나왔다.

"다른 놈들은 어디 있나?"

"다른 놈들?"

"네놈 혼자 여기 있는 여섯을 다 해치우지 못했을 것이다. 다른 놈들이 어디 있는지 불어라. 그럼 고통 없이 죽여주겠다."

우건은 차분한 음성으로 선언하듯 말했다.

"너희들 중에 내 옷자락을 건드리는 놈이 나오면 다른 사람들이 어디 있는지 가르쳐 주지. 아니, 네 앞에 무릎을 꿇지."

"오만한 놈이군."

장발 사내가 손짓하는 순간, 적들이 함성을 지르며 달려들었다.

우건은 자신에게 달려드는 적들을 싸늘한 시선으로 지켜보다가 오른발로 바닥을 박차며 날아올랐다. 비응보였다. 엄청난 신법에 놀란 적들이 멈칫하는 사이, 몸을 뒤집은 우건은 다시 지상으로 짓쳐 내려가며 한상검을 연속해서 찔러 갔다.

파파파팟!

한상검의 검봉에서 튀어나온 손가락 굵기의 검광 수십 가닥이 유성처럼 지면을 때렸다. 적들은 검광에 스치기 무섭게 팔다리가 잘려 나갔다. 아니면 가슴에 구멍이 뚫리거나, 머리가 수박처럼 으깨졌다. 천지검의 절초인 유성추월이었다.

우건은 지상에 내려섬과 동시에 한 바퀴 회전하며 한상검을 찔러 갔다. 부챗살처럼 퍼진 검광이 이미 빈사상태에 빠진 남은 적을 휩쓸었다. 피와 살점이 폭죽이 터지듯 뛰었다.

단 두 초식 만에 장발 사내를 제외한 모든 적이 황천길에 올랐다. 수하들이 속절없이 죽어 나가는 모습을 눈앞에서 목도한 장발 사내는 정신이 나간 사람처럼 눈이 풀려 있었다.

우건은 한상검을 들어 장발 사내를 가리켰다.

"내가 내기에서 이겼군."

우건의 말에 정신을 차린 듯 사내는 몸을 돌려 황급히 도망쳤다. 우건은 그가 상대할 수 없는 고수였다. 물론, 우건은 그를 이대로 보낼 생각이 전혀 없었다. 즉시, 쾌검초식인 생역광음을 펼쳐 장발 사내의 명문혈에 검을 찔러 넣었다.

"크아악!"

비명을 지른 장발 사내가 버둥거리다가 움직임을 멈췄다.

우건은 장발 사내가 도망치려던 북서쪽 방향을 쳐다보았다. 거대한 규모의 2층 저택이 어슴푸레한 빛에 휩싸여 있었다.

우건은 지체 없이 몸을 날렸다. 오른발로 바닥을 힘껏 박차는 순간, 신형이 길게 늘어졌다. 늘어진 신형이 제 모습을 다시 갖춘 때는 처음 위치에서 5미터를 이동했을 때였다.

우건은 신형이 원래대로 돌아오기 무섭게 왼발로 바닥을 다시 박찼다. 이번 역시 마찬가지였다. 빨랫줄처럼 길게 늘어진 신형이 5미터 가까이 이동한 후에야 다시 원래 모습으로 돌아왔다. 이는 바로 태을문 여러 신법 중 최강으로 꼽히는 일보능천(一步凌天)을 펼쳤을 때 생기는 현상이었다.

오래지 않아 2층 저택이 올려다 보이는 위치에 도착했다. 3미터 높이의 담에 둘러싸인 저택은 축사와 문서 보관소보다 약간 높은 지대에 위치해 있어 마치 요새를 보는 듯했다.

2층 창문을 가리는 데 쓴 검은색 암막(暗幕)이 살짝 열려 있어 그 틈으로 우건이 보았던 어슴푸레한 빛이 흘러나왔다.

우건은 저택 담을 넘기 전에 기파를 퍼트렸다. 곧 저택 안 여기저기에 매복해 있는 10여 명의 인기척을 찾아냈다. 그러나 정확히 몇 명이 매복해 있는지는 알아낼 방법이 없었다. 더 자세히 알기 위해서는 안으로 들어가는 수밖에 없었다.

수상한 인기척은 저택에만 있지 않았다. 우건은 뒤에서 빠른 속도로 접근해 오는 인기척을 몇 개 포착했다. 그러나 당황하지 않았다. 그들은 적이 아니었다. 얼마 지나지 않아 원공후와 김은, 홍대곤 세 명이 어둠 속에서 모습을 드러냈다.

원공후가 도착하기 무섭게 전음으로 물었다.

─여기에 신조농장 주인이 사는 겁니까?

─그런 것 같소.

이번에는 우건이 원공후에게 전음을 보냈다.

─오면서 적을 발견했소?

─보지 못했습니다.

─그럼 전부 이 안에 모여 있단 말이군.

우건이 불태운 문서 보관소 정문에 적이 나타났다는 말은 이미 신조농장 수뇌부가 우건의 침입을 인지했단 뜻이었다. 당연히 모든 조직원을 동원해 농장 전체를 점검해야 했다. 한데 원공후와 김은, 홍대곤 세 명이 농장 중심에 위치한 저택으로 오는 동안 적의 저항을 받지 않았다는 말은 적이 전부 이 저택에 모여 있다는 말이나 다름없었다.

둘째가라면 서러울 만큼 눈치가 빠른 원공후였다. 우건의 말을 알아듣지 못할 리 없었다. 복면을 머리에 뒤집어써 정체를 감춘 원공후가 긴장한 눈빛으로 저택을 살펴보았다. 실전을 앞둔 김은과 홍대곤 역시 긴장한 모습이 역력했다.

원공후가 제자에게 신신당부했다.

"개죽음당하기 싫거든 정신 똑바로 차려야 할 것이다."

"예, 사부님."

김은과 홍대곤이 긴장이 가시지 않은 얼굴로 대답했다.

두 사람이 준비를 마친 모습을 본 우건은 앞으로 걸어가며 우장(右掌)을 살짝 들어 올렸다. 곧 우장에 맺힌 장력이 드릴처럼 회전하기 시작했다. 저택을 둘러싼 두꺼운 담장을 잠시 응시한 그는 들어 올린 우장을 곧장 앞으로 뻗어갔다.

퍼엉!

파금장의 장력이 담장 가운데에 커다란 구멍을 뚫었다.

우건은 뚫린 구멍 안으로 들어가 주위를 쓱 둘러보았다. 원공후와 김은, 홍대곤이 그 뒤를 쫓았다. 그들이 진입한 방향은 정문과 가까워 정면에서 2층 저택을 바라볼 수 있었다.

깨끗한 도로와 잘 가꾼 정원수, 그리고 녹색으로 물든 광활한 잔디밭 너머에 붉은 벽돌로 지은 유럽풍 저택이 있었다.

우건은 말없이 현관과 이어진 도로를 따라 걸어갔다. 도로 측면에는 막 잎이 피기 시작한 정원수가 도열하듯 서 있었다.

뒤를 힐끔 돌아본 원공후가 급히 전음을 보냈다.

―놈들이 우리 퇴로를 막았습니다.

우건은 말없이 고개를 끄덕였다. 달빛이 비추지 못하는 어둠 속을 유령처럼 움직이던 적들이 그들의 퇴로를 차단했다.

저택 현관까지 30여 미터가 남았을 무렵, 선두를 맡은 우건이 걸음을 멈추며 손을 들었다. 멈추라는 신호였다. 원공후와 김은, 홍대곤은 즉시 긴장한 눈빛으로 주변을 둘러보았다.

그 순간, 저택 지붕에 설치한 서치라이트에 불이 갑자기 들어왔다. 서치라이트의 강렬한 조명을 정면으로 받은 일행이 잠시 당황했을 때였다. 도로 양옆과 정문 위에 설치한 서치라이트 세 개에 차례차례 불이 들어왔다. 마치 서치라이트 네 개가 일행의 사방을 먼저 포위한 듯한 형국이었다.

일행이 눈을 찌르는 강렬한 서치라이트 조명에 막 익숙해졌을 무렵, 무기를 든 30여 명의 적이 나타나 일행을 에워쌌다. 사방을 물 샐 틈 없이 포위해 빠져나갈 공간이 전혀 없었다.

원공후가 이죽거렸다.

"쳇, 머리가 제법 잘 돌아가는 놈들이군."

원래 우건 일행의 눈은 장시간의 야간 작전 탓에 어둠에 적응한 상태였다. 사람의 눈은 뇌만큼 정교한 기관이었다.

25

조명이 약한 곳에 들어가면 동공이 커져 더 많은 빛을 흡수하도록 만들어져 있는데 그런 상태에서 서치라이트 조명과 같은 강렬한 빛을 쬐면 순간적으로 제 기능을 하지 못했다.

서치라이트로 시야를 차단한 적은 그사이 거리를 좁혀 포위망을 완성했다. 원공후 말대로 꽤 머리를 굴린 작전이었다.

우건은 일행을 포위한 적을 천천히 훑어보았다. 적들은 나이와 연령, 심지어는 성별까지 제각각이었다. 머리카락이 희끗한 노인과 짙은 화장에 선정적인 옷차림을 한 젊은 여자가 나란히 서 있는 모습이 왠지 모르게 묘한 분위기를 자아냈다.

우건의 시선이 그중 선정적인 옷차림을 한 여자에게 향했다.

새빨간 입술과 검은색의 짙은 눈 화장이 살짝 올라가 있는 그녀의 입꼬리와 맞물려 무시무시한 염기(艶氣)를 뿜어냈다. 그리고 앞이 파인 흰 원피스는 농염한 몸매를 가감 없이 드러냈다. 그뿐이라면 차라리 다행이었다. 저택 지붕에 설치한 서치라이트 불빛이 얇은 원피스 속을 비출 때마다 속옷을 입지 않은 여인의 은밀한 부위가 선명히 드러났다.

우건과 원공후는 이런 경험이 많아 쉽게 흔들리지 않았다. 그저 눈살을 찌푸릴 뿐이었다. 그러나 김은과 홍대곤은 달랐다. 두 사람은 많은 여자를 겪었지만 눈앞에 있는 여인처럼 무시무시한 염기를 뿜어내는 여자는 경험해 보지 못했다.

이는 여자가 사람의 심령을 조종하는 섭혼술(攝魂術)을 익혔다는 의미였다. 섭혼술에 당한 김은과 홍대곤은 금세 눈의 초점이 흐려졌다. 급기야는 손을 뻗어 여자를 잡으려 들었다.

섭혼술에 심령을 지배당한 모습이었다.

"이런."

뒤늦게 상태를 눈치 챈 우건이 두 사람을 깨우려는 순간, 여자가 갑자기 선정적인 춤을 추기 시작했다. 달뜬 눈빛과 상대를 유혹하는 요염한 표정, 그리고 남자를 애무하는 듯한 끈적끈적한 손동작이 김은과 홍대곤을 점점 더 깊은 수렁 속으로 끌어들였다. 급기야는 심력이 강한 원공후마저 섭혼술에 걸려들어 이지(理智)가 흐려지는 징조를 보였다.

우건이 상태가 가장 좋지 않은 홍대곤에게 손을 쓰려 할 때였다.

홍대곤 옆에 서 있던 김은이 갑자기 칼로 우건의 등을 찔러왔다. 우건은 보법을 펼칠 틈이 없어 호신강기를 끌어올렸다.

치이익!

김은이 찌른 칼이 우건의 등에 박혔다. 호신강기 덕분에 장기는 다치지 않았지만 살이 벌어지며 뼈가 그대로 드러 났다.

우건이 물러서며 지혈하려는 순간, 이번에는 홍대곤이 덮쳐 왔다. 이미 이지를 완전히 상실한 터라, 마구잡이에 가까운 공격이었다. 우건은 보법을 펼쳐 피하며 원공후를 찾았다.

원공후는 못 박힌 듯 그 자리에 서서 여자의 일거수일투 족을 감상하듯 지켜보는 중이었다. 이지를 완전히 상실하 진 않았지만 그 역시 섭혼술에 당하는 상황을 피하기 어려 웠다.

우건은 김은이 이지를 상실한 상태에서 해오는 공격을 피하며 여자를 찾았다. 여자는 좀 전과 다른 모습을 보여주 었다.

사내를 유혹하던 뇌쇄적인 표정은 이미 온데간데없이 사 라져 있었다. 그 대신, 얼굴에 살얼음을 한 꺼풀 씌워놓은 듯한 차가운 표정으로 일관하는 중이었다. 또, 돌아가는 상 황이 마음에 들지 않는 듯 새빨간 입술을 살짝 깨문 상태였 다.

우건이 그녀의 섭혼술에 걸려들지 않는 지금 상황이 영 탐탁지 않은 게 분명했다. 아니, 어쩌면 지금 상황을 믿지 못하겠는 사람처럼 보인다는 표현이 더 맞아 보였다.

우건의 정체를 모르는 그녀로서는 당연히 가질 수밖에 없는 의문이었다. 우건은 태을문에 내려오는 정종 심법을 대성했다. 그리고 도문 최고의 마음공부라 불리는 부동심을 거의 완벽히 체득한 상태였다. 여인의 섭혼술이 지독하긴 하지만 그런 하류 잡술에 당할 만큼 공부가 허술하지 않았다.

한데 여인은 섭혼술의 위력이 약해 우건을 유혹하지 못한 것으로 오해한 듯했다. 길게 기른 손톱으로 원피스를 찢었다.

곧 요염한 나신이 서치라이트 불빛을 받아 만천하에 드러났다. 여인은 애초에 부끄러움 따위는 자신과 상관없는 감정이라는 듯 적과 부하, 수십 명의 사내가 지켜보는 가운데서 은밀한 부위를 훤히 드러냈다. 심지어는 옷을 벗은 상태에서 사내를 유혹하는 섭혼무(攝魂舞)를 다시 추기 시작했다.

자기 손으로 가슴을 애무하는 행동은 시작에 불과했다. 바닥에 앉아 사타구니를 벌리거나, 아니면 물구나무선 자세에서 다리를 벌리는 민망스러운 자세를 거리낌 없이 선보였다. 또, 사내와 정사를 나눌 때처럼 입으로는 연신 교성(嬌聲)을 토했는데 도자기로 빚은 듯한 아름다운 교구(嬌軀)가 허공을 가를 때마다 성욕을 자극하는 냄새가 풍겨왔다.

29

그야말로 시각과 청각, 후각을 총동원한 섭혼술이었다.

우건 역시 이번에는 적지 않은 타격을 받았다. 중원을 행
도할 때 섭혼술을 사용하는 요사스러운 무리와 대결한 적
이 있었지만 이 여인처럼 지독한 섭혼술을 사용하지는 못
했다.

그러나 우건은 우건이었다.

부동심과 천지조화인심공이 서로를 보완하며 심신을 명
경지수처럼 만들었다. 섭혼술이 파고들 여지를 주지 않은
것이다.

하지만 모든 사람이 우건과 같을 순 없었다.

정신력으로 버티던 원공후 역시 여자의 섭혼술에 넘어가
우건을 공격하기 직전이었다. 김은과 홍대곤은 실력이 떨
어지는 관계로 그들의 공격을 손쉽게 막아낼 수 있었지만
원공후는 실력이 뛰어나 상처를 입히지 않고서는 제압할
방법이 없었다. 상황을 반전시켜야 한다면 지금이 적기였
다.

결정을 내린 우건은 양 허리에 팔을 댄 자세로 숨을 크게
들이마셨다. 우건의 상체가 두꺼비처럼 크게 부풀어 올랐
다.

우건의 눈동자에 실핏줄이 하나둘 돋을 무렵.

갑자기 우건이 입을 모아 휘파람을 불기 시작했다. 휘파
람 소리는 처음에 어느 한가로운 봄날에 소나무 숲을 관통

하는 한 줄기 산들바람처럼 부드러웠다가 뒤로 갈수록 한여름에 내리는 소나기처럼 강렬해졌다. 그리고 급기야는 폭풍 속을 헤치고 나아가는 파도처럼 일대 전체를 뒤덮어 버렸다.

휘파람 소리는 마치 잔잔한 호수에 커다란 바위를 던져 넣은 것처럼 연신 파장을 일으키며 주변 30여 미터를 진동시켰다.

도문 비전으로 꼽히는 장소성(長嘯聲)이었다.

장소성에 도문 정종심법으로 연성한 내력이 실려 있어 여자의 섭혼술에 당해 이지를 상실한 김은과 홍대곤, 그리고 원공후가 차례대로 정신을 차렸다. 반대로 섭혼술을 펼치던 여자는 충격을 받은 듯 털썩 주저앉아 검은 피를 토했다.

불문이 이파의 사악한 요법을 깨트리기 위해 사자후(獅子吼)를 창안했다면 도문은 우건이 방금 펼친 장소성을 창안했다.

장소성을 토한 우건은 순간적으로 머리가 멍해지는 느낌을 받았다. 워낙 강력한 수법인지라, 한 번 펼치면 순간적으로 기혈이 들끓어 거의 무방비 상태에 놓이는 경우가 많았다. 더욱이 우건의 내력이 완전치 않은 지금은 더 위험했다.

바닥에 주저앉아 검은 피를 토한 여자가 천천히 일어섰다.

우건이 펼친 장소성에 섭혼술이 깨지는 바람에 내상을 입었지만 아직까지는 움직이는 데 크게 불편함이 없는 모양이었다.

오히려 심적인 충격이 더 커보였다. 그녀는 입과 가슴골, 그리고 허벅지에 흘러내린 피의 흔적을 닦을 생각이 없어 보였다.

섭혼술에서 깨어난 원공후가 놀란 목소리로 외쳤다.

"네년은 환희요녀(歡喜妖女) 조심화(曹心花)로구나!"

조심화 역시 산전수전을 다 겪은 노련한 여인이었다.

곧 충격에서 헤어 나와 간드러진 목소리로 대꾸했다.

"처녀의 방명(芳名)을 함부로 입에 올리다니 예의가 없군요."

원공후가 코웃음을 쳤다.

"처녀? 지나가던 개가 웃을 노릇이군. 네년이 대강남북을 돌아다니며 유혹해 죽인 사내의 숫자가 기천을 헤아린다는 소문을 들었는데 제 입으로 잘도 그런 망발을 지껄이는구나."

조심화 역시 입심에는 자신 있는 모양이었다.

곧바로 반격에 나섰다.

"본녀(本女) 역시 전에 괴상한 소문을 들은 적이 있지요. 못생긴 처녀 하나가 무협(巫峽)의 어느 계곡에 들어가 목욕하다가 근처에 살던 포악한 원숭이 놈에게 강간당해 반은 사람, 반은 원숭이를 닮은 흉물스런 반인반수(半人半獸)를 낳았단 소문이었지요. 훗날 듣기로는 그 흉물스런 놈이 지 애비의 흉악한 성정을 물려받아 도둑질로 먹고 산다고 하 더군요. 하긴 그 흉물스런 놈이 어떻게 사람들과 어울려 살 수 있겠어요. 도둑질이나, 노름을 하며 살 수밖에요."

원공후가 껄껄 웃었다.

"과연 환희요녀 조심화로구나! 제법 눈썰미가 있어!"

조심화는 복면을 쓴 원공후의 정체를 체형으로 유추해 알아냈다. 그녀의 견문이 넓지 않으면 절대 할 수 없는 일 이었다.

원공후는 겉으로는 껄껄 웃었지만 속은 웃을 기분이 아 니었다.

바로 우건에게 전음을 보냈다.

-조심하십시오. 조심화는 항상 곁에 강한 사내를 두었습 니다.

-저 여자를 잘 아시오?

-잘은 모릅니다. 다만, 나쁜 소문은 여러 차례 들은 적이 있습니다. 사파의 전대 고인에게 섭혼술과 채양보음술(採陽 補陰術)을 배워 숱한 사내의 목숨을 빼앗았다는 소문이었습 니다. 그녀의 본신 무공 역시 별로 약하지 않은데 혹시라도 자기보다 강한 고수와 맞닥뜨릴 경우에 대비해 항상 자기보 다 뛰어난 고수를 옆에 둔다는 소문이 자자했습니다.

-그렇게 뛰어난 고수가 왜 저런 여자와 함께 있으려는
거요?

-조심화는 무공을 가르쳐 준 사부에게 특출 난 방중술
(房中術)을 배워 자기가 흡수한 사내의 양기를 같이 사는
남자에게 나누어 준단 소문을 들었습니다. 남자는 이를 테
면 조심화를 이용해 채음보양술(採陰補陽術)을 익히는 셈
이지요.

채양보음은 말 그대로 남자의 양기를 흡수해 여인이 가
진 음기를 더 강하게 연성하는 술법이었다. 반대로 채음보
양술은 여자에게서 흡수한 음기로 사내의 양기를 강하게
연성하는 술법이었다. 무공을 가르쳐 준 사부에게서 채음
보양술과 채양보음술을 같이 배운 조심화는 채양보음술은
자기가 쓰고 채음보양술은 같이 사는 남자에게 가르쳐 주
는 듯했다.

두 술법 다 상궤(常軌)에 어긋나 익히는 것이 들통 나면
무림 공적으로 지목되어 백도의 추격을 받았지만 워낙 내
력을 연성하는 속도가 빨라 사파의 고수들에게 인기가 많
았다.

이번에는 우건이 전음을 보냈다.

-그녀와 같이 있던 사내가 누군지는 모르시오?

-이곳에 넘어와 성형수술을 했는지 얼굴이 예전과 달
라 처음에는 알아보지 못했지만 제가 대청에서 처음 봤을

때는 분명 혼자였습니다. 우스갯소리로 제천회주 초청을 받아들인 이유가 새 신랑감을 물색하러 왔다는 농담까지 있었습니다.

우건은 다시 전음을 보냈다.

-농담은 아닌 것 같소.

-왜 그렇게 생각하십니까?

-이 농장의 이름이 신조농장이라 하지 않았소?

-아, 그렇군요. 그녀의 성이 조 씨니까 신 씨 성을 가진 놈이 그녀의 새로운 남편이겠군요. 가만, 신 씨라면 혹시…….

뭔가 떠오른 사람이 있다는 듯 원공후의 눈이 커질 때였다.

조심화가 갑자기 우건을 덮쳐 왔다. 그녀의 무기는 길게 기른 양손의 손톱이었다. 손톱이 마치 쇠스랑의 날처럼 손가락 끝에 튀어나와 있었는데 남색에 가까운 검은색 빛을 뿌렸다.

여자들이 손톱에 바르는 매니큐어 중에는 저런 빛이 나는 매니큐어가 있을 리 없었다. 손톱이 우건의 상체를 헛치는 순간, 매캐한 독향이 코를 찔렀다. 독을 발라둔 모양이었다.

조심화는 그녀가 자랑하는 환희나찰신법(歡喜羅刹身法)과 사갈음독조공(蛇蝎陰毒爪攻)으로 매섭게 몰아쳤다.

그와 때를 맞춰 일행을 포위한 적들 역시 일제히 공격을 감행했다.

곧 난전이 벌어졌다.

우건은 비응보와 섬영보를 번갈아 펼치며 조심화의 조공을 피했다. 그러나 피했다고 느끼는 순간, 조심화의 열 손가락이 마치 괴물의 촉수처럼 어지럽게 움직이며 우건의 빈틈을 매섭게 찔러왔다. 섭혼술에 가려 잘 드러나지 않았을 뿐, 그녀의 실력이 만만치 않단 원공후의 말이 사실인 듯했다.

피하는 데는 한계가 있었다.

우건은 파금장과 태을십사수로 공격을 막기 시작했다.

카앙!

파금장에 걸린 그녀의 손톱 하나가 두 동강 나 날아갔다. 고통을 느낀 듯 싸늘하게 굳어 있던 조심화의 얼굴이 살짝 일그러졌다. 우건은 지금까지 쓰지 않은 한상검을 들어 올렸다. 기세를 탄 김에 조심화를 단숨에 끝장낼 생각이었다.

우건이 막 생역광음으로 조심화의 빈틈을 찔러가려는 순간.

원공후의 급박한 전음이 들렸다.

—신 씨는 천변마자(千變魔子) 신종후(辛從厚), 그놈일 겁니다!

그때, 10여 미터 떨어진 위치에서 김은과 대결하던 중년 사내 하나가 갑자기 몸을 돌리더니 그대로 우건의 등에 쌍장(雙掌)을 내질렀다. 곧 날카로운 장력 수십 줄기가 폭포수처럼 날아들었다. 조심화의 조공이 전방을, 중년 사내가 갑자기 발출한 장력이 퇴로를 막아 피할 공간이 보이지 않았다.

우건으로서는 예상하지 못한 기습이 아닐 수 없었다.

2장. 파멸의 길

　우건의 퇴로를 차단하며 기습적으로 장력을 날린 중년 사내의 정체는 바로 원공후가 방금 전 말한 천변마자 신종 후였다.

　그나마 다행은 강호를 행도할 때 사귄 절친한 친구를 통해 천변마자 신종후에 대한 정보를 얻은 적 있다는 점이었다.

　그 친구의 이름은 화산파 제일 기재로 꼽히던 소신검(小神劍) 마진룡(馬眞龍)이었다. 마진룡과 우연한 기회에 의기투합한 우건은 그와 함께 전설적인 활약을 펼친 바 있었다.

　마진룡은 후기지수(後起之秀) 중에 능히 다섯 손가락

안에 들어가는 실력자로 차기 화산파 장문인은 물론이거니와 차기 천하제일고수 후보로 항상 거론되는 기재 중의 기재였다.

우건이 남마교를 치는 일에 동참한 일 역시 마진룡의 부탁 겸 권유를 받았기 때문이었다. 물론, 우건의 활약 덕분에 백도는 큰 피해 없이 남마교 본산을 무너트리는 데 성공했다.

어려서부터 강호를 행도한 마진룡은 넓은 견문을 자랑해 그 방면에 지식이 거의 없는 우건에게 많은 도움을 주었다.

우건은 마진룡에게서 천변마자 신종후에 대한 얘기를 들은 적이 있었다. 신종후는 장법으로 일가를 이룬 고수였다. 그리고 무엇보다 천변마자라는 별호에서 알 수 있듯 순식간에 다른 사람으로 변장할 수 있는 기이한 능력을 갖추었다.

신조농장의 신이 천변마자 신종후임을 알아낸 원공후가 전음을 보내는 순간, 우건은 바로 주변을 경계했다. 신종후가 주변을 에워싼 적으로 위장했을 공산이 높았기 때문이었다.

한데 기우는 기우로 끝나지 않았다.

평범한 적인 줄 알았던 중년 사내가 갑자기 폭포수와 같은 장력을 쏟아 내 거의 무방비와 다름없던 우건의 등을 기습했다.

우건은 조심화의 조공과 신종후의 장력 사이에 끼어 위태로운 상황에 처했다. 아니, 처한 것처럼 보였다는 표현이 맞았다.

우건은 마치 기다렸다는 듯이 오른손의 한상검으로 조심화의 조공에 맞섰다. 새하얀 검광이 빗살처럼 허공을 갈랐다.

쾌의 정수(精髓)라 불리는 생역광음이었다.

촤아악!

조심화가 펼친 사갈음독조공에 구멍이 뻥 뚫리며 오른 어깨에 파탄이 드러났다. 우건은 지체 없이 두 번째 생역광음을 펼쳤다. 조심화는 재빨리 사갈음독조공의 절초인 사군교음(蛇群交陰)으로 우건이 전개한 생역광음을 막으려 했다.

조심화의 손톱에서 풀려나온 자주색 기운이 그물을 땋을 때처럼 서로 얽히며 방어막을 형성했다. 그러나 생역광음 한 방에 사갈음독조공이 갈라지는 모습을 본 조심화는 안심하지 않았다. 사군교음을 연속 펼쳐 방어막을 두텁게 했다. 마치 여러 겹의 그물을 겹쳐 쌓아 놓은 듯한 모습이었다.

그러나 이는 우건의 허초였다.

우건은 생역광음을 펼칠 것처럼 자세를 잡아 조심화를 위협한 다음, 곧장 등으로 밀려드는 신종후의 장력에 맞서 갔다.

파파팟!

우건의 좌장이 순식간에 수십 개로 늘어나 신종후가 펼친 천구만장(天拘萬掌)의 장력을 일일이 요격해 장력을 해소했다.

바로 태을진천뢰와 함께 태을문을 대표하는 두 가지 장법 중 하나인 표풍장(漂風掌)이었다. 태을진천뢰가 양강한 성질을 지녀 상대를 찍어 누른다면, 이 표풍장은 표홀하기 짝이 없어 마치 산들바람이 불어오듯 아주 경쾌한 맛이 있었다.

기습에 실패한 신종후는 본격적으로 그가 자랑하는 천구만장의 절초를 펼쳐 우건을 공격하기 시작했다. 그제야 자신이 허초에 속았단 사실을 깨달은 듯 얼굴이 새빨개진 조심화는 거리를 벌린 상태에서 사갈음독조공의 절초를 뿌려댔다.

순식간에 이뤄진 협공이었다.

신종후와 조심화는 평소에 협공을 연습해 본 듯했다. 그렇지 않고서야 이렇듯 손발이 딱딱 맞을 리 없었다. 신종후, 조심화처럼 일정 경지에 오른 고수들은 자신의 실력을 과신한 나머지 적을 혼자 상대하려는 경향이 아주 강해 오히려 혼자 싸우느니만 못한 결과가 종종 발생하고는 하였다. 자기가 혼자 다 하려다 보니 동료의 운신을 방해하는 것이다.

그러나 이 두 사람, 아니 이 부부는 어떻게 해야 강적을 상대로 최상의 결과를 얻을 수 있는지 미리 연구해 본 듯했다.

신종후는 그가 자랑하는 천구만장으로 물 샐 틈 없는 공격과 수비를 보여주었다. 그리고 조심화는 떨어져서 지켜보다가 우건의 방어에 파탄이 생기면 기습을 가했다. 또, 신종후가 곤란한 지경에 처하면 재빨리 도움의 손길을 보냈다.

지금 역시 마찬가지였다.

신종후는 천구만장의 절초로 꼽히는 천주진천(天柱振天)을 펼쳐 우건의 하체를 쓸어왔다. 우건은 재빨리 보법을 밟아 물러서며 천지검의 대해인강으로 반격했다. 천주진천이 만든 웅혼한 장력이 대해인강 초식에 눈 녹듯 사라져 버렸다.

반격에 성공한 우건은 섬영보로 거리를 좁히며 선도선무로 역습하려 하였다. 우건의 시의적절한 반격과 번개처럼 빠른 역습에 당황한 듯 신종후의 이마에 땀이 송골송골 맺혔다.

위잉!

그때, 독성을 함유한 음유한 경력 한 가닥이 옆구리 오추혈(五樞穴)을 소리 소문 없이 찔러왔다. 호시탐탐 기회를 노리던 조화심의 기습이었다. 우건은 급히 일검단해로 막았다.

검봉에서 피어난 새하얀 검광이 빨랫줄처럼 쑥 늘어나더니 조심화가 사갈음독조공으로 쏘아낸 경력을 가볍게 박살냈다.

어렵지 않게 조심화의 기습을 방어하는 데 성공했지만 그 바람에 전열을 정비한 신종후의 공격을 재차 받아야 했다.

이런 식으로는 몇 백 초가 걸릴지 알 수 없는 일이었다.

우건은 슬쩍 고개를 들어 하늘을 보았다. 새벽이 멀지 않은 듯 동쪽 하늘에 불그스레한 노을이 점점 짙어지는 중이었다.

날이 밝으면 농장과 거래하는 고객이 찾아오거나, 아니면 신조농장에 근무하는 일반 직원이 출근하기 시작할 것이다.

이번 일을 최대한 조용히 처리할 생각이던 우건에게는 둘 다 마음에 드는 상황이 아니었다. 우건은 경찰과 같은 조직이나, 정부기관이 그를 추적하는 상황은 걱정하지 않았다.

우건이 진정으로 우려하는 상황은 언론, 즉 신문사와 방송사, 그리고 인터넷 커뮤니티와 같은 여론 형성 집단이 그들을 추적하는 상황이었다. 그들은 그가 통제하기 어려운 영역에 있어 정체가 발각당하는 날에는 조용히 살기 어려웠다.

우건은 전술을 바꾸었다. 신종후와 조심화를 동시에 없애기 힘들다면 먼저 조심화를 없애 뒤를 튼튼히 해둘 생각이었다.

우건은 때가 오기를 조용히 기다렸다. 그때, 신종후가 좌장으로 상단을, 우장으로 하단을 동시에 노려왔다. 천구만장의 최강 초식 중 하나로 꼽히는 조양조음(照陽調陰)이었다.

우건은 기회라 생각해 빈틈을 드러냈다. 하단으로 날아든 장력은 대해인강으로 막았지만 상단으로 날아드는 장력은 피하지 못했다. 아니, 피하지 않았다는 표현이 더 정확했다.

펑!

장력에 맞은 우건이 붕 떠올라 조화심이 있는 방향으로 날아갔다. 남편이 펼친 조양조음초식의 위력을 익히 아는 조화심은 우건이 분명 중상을 입었을 거라 생각해 피하지 않았다.

오히려 앞으로 달려들며 사갈음독조공의 절초인 혈갈반미(血蝎反尾)를 펼쳤다. 살짝 꼰 허리를 풀며 손톱으로 허공을 할퀴는 순간, 자주색 강기(罡氣)가 우건의 가슴을 베어 왔다.

그때였다. 중상을 입은 사람처럼 흐리멍덩하던 우건의 눈에 갑자기 신광이 번득였다. 조화심은 조금 의심이 들기는 했지만 펼친 초식을 거두어들이기에는 이미 늦은 상황이었다.

우건은 조화심에게 쏜살같이 날아가며 유성추월을 전개했다.

탕탕탕탕탕!

조화심이 쏟아 낸 자주색 강기가 유성추월에 수수깡처럼 잘려 나갔다. 기겁한 조화심은 남편 신종후를 찾았다. 그러나 신법 실력이 장법에 비해 현저히 떨어지는 신종후는 이제 막 출발한 참이었다. 도움을 기대하기가 어려운 상황이었다.

유성추월로 조화심의 공격을 분쇄한 우건은 왼손으로 태을십사수의 흑웅시록을 펼쳐갔다. 그 모습을 본 조화심은 오히려 실오라기 하나 걸치지 않은 자기 가슴을 쑥 내밀었다.

조화심이 살면서 지금까지 본 고수들, 특히 백도의 고수들은 뒤에서 호박씨를 깔지언정, 다른 사람들이 보는 앞에서는 자기 체면을 차리느라 종종 손해를 감수하는 족속이었다.

조화심이 보기에는 우건 역시 그 범주에 들어 있었다.

이대로 흑웅시록을 계속 펼치면 조화심의 가슴, 더욱이 실오라기 하나 걸치지 않은 맨살에 손이 닿을 수밖에 없는 상황이었다. 백도에 속한 고수라면 다른 사람의 시선을 의

45

식해 급히 초식을 거두거나, 아니면 다른 부위를 노려갈 터였다.

그러나 이는 조화심의 실수였다.

부동심을 익힌 우건은 여자의 가슴에 손을 대는 일 따위로 마음이 흔들릴 위인이 아니었다. 그 결과는 아주 참혹했다.

곰의 발톱처럼 구부린 우건의 왼손이 조화심의 가슴 사이를 할퀴었다. 살이 움푹 파여 나가며 뼈가 그대로 드러났다.

"아아악!"

조화심은 찢어질 듯한 비명을 지르며 뒤로 날아갔다.

우건은 지체 없이 쫓아가며 오른손의 한상검을 찔러 갔다. 빗살보다 빠른 섬광 한 줄기가 허공을 가르는 순간, 조화심의 목에 구멍이 뚫렸다. 전력을 다해 펼친 생역광음이었다.

조화심에게 회복 불가능한 치명상을 입히기는 했지만 그걸로 안심할 수는 없는 노릇이었다.

만에 하나, 조화심이 운 좋게 살아남아 반격을 해오면 귀찮은 일이 벌어질 공산이 컸기에 미연에 방지하는 차원에서 독한 살수를 가했다.

"이런 악독한 놈을 보았나!"

대노한 신종후가 우건의 등에 쌍장을 미친 듯이 갈겼다.

장력 수십 가닥이 폭포수가 떨어지듯 우건에게 날아들었다.

획 돌아선 우건은 왼손을 어지럽게 휘둘렀다.

표풍장이었다.

가벼워 보이는 손짓에 신종후의 장력이 허무하게 흩어졌다.

조화심을 없애 뒤를 든든히 한 우건은 본격적으로 신종후를 상대하기 시작했다. 천지검의 절초가 연이어 펼쳐졌다. 생역광음이 허공을 가르는 순간, 신종후의 어깨에 핏물이 튀었다. 유성추월을 펼쳤을 땐 신종후 좌장에 구멍이 뚫렸다.

우건은 쉴 틈을 주지 않았다.

곧 선도선무로 만든 검광이 부챗살처럼 퍼져 갔다.

신종후는 하나 남은 우장으로 검광을 막느라 정신이 없었다.

탕탕탕탕탕!

검광을 막을 때마다 충격을 받은 신종후가 한 걸음씩 뒤로 밀려났다. 다 막았을 땐 이미 다섯 걸음이나 밀려나 있었다.

내상을 입은 듯 신종후가 입가에 흐른 피를 닦았다.

"검법이 손속만큼이나 지독하군."

우건은 말없이 수중의 한상검을 중단으로 올려 그를

겨누었다.

신종후의 입가가 살짝 비틀렸다.

"쳇, 나 같은 놈하고는 말도 섞기 싫다는 거냐?"

말을 마친 신종후가 하나 남은 우장을 어깨 높이로 올렸다. 그리고는 오른발에 힘을 주며 상체를 앞으로 크게 수그렸다. 마치 잔뜩 눌러놓은 스프링을 연상시키는 자세였다.

"나는 지금부터 천구만장의 최강 초식인 천변만만(千變滿滿)으로 너를 상대하겠다. 너 역시 그렇게 해줄 수 있겠느냐?"

우건은 말없이 고개를 끄덕였다.

그 모습을 본 신종후가 힘을 준 오른발로 바닥을 힘차게 딛는 순간, 4, 5미터에 이르는 거리가 순식간에 줄어들었다.

지척에 이른 신종후가 수그렸던 상체를 펴기 무섭게 우장을 내질렀다. 처음에는 우장 하나였지만 순식간에 그 우장이 수십, 수백 개로 늘어나 우건의 전신을 에워싸듯 덮쳐왔다.

천변만만이라는 이름처럼 어느 게 진짜 우장인지 알아볼수 없었다. 선령안으로 확인하기에는 환영이 너무 많았다.

변화가 많은 초식을 제압하는 방법은 두 가지였다. 하나는 변화를 만드는 주체, 즉 상대의 본체를 직접 노리는 방법이었다. 바람에 흔들리는 수십, 수백 개의 나뭇가지를 일일이 상대하기 힘들다면 몸통을 직접 잘라 내는 게 최선인 것이다.

두 번째는 상대가 만들어 낸 변화를 더 많은 변화로 제압해 버리는 방법이었다. 다소 무식한 방법이기는 하지만 상대가 자랑하는 수법으로 상대를 꺾는다는 의미에서 보면 훨씬 더 고절한 수법임에 틀림없었다. 한데 이를 위해서는 상대보다 더 복잡한, 그리고 변화가 더 많은 초식이 필요했다.

다행히 우건이 익힌 천지검은 세상에 존재하는 모든 무리(武理)를 집대성한 검법에 가까웠다. 당연히 다변(多變)을 앞세운 초식을 상대하는 수법 역시 그 안에 포함되어 있었다.

우건은 수중의 한상검을 한 바퀴 돌렸다. 그 즉시, 작은 원 모양의 검광이 튀어나와 신종후가 만든 환영을 망가트렸다.

그때였다.

위이잉!

말벌 수백 마리가 한꺼번에 공격하는 듯한 소음이 울리더니 수십, 수백 개의 작은 검광이 신종후의 전신을 짓쳐 갔다.

검광은 신종후가 만든 장영(掌影)을 일일이 격파하기 시작했다. 신종후 역시 이번 일격에 자신의 모든 것을 건 듯했다.

장영이 사라질 때마다 급히 새로운 장영을 발출해 숫자를 유지하려 노력했다. 그러나 천변만만은 원래 쌍장으로 펼치는 수법이었다. 우장 하나만 남은 신종후로서는 검광에 잘려 사라지는 장영의 빈자리를 제때 채워 넣기 쉽지 않았다.

파파파파팟!

우건과 신종후의 머리 위에서 작은 폭발이 연이어 일어났다. 뒤이어 중인의 귀를 멀게 하던 소음이 갑자기 뚝 끊기더니 사방을 에워싼 검광과 장영 역시 동시에 자취를 감추었다.

장내를 뒤덮은 검광과 장영이 사라짐과 동시에 다시 드러난 두 사람의 모습은 판이하게 달랐다. 우건은 한상검을 쥔 오른손을 가볍게 떨었지만 그 외에 별다른 이상은 보이지 않았다. 반면, 신종후는 가슴 부위에 큰 구멍이 뚫려 있었다.

신종후가 한쪽 무릎을 털썩 꿇으며 물었다.

"그, 그건 무슨 초, 초식인가?"

"성하만상(星河萬狀)이오."

"과, 과연 초, 초식에 어울리는 이름이군."

우건은 한상검을 갈무리하며 물었다.

"신조농장은 제천회와 어떤 관계요?"

신종후가 고통에 일그러진 얼굴로 물었다.

"버, 벌써 거기까지 알아낸 건가?"

"문서 보관소에서 한정당 국회의원인 정광규의 이름을 보았소."

"저, 정광규는 제, 제천회 대외사자(對外使者)……."

신종후는 말을 다 마치지 못한 상태에서 결국 숨이 끊어졌다.

어쨌든 정광규가 제천회 대외사자라는 사실을 알아낸 덕분에 베일에 가린 제천회의 실체를 조금은 파악할 수 있었다.

우건은 고개를 돌려 쾌영문도를 찾았다. 원공후과 김은, 홍대곤 세 명은 조금 떨어진 장소에서 신조농장 직원 몇 명을 거세게 몰아붙이는 중이었다. 그들 주위에는 세 명에게 당한 직원 20여 명이 고통스러운 얼굴로 바닥에 누워 있었다. 물론, 누워 있는 직원 대부분은 원공후에게 당한 상태였다.

신조농장 주인 조심화와 신종후가 차례대로 쓰러지는 모습을 본 직원들은 결국 저항을 포기했다. 원공후의 지시를 받은 김은과 홍대곤이 재빨리 항복한 직원의 혈도를 짚었다.

직원의 혈도를 짚은 김은과 홍대곤은 더 이상 짜낼 힘이 남아 있지 않다는 듯 더러운 바닥에 털썩 주저앉아 거친 숨을 연신 토해 냈다. 두 사람이 한계까지 싸웠단 증거일 것이다.

파김치 신세의 제자들을 한심스럽다는 듯 쳐다보던 원공후가 고개를 돌려 시체로 변한 조심화와 신종후를 바라보았다.

우건이 강하다는 사실은 익히 알았지만 조심화와 신종후 두 명의 협공을 이렇게 쉽게 막아 낼 줄은 몰랐던 모양이었다. 우건을 보는 원공후의 눈에 감탄하는 기색이 역력했다.

우건은 원공후에게 전음을 보냈다.

−잠시 운기행공을 해야겠소. 나머진 쾌영문주가 처리해 주시오.

원공후가 놀라 물었다.

−내상을 입으신 겁니까?

−아니오. 내력을 과하게 사용했을 뿐이오.

−그렇다면 다행입니다. 나머지는 제가 제자들과 함께 처리할 테니까 주공은 쉬십시오. 날이 밝기 전에 끝내 놓겠습니다.

대답을 들은 우건은 전장과 조금 떨어진 곳으로 걸어가 외상부터 치료했다. 조화심의 섭혼술에 넘어간 김은이 등을 찌른 바람에 뼈가 살짝 드러날 정도의 외상을 입은 상태였다.

금창약과 붕대로 외상을 치료한 후에는 바로 가부좌를 틀었다.

이번에는 내상을 치료해야 했다.

사실, 방금 원공후에게 한 대답은 반만 맞았다.

일단, 내력을 과도하게 소비했단 말은 사실이었다.

천지검은 그 위력만큼이나 내력의 소비가 엄청난 검법이었다. 당연히 그중 가장 많은 내력을 소비하는 초식은 마지막 초식인 천지합일이었다. 그리고 천지합일에 못 미치긴 하지만 성하만상 역시 막대한 내력이 필요한 초식이었다.

우건은 시간을 오래 끌 수 없다는 생각에 신종후가 자랑하던 천변만만을 상대로 다변의 극에 해당하는 성하만상을 펼쳐 반격했다. 그 결과 일수에 강적을 죽이는 성과를 거두었지만 그 대가는 만만치가 않았다. 단전이 텅 비어 또 다른 강적이 나타나면 위험한 지경에 처할 가능성이 아주 높았다.

우건이 운기행공을 통해 서둘러 내력을 보충하려는 이유였다.

문제는 그뿐이 아니었다.

조화심에게 치명상을 가하기 위해 몸을 날렸을 때, 뒤에 있던 신종후에게 일장을 얻어맞아 상당한 내상을 입은 상태였다.

아마 그때 우건이 부동심을 익히지 않았으면 표정에 다급함이 드러났을 것이다. 그리고 우건의 얼굴에 나타난 다급함을 노련한 신종후가 놓칠 리 없었다. 신종후는 바로 장기전으로 끌고 가 우건의 내상을 악화시키는 방법을 선택했을 것이다. 그러나 부동심을 익힌 우건은 내상을 입은 흔적을 드러내지 않아 오히려 신종후를 더 초조하게 만들었다.

무인 간의 대결은 실력 차이가 적을수록 심리적인 부분에 영향을 받기 마련이었다. 부동심, 분심공과 같은 도가 비전을 두루 익힌 우건이 적보다 유리한 고지에 서 있는 셈이었다.

우건이 운기요상과 운기행공을 동시에 하고 있을 무렵, 원공후는 기운을 차린 제자들을 앞세워 현장 정리에 들어갔다.

원공후는 먼저 생포한 직원의 단전을 찔러 다신 무공을 익히지 못하게 했다. 그 모습을 본 적들은 안심하기 시작했다.

원공후에게 살인멸구할 의도가 있었으면 굳이 단전을 폐쇄하는 수고를 할 필요가 없었다. 사혈을 짚어 숨통을 끊으면 그만인 것이다. 한데 그러지 않고 단전을 폐쇄했다는 말은 직원들을 풀어줄 확률이 그만큼 올라갔다는 뜻이었다.

원공후가 히죽 웃었다.

"아직 안심하기엔 이르지."

원공후가 직원들의 입을 벌려 환약을 집어넣었는데, 혀에 닿는 순간 눈처럼 녹는 바람에 삼키지 않을 도리가 없었다.

직원들이 불안한 눈초리로 원공후를 쳐다보았다.

원공후가 그들에게 먹인 환약의 정체를 모르기 때문이었다.

원공후가 같은 환약을 보여주며 물었다.

"이게 뭔지 다들 궁금하지?"

직원들이 일제히 고개를 끄덕였다.

원공후가 환약을 쪼개 안에 든 걸쭉한 액체를 바닥에 쏟았다.

치이익!

산성 물질로 만든 듯 걸쭉한 액체가 도로 표면을 녹이기 시작했다. 그 광경을 본 직원들은 미치고 팔짝 뛸 노릇이었다. 그들이 복용한 환약 안에 저런 물질이 들어 있다면 위나 내장이 방금 녹은 도로처럼 녹아 버릴 수 있단 말과 같았다.

원공후가 직원들에게 엄포를 놓았다.

"이 환약은 복용한 후 4, 5시간이 지나면 껍데기가 다 녹아 안에 들어 있는 산성 물질이 밖으로 나오게 만들어져 있다. 자기 위나 내장이 방금 녹은 도로보다 강하다고 믿는 놈은 도망쳐도 상관없다. 나는 그들을 잡지 않을 생각이다."

직원들은 시커멓게 녹은 도로를 보며 몸을 사시나무처럼 떨었다. 환약에 든 산성 물질이 배 속을 휘젓는 상상을 하는 순간, 등줄기에 식은땀이 흘러내렸다. 차라리 그런 상황이 닥치기 전에 스스로 목숨을 끊는 게 나아 보일 지경이었다.

원공후가 이번에는 약주머니에서 붉은색 환약을 꺼냈다.

"하지만 하늘이 무너져도 솟아날 구멍이 있는 법 아니겠느냐. 내가 지금 보여주는 붉은색 환약을 복용하면 해독이 가능하다. 물론, 시간이 경과하면 이 해독약 역시 소용없어지니까 그 시간 안에 내가 지시하는 일들을 다 마쳐야 할 것이다."

협박이 제대로 통한 듯했다.

살아남은 직원들은 너나할 거 없이 원공후의 수족을 자처했다.

그들은 지시대로 바닥에 널린 시체를 화골산으로 녹여 없앴다. 또, 건물에 감금한 여자들을 응급실에 데려가 치료했다.

몇 명은 장기밀매에 희생당한 사람들의 시신을 수습해 볕이 잘 드는 장소에 묻었다. 마지막으로 신종후, 조화심이 그동안 모아둔 재산과 무공비급, 무기 등을 원공후에게 바쳤다.

원공후는 제자들을 불러 그들이 바친 재산과 비급, 무기 등을 챙겼다. 정리를 모두 마쳤을 때는 날이 완전히 개어 농장 근처에 있는 도로로 차들이 하나둘 지나다니기 시작했다.

원공후는 살아남은 직원들을 다시 한자리 모았다.

"네놈들이 그동안 지은 죄를 생각하면 사지를 잘라 병신으로 만들어도 부족하지 않을 것이다. 그러나 우린 네놈들처럼 항복한 포로를 죽이는 몰염치한 작자들이 아니다. 지금부터 해독약을 나눠주겠다. 이걸 복용하는 즉시, 내 앞에서 썩 꺼지도록 해라. 그리고 앞으로는 사람들 눈에 띄지 않는 한적한 장소에 처박혀 남은 생을 반성하며 조용히 살도록 해라. 만일, 내 눈에 다시 띄는 날에는 네놈들이 먹은 환약의 내용물을 껍데기 없이 처먹게 만들어 줄 것이다."

해독약을 복용한 직원들은 황급히 짐을 챙긴 다음, 살려준 은혜에 거듭 감사하며 농장을 떠났다. 화골산에 녹아 시체조차 남기지 못한 동료에 비하면 그들은 운이 좋은 편이었다.

직원들을 내보낸 원공후는 제자들을 불러 그들이 이곳에 있었다는 흔적을 깨끗이 없애란 지시를 내렸다. 제천회나 경찰이 이번 일을 조사할지 몰라 미리 대비하는 차원이었다.

운기요상을 마친 우건이 원공후에게 물었다.

"그들이 먹은 환약에 정말 독이 들어 있었소?"

원공후가 웃으며 대답했다.

"흐흐, 그 독이 얼마짜린데 함부로 쓰겠습니까? 제가 놈들 앞에서 시범을 보일 때 사용한 독약만 진짜였습니다.

나머지는 당연히 가짜였지요. 나중에 준 해약 역시 마찬가지입니다. 껍데기 색깔만 다를 뿐이지, 같은 종류의 환약이었습니다."

우건은 원공후의 치밀한 심계에 감탄을 금치 못했다. 진짜 환약 하나와 가짜 환약 40여 개로 몇 시간이 걸릴지 알 수 없는 현장 정리를 불과 서너 시간 만에 끝내버린 것이다.

신조농장의 구조를 잘 아는 그들의 도움을 받지 못했으면 일반 직원이 출근하는 시간까지 정리를 마치기가 쉽지 않았다.

그때, 흔적을 없애러 간 김은과 홍대곤이 합류했다.

중간에 우여곡절이 조금 있긴 했지만 어쨌든 이곳을 찾을 때 세운 목표는 완수한 셈이었다. 먼저 정미경의 대출 서류를 찾아 태우는 데 성공했다. 그리고 신조농장 주인 신종후와 조심화를 죽여 세상의 해악을 없애는 데 크게 일조했다.

일행은 홀가분한 마음으로 귀환을 서둘렀다. 일행의 차가 큰 도로로 막 빠져나오는 순간, 농장으로 출근하는 차가 몇 대 보였다. 농장에서 일하는 일반 직원이 모는 차인 듯했다.

시간을 지체했다면 농장으로 들어가는 일방통행 도로에서 마주쳤을 가능성이 높았다. 그리고 실제로 마주쳤다면 그들이 흔적을 없애기 위해 지금까지 해온 수고가 물거품으로 돌아갔을 공산이 높았다. 지금 출근하는 직원들이 신조농장에서 벌어진 불법적인 일과 얼마나 관련 있을지는 모르겠지만 그들의 입을 봉하는 일은 현실적으로 쉽지 않았다.

일행은 다행으로 여기며 강남으로 차를 몰았다. 얼마 지나지 않아 수연의원이 있는 삼거리가 눈에 들어왔다. 우건은 고개를 돌려 수연의원을 살폈다. 의원 문은 아직 열지 않았지만 의원 1층과 2층에는 불이 환하게 켜져 있는 상황이었다.

쾌영문 주차장에 차를 세운 일행은 수연의원을 먼저 찾아갔다.

의원 현관문을 여는 순간, 소파와 카운터에 각각 앉아 있던 김철과 김동이 동시에 일어섰다. 김동과 김철은 문을 연 사람이 우건 일행임을 확인한 후에야 안도의 숨을 내쉬었다.

김동과 김철이 즉각 달려와 일행을 맞이했다.

원공후가 제자들의 인사를 받으며 물었다.

"우리가 떠난 후에 별일 없었느냐?"

"예, 별일 없었습니다."

"고생이 많았다. 이곳은 주공과 내가 있을 테니까 너희들은 차에 실어둔 짐을 옮긴 다음, 잠시 눈을 붙이도록 하여라."

"알겠습니다."

김동과 김철은 주차장에 내려가 짐을 내리는 김은과 홍대곤을 도왔다. 혼자 쾌영문을 지키던 임재민 역시 그사이 연락을 받은 듯 주차장에 나와 짐을 옮기는 사형들을 도왔다.

우건과 원공후는 의원 2층으로 올라갔다. 밤을 꼴딱 샌 듯 조금 피곤해 보이는 수연과 이진호가 그런 두 사람을 맞았다.

간단한 인사가 오간 후에 수연이 이진호에게 권했다.

"이 간호사는 이제 퇴근해요. 오늘 고생 많았어요."

"의원은 어떻게 하실 생각입니까?"

"오늘은 하루 쉴 생각이에요."

"알겠습니다."

우건과 원공후, 수연에게 인사한 이진호는 집으로 곧장 돌아갔다. 그는 집이 이 근처에 있어 출퇴근이 쉬운 편이었다.

이진호를 배웅하고 돌아온 수연이 우건에게 물었다.

"잘 끝난 거예요?"

우건은 정미경이 머무르는 방을 힐끔 보며 물었다.

"수간호사님은?"

"방금 전에 일어나셨어요."

"그럼 같이 듣는 게 좋겠군."

"알았어요."

수연은 바로 정미경을 데리고 나왔다.

우건과 원공후를 발견한 정미경이 머리를 숙였다.

"어제는 정말 폐가 많았습니다."

원공후가 손사래를 쳤다.

"아이고, 저희들에게 머리까지 숙이실 필요 없습니다."

정미경이 소파에 앉길 기다린 우건이 밤사이 있었던 일을 간략히 줄여 설명했다. 긴장한 자세로 듣던 정미경은 대출 서류를 전부 태웠다는 말에 안도의 숨을 내쉬었다. 옆에 앉아 있던 수연이 다행이라는 듯 정미경의 어깨를 살짝 안았다.

긴장이 풀린 정미경이 다시 방으로 쉬러 들어간 후, 우건은 신조농장 문서 보관소에서 찾아낸 비밀 장부를 보여주었다.

장부에 적힌 명단을 확인하던 원공후의 눈이 커졌다.

"이거 공개하면 난리가 나겠는데요."

우건은 내친 김에 은수를 구할 때 알아낸 제천회란 조직과 한정당 국회의원 박필도, 정광규의 관계에 대해 설명했다.

원공후는 김은에게 은수를 구할 때의 상황을 자세히 들어 놀라지 않았지만 처음 듣는 수연은 까무러치게 놀라 물었다.

"박필도라면 요즘 뉴스에 자주 나오는 그 국회의원이잖아요?"

"맞아, 그자야."

우건이 부정 않는 모습을 본 수연은 방금 전보다 더 크게 놀랐다. 수연은 전에 나쁜 사람에게 잡혀 있던 은수를 운 좋게 구해낼 수 있었다는 말을 우건에게 들은 적 있지만 그 나쁜 사람이 국회의원이라는 말은 듣지 못했다. 더욱이 그 국회의원이 정치에 관심이 많지 않은 수연조차 뉴스에서 몇 차례 본 적 있는 유명한 정치인일 줄은 꿈에도 몰랐다.

한데 정작 수연이 놀란 이유는 박필도가 유명한 정치인이어서가 아니었다. 지금으로부터 몇 달 전, 그러니까 작년 연말과 올해 초에 온 나라를 떠들썩하게 만든 사건의 주인공이 바로 국회의원 박필도였기 때문에 놀라움을 금치 못했다.

뉴스에 따르면 작년 연말, 정확히 말하면 12월 31일에 여당 4선 의원이며 국회 기획재정위원회 위원장으로 있는 박필도가 개인 요트를 타고 인천 앞바다에 나갔다가 요트와 함께 사라져 버린 사건이 발생했다. 여당 4선 의원은 중진 중의 중진이라, 정치권에선 거물로 불리기 충분한 인사였다.

그런 인사가 갑자기 요트와 함께 사라져 버린 상황이었다. 대대적인 수색과 조치가 뒤따르는 건 어쩌면 당연한 수순이었다. 특종이라면 환장하는 미디어에게는 장날이나 마찬가지였다. 벌떼 같이 달려들어 사건을 낱낱들이 파헤쳤다.

한데 몇 달이 지난 지금까지 성과가 전혀 없었다. 몇몇 인터넷 커뮤니티에서는 중죄를 범한 박필도가 잡히기 전에 중국으로 밀항했다는 소문이 돌았다. 또, 그가 뒤를 봐주던 조직폭력배에게 배신당해 수장됐다는 등의 추측이 난무했지만 추측일 뿐, 실종된 진짜 이유는 미스터리로 남아 있었다.

한데 그런 박필도의 이름이 우건의 입에서 나오니, 수연은 놀라지 않을 도리가 없었다. 그녀는 의대를 아주 뛰어난 성적으로 입학했을 만큼 머리가 뛰어났다. 우건이 박필도에게 납치당한 은수를 구한 다음, 박필도를 그의 요트와 함께 없애 버렸다는 것을 어렵지 않게 유추해 낼 수 있었다.

그야말로 요 몇 달 동안 대한민국 전체를 떠들썩하게 만든 박필도 의원 실종 사건의 주인공이 바로 우건이었던 것이다.

수연은 바로 걱정스런 표정으로 물었다.

"괜찮은 거예요?"

"괜찮을 거야."

우건은 언제나처럼 담담한 목소리로 대답했다.

그러나 이번에는 그 담담한 목소리가 수연을 안심하게

하지 못했다. 상대는 여당 중진 의원이었다. 잡힌다면 사형을 면하기 어려웠다. 걱정을 하지 않으려야 않을 수가 없었다.

눈치 빠른 원공후가 걱정 말라는 표정으로 대꾸했다.

"걱정하실 필요 전혀 없습니다. 그 일을 아는 사람은 현재 주공과 주모 두 분을 포함해 여섯 명에 불과합니다. 나머지 네 명은 저와 저의 제자들입니다. 말이 새어나갈 껀덕지가 전혀 없단 뜻입니다. 물증 역시 이미 완벽하게 처리해 둔 터라, 주공과 그 사건을 연결시킬 방법이 전혀 없습니다."

수연은 그제야 조금 안심이 되는 듯했다.

"그렇다면 마음이 놓이네요."

수연이 안심하는 모습을 본 원공후가 우건에게 물었다.

"정광규 그놈은 어떻게 하실 생각입니까? 제천회에 대한 정보를 빼내려면 어떻게든 정광규와 접촉해야 하지 않겠습니까?"

"어떤 방법이 있겠소?"

원공후는 이미 생각해놓은 방법이 있다는 듯 거침없이 답했다.

"두 가지가 있습니다. 첫 번째는 정광규 그놈을 납치해 우리가 직접 알아내는 겁니다. 그리고 두 번째는 비밀 장부를 이용해 협박하는 겁니다. 이를 테면 비밀 장부를 넘길

테니까 너는 우리에게 제천회에 대한 정보를 넘기라는 식
이지요."

수연이 바로 반대의사를 표명했다.

"둘 다 위험해요. 박필도 일로 온 나라가 시끄러워진 마
당에 다시 정광규를 건드리면 정부나 언론에서 눈치 챌 거
예요. 더욱이 정광규는 대통령의 친한 친구라는 소문이 있
어요."

원공후가 일리 있단 얼굴로 고개를 끄덕이며 우건에게
물었다.

"주모님 의견을 어떻게 생각하십니까?"

"사매의 의견이 맞는 것 같소. 우리가 정광규를 건드리
면 분명 박필도와 정광규를 연결 지어 생각하려는 자들이
생길 거요. 우리에게는 그다지 좋은 소식이 아니오. 나야
별 상관없다지만, 그 와중에 은수가 수면 위로 드러날 위험
이 있소."

원공후가 자기 허벅지를 찰싹 때렸다.

"아차, 은수를 생각 못했군요. 주공님 말씀이 백 번 천
번 옳습니다. 은수의 이름은 우리가 끝까지 지켜주어야 합
니다."

은수는 배우였다. 만일 은수가 박필도 사건과 연관되어
있다는 소문이 퍼지면, 그녀의 배우 인생은 그날로 끝이라
봐야 했다.

잠시 고민하던 원공후가 좋은 생각이 떠오른 듯 갑자기 자기 허벅지를 찰싹 때렸다. 이번에는 좋은 의미의 찰싹이었다.

"정광규를 건드리기 어려운 이유가 대통령의 친구임과 동시에 한정당 사무총장이라는 직함 때문이라면 해결 방법은 아주 간단합니다. 대통령이 그를 친구로 생각하지 못하게 만들거나, 한정당 사무총장에서 물러나도록 만드는 겁니다."

수연이 좋은 생각이라는 듯 바로 고개를 끄덕였다.

"비밀 장부를 이용해서 그에게 타격을 입힐 생각이군요."

원공후가 수연을 보며 대꾸했다.

"맞습니다. 비밀 장부를 공개하면 놈이 알아서 몰락할 겁니다. 우린 그가 몰락하길 기다렸다가 재빨리 낚아채는 거지요."

수연이 급히 물었다.

"그런데 어떻게 공개하죠? 언론이나, 경찰을 이용할 건가요?"

"으음."

턱수염을 쓰다듬으며 잠시 고민하던 원공후가 전화기를 들었다.

잠시 후, 김동이 자다 깬 듯한 모습으로 달려왔다.

"찾으셨습니까?"

원공후가 장부를 건네주며 물었다.

"이걸 어떻게 흘리는 게 좋겠느냐? 경찰이나, 언론이 좋겠느냐?"

재빨리 장부를 살펴본 김동이 딱하다는 표정으로 대꾸했다.

"이런, 이런. 요즘 누가 경찰과 언론에 이런 정보를 흘린답니까?"

원공후가 성을 내며 물었다.

"그럼 어디에 흘린단 말이냐?"

김동이 자기 스마트폰을 흔들어보였다.

"이 조그마한 기계 안에는 아무리 강한 권력을 지녔어도 통제하지 못하는 무한한, 그리고 무질서한 세계가 들어 있습지요. 우리는 그 세계에 발을 살짝 걸쳐놓으면 되는 겁니다."

원공후가 금시초문이라는 듯 눈을 끔뻑이며 물었다.

"휴대전화에 그런 세계가 들어 있단 말이냐?"

세 사람 중 그나마 첨단기기에 익숙한 수연이 물었다.

"인터넷에 흘린단 뜻인가요?"

김동이 그제야 말이 통한다는 표정으로 얼른 대꾸했다.

"역시 제 심정을 알아주는 분은 주모님밖에 없으십니다. 맞습니다. 이놈을 인터넷에 풀어놓으면 지가 알아서 퍼질 겁니다. 더구나 인터넷은 통제와 관리가 어렵기 때문에 24시간 안에 원하는 결과를 얻을 수 있다는 장점까지 있습니다."

원공후가 흡족한 얼굴로 지시를 내렸다.

"좋아. 네가 이번 일을 맡아 끝까지 마무리 짓도록 해라. 단, 우리가 그 일에 관련 있다는 증거를 절대 남겨서는 안 된다."

"그야 당연하지요."

자신 있게 대답한 김동은 바로 대통령의 친구이며 한정당 사무총장인 정광규를 파멸의 길로 몰아넣을 계획을 세웠다.

3장. 무한의 세계

　김은, 김동, 김철 형제의 아버지 김두진(金斗進)은 아주 특이한 사람이었다. 그는 전과 8범의 대도(大盜)로 독재의 서슬이 시퍼렇던 시절에 경찰청장 관저를 털어 유명세를 떨쳤다.

　자존심에 상처를 입은 경찰은 당연히 인력을 총동원해 김두진을 추적했다. 그러나 김두진은 신출귀몰하기 짝이 없었다. 10년 넘게 법망을 피해 다녀 경찰을 허탈하게 만들었다.

　놀라운 점은 그 와중에 김두진이 반격을 시도했다는 점이었다. 아니, 반격에 성공했다는 점이었다. 그는 서울시장과

법무부장관의 집을 연이어 터는 기염을 토했다. 그리고 고
관대작의 집에서 훔친 돈과 재물을 고아원에 기부하는 등
빈민 구제에 모두 사용해 일반 대중의 열렬한 지지를 받았
다.

김두진은 마치 20세기에 다시 등장한 홍길동처럼 여겨
졌다.

그런 김두진이 사람들의 뇌리에서 잊힌 시기는 지금으로
부터 15년 전이었다. 죽었다는 소문이나 경찰에 잡혔다는
소식은 없었지만, 그가 살아 있다는 소식 역시 들려오지 않
았다.

원공후가 이곳에 넘어와 도둑질을 재개했을 때는 이미
김두진이 종적을 감춘 후라 대도끼리의 만남은 성사되지
못했다.

그러나 김두진에 대한 소문만은 귀에 못이 박히게 들은
터라, 언제 한번 만나봐야겠단 생각을 하던 차였는데 우연
찮게 그의 세 아들과 얽히는 바람에 소식을 접할 기회가 생
겼다.

김두진은 이미 이 세상 사람이 아니었다. 타고난 도둑임
과 동시에 희대의 바람둥이였던 김두진은 세 명의 여인에
게서 세 아들을 두었다. 그 아들이 바로 김은, 김동, 김철이
었다.

아버지의 행실이 별로 좋지 않았기 때문에 자식들이

아버지를 좋아하기가 쉽지 않을 듯 보이지만, 김두진은 자식들이 꿈을 펼칠 수 있게 물심양면으로 도왔다. 덕분에 부자관계는 그렇게 나쁜 편이 아니었다. 세 아들은 아버지와 달리 착실히 살기 위해 노력했다. 첫째 김은은 카레이서를, 둘째 김동은 컴퓨터 프로그래머를, 막내 김철은 요리사를 꿈꿨다.

그때, 사건이 터졌다. 아버지 김두진이 정체를 알 수 없는 누군가에게 목숨을 잃은 것이다. 부자관계가 나쁘지 않았던 삼형제는 즉시 아버지의 죽음을 면밀히 조사하기 시작했다.

그러나 경찰을 포함한 법집행기관 짓은 아니었다.

도둑이었던 아버지가 목숨을 잃었다면 결국 도둑질에 얽힌 어떤 사건과 연관이 있을 거란 의심에 삼형제는 도둑의 삶을 살기 시작했다. 도둑으로 살다보면 언젠가는 아버지를 죽인 조직이나 범인과 마주칠 수 있을 거란 생각에서였다.

한데 그 와중에 뜻하지 않은 일이 생겼다.

원공후가 찜해 둔 부잣집을 삼형제가 먼저 건드리는 바람에 원공후의 심기를 건드린 것이다. 삼형제는 원공후에게 복날 개 맞듯 맞은 후에야 다른 세상이 있다는 것을 알았다.

삼형제는 처음에 원공후가 아버지를 죽인 원수인 줄

알았다. 그러나 활동한 시기가 맞지 않는 것을 확인하고 의심을 거두었다. 대신, 다른 생각을 품기 시작했다. 원공후의 제자로 들어가 그에게 무공을 배울 흑심을 품기 시작한 것이다.

그러나 원공후는 당시만 해도 제자를 거둘 생각이 없었기에 삼형제는 뜻을 이루지 못했다. 그렇게 몇 년의 세월이 속절없이 흘렀을 때였다. 손을 씻기로 결정한 원공후가 삼형제를 다시 불러준 덕분에 정식으로 사제의 연을 맺게 되었다.

삼형제 모두 재능이 뛰어나지만 둘째 김동은 그중 군계일학이라 할 수 있었다. 코딩을 독학으로 깨우친 김동은 고등학교 재학 중일 때 이미 위저드급 해커라는 소리를 들었다.

해커는 해킹 실력에 따라 불리는 명칭이 달랐다. 그중 위저드란 명칭은 가장 높은 수준의 해커에게 붙는 명칭이었다.

대한민국에 위저드급 해커가 아주 소수라는 점을 생각해 봤을 때 김동이 쾌영문도로 살아가는 것은 국가적인 손실이었다. 반대로 우건 등에게는 천만다행이 아닐 수가 없었다.

김동은 안전을 기하기 위해 형 김은, 사제 임재민과 지방에 내려가 작업을 시작했다. 장비를 구해 만반의 준비를 갖춘 후에는 해외에 서버를 개설해 우건이 넘긴 자료를 올렸다.

신조농장이 보관한 비밀 장부에는 뇌물을 준 상대의 실명과 뇌물로 건넨 돈의 액수, 그리고 뇌물을 준 시기와 장소가 정확히 나와 있었다. 그러나 이런 텍스트로는 상대에게 충격을 주지 못했다. 조작한 증거라며 부인하는 게 가능했다.

이런 점을 신조농장의 두 주인 신종후, 조심화가 모를 리 없었다. 두 사람은 부하를 시켜 뇌물을 건네는 거래장면을 몰래 촬영했다. 그리고 그 촬영한 영상을 USB에 담아 우건이 문서 보관소에서 발견한 비밀 장부 하단에 달아두었다.

김동은 가짜 사이트에 장부의 자료를 몇 개 올렸다. 경찰 간부, 검사, 국세청 과장 등 10여 명이 넘는 정부관계자의 실명과 그들이 뇌물을 받은 상세한 정황을 담은 자료였다.

곧 왕성한 활동을 보이기로 유명한 한국의 네티즌들이 이를 포착해 국내 인터넷 커뮤니티로 퍼다 나르기 시작했다. 그러나 반향은 그리 크지 않았다. 인터넷 뉴스매체 몇 군데가 커뮤니티에 올라온 글을 소스 삼아 보도했을 뿐이었다.

인터넷 뉴스를 검색하던 임재민이 불안한 표정을 지었다.

"생각보다 너무 조용한데요."

서버 트래픽을 살피던 김동이 혀를 찼다.

"이번에 푼 놈들은 피라미야."

"그게 무슨 소립니까?"

홍귀방에 입문하기 직전에 신용카드 해킹 사건으로 경찰에 잡힌 전력이 있는 임재민은 자신과 성향이 흡사한 김동과 가장 먼저 친해져 사석에서는 스스럼없이 대화를 주고받았다.

김동이 심드렁한 표정으로 대답했다.

"피라미는 잡아봤자 별 소용이 없어. 오히려 처치 곤란한 경우가 더 많지. 그러나 피라미가 아주 소용없지는 않아. 피라미가 근처에 있으면 메기 같은 놈들이 모여드는 법이거든. 즉, 더 큰 물고기를 잡을 수 있게 해주는 미끼라 이거야."

김동은 탁자에 올려둔 다리를 내리며 식은 피자를 베어물었다. 피자 한 조각을 게 눈 감추듯 먹어치운 김동이 콜라를 벌컥벌컥 마시더니 티슈로 입가에 묻은 부스러기를 닦았다.

그런 김동의 얼굴에는 불안한 기색이 전혀 없었다.

임재민은 할 수 없이 노트북 모니터에 다시 집중했다.

다음 날, 김동은 좀 더 큰 미끼를 풀었다. 경찰청 고위 간부와 부장검사, 국세청 국장, 청와대 비서관 등이 그들이었다.

이번에는 반응이 확실했다.

김동이 만든 사이트를 계속 주시하던 네티즌들이 자료를 받아 인터넷 커뮤니티와 SNS에 대량으로 퍼트리기 시작했다. 특히, SNS의 파급력은 엄청나 불과 세 시간 만에 이른바 메이저 언론이라 부르는 주요 매체들이 기사화에 들어갔다.

메이저 언론이 나서면 정부 역시 어떤 식으로든 대응할 수밖에 없었다. 그것이 바로 정부와 언론이 돌아가는 방식이었다.

정부는 즉시 이를 가짜 뉴스로 정의했다. 그리고 언론매체에 이를 기사화하지 말아 달라 요청했다. 사실, 요청이 아니라 지시에 가까웠다. 원래 이번 정부는 초기부터 언론을 통제하려는 성향이 강해 야당, 시민단체와 사이가 좋지 않았다.

언론은 바로 바짝 엎드렸다.

물론, 모든 언론이 다 그런 건 아니지만 정권이 강하게 통제할 땐 쥐 죽은 듯 지내다가 대화가 가능한, 그리고 언론을 잘 대해주는 정권이 들어서면 바로 돌변해 이빨을 드러냈다.

언론의 추악한 일면이었다.

뇌물 리스트에 등장한 정부 관계자들 역시 고소 운운하며 결백을 주장했다. 그리고 그들을 비판하는 자들을 출처가 불확실한 정보에 현혹당한 무지한 사람 취급하며 신랄히 비난했다.

김동이 갑자기 급증한 트래픽 수치를 확인하며 씨익 웃었다.

"드디어 미끼를 물었군."

그때, 작업장으로 사용하는 창고 문이 열리며 우건과 원공후, 김은이 들어왔다. 원공후가 인사하는 임재민에게 손에 든 비닐봉지를 건넸다. 봉지 속에서 치킨 냄새가 풍겨왔다.

침을 꿀꺽 삼킨 임재민이 식탁으로 사용하는 탁자에 치킨을 꺼내놓을 때, 원공후가 모니터 앞에 앉은 김동에게 물었다.

"언제 끝나느냐?"

김동이 고개를 돌리며 대답했다.

"오늘 마지막 리스트를 올릴 생각입니다."

"추적은?"

"경찰 지능범죄수사팀과 국정원 사이버테러대응부서가 서버를 추적 중인데 지금쯤 암스테르담을 뒤지고 있을 겁니다."

"웬 암스테르담?"

"쉽게 말해 그들이 헛짚었단 뜻입니다."

"잘했다."

일행은 원공후가 사온 치킨으로 저녁을 대신하며 향후 작전을 상의했다. 그날 밤, 김동은 원공후에게 말한 대로 남은 리스트를 마저 올렸다. 이번 리스트에는 국회의원 두 명, 차관 한 명, 검사장 두 명, 청와대 수석보좌관 두 명이 끼어 있었다. 한데 국회의원 두 명 중 한 명이 바로 정광규였다.

이미 네티즌과 미디어가 잔뜩 모여든 상태였기 때문에 불과 세 시간이 넘지 않아 수백 개의 기사가 한꺼번에 쏟아졌다.

다음 날, 정부는 같은 해명을 반복했다. 이번 폭로 또한 가짜 뉴스이며 리스트에 오른 고위 공직자들 역시 결백하다는 해명이었다. 김동은 기다렸다는 듯 마지막 한 방을 준비했다.

지금까지 폭탄의 크기를 계속 키워왔다면 이제부턴 폭탄 심지에 불을 붙일 차례였다. 김동은 사이트에 USB에 든 영상자료를 업로드하기 시작했다. 그들이 언제, 어디서, 어떤 방식으로 뇌물을 받았는지 폭로하는 영상이었다. 더구나 신종후와 조심화가 촬영할 때 좋은 장비를 사용한 덕분에 얼굴과 목소리가 선명해 다른 사람으로 착각하기 어려웠다.

반응은 가히 폭발적이었다.

바로 정권을 향한 격렬한 성토가 이어졌다. 야당과 미디어가 거짓 해명으로 일관한 정부와 리스트에 이름을 올린 고위공직자를 비판하는 대열에 합류했다. 레임덕에 시달리던 정권을 회생 불가능으로 만든 정권말기 최악의 스캔들이었다.

김은이 속보로 올라오는 인터넷 뉴스를 보며 의문을 드러냈다.

"그런데 저런 증거로 놈을 잡아넣을 수 있습니까?"

간이 소파에 누운 원공후가 깍지를 낀 손으로 뒤통수를 받쳤다.

"힘들겠지."

김은이 고개를 갸웃거렸다.

"그럼 다 소용없는 짓 아닙니까?"

원공후가 혀를 끌끌 찼다.

"쯧쯧, 넌 하나만 생각하는구나. 정광규가 잡히면 우리가 어떻게 잡는단 말이냐? 네가 유치장에 쳐들어가 잡아올테냐?"

김은이 이해했단 표정으로 고개를 끄덕였다.

"아, 그렇군요."

원공후의 말대로 이번 폭로는 경찰이나, 검찰이 정광규를 체포하게 만들기 위한 의도가 아니었다. 대통령이 정광규를 친구로 생각하지 못하게 만들려는 폭로였다. 또, 정광규가 한정당 사무총장에서 스스로 물러나게 만들려는 폭로였다.

정광규는 사회적 입지가 대단한 사람이었다. 현직 대통령의 친한 친구였으며 여당의 사무총장에 재임 중인 정권

실세였다. 그런 정치인을 잘못 건드리면 역풍이 불 위험이 높았다.

그러나 정광규가 가진 사회적 입지를 모두 벗겨내면 그 역시 하찮은 인간 중에 하나일 따름이었다. 우건은 그가 바닥까지 추락했을 때 은밀히 방문해 제천회에 대한 정보를 알아낼 생각이었다. 이미 뒤처리 방법까지 생각해 둔 차였다.

팔짱을 낀 자세로 뉴스 채널을 지켜보던 우건이 고개를 돌렸다.

"유어스 캐피탈에 관한 정보를 같이 풀어 버리게."

"알겠습니다."

김동은 바로 우건이 유어스 캐피탈 본사 DB에서 훔쳐낸 정보를 인터넷에 풀었다. 유어스 캐피탈은 겉으로 보기엔 멀쩡한 대부업체처럼 보이지만, 보이지 않는 곳에서는 전국에 있는 불법 대부업체를 산하에 둔 악명 높은 사채조직이었다.

김동은 또 유어스 캐피탈이 정광규 등에게 뇌물을 건넨 당사자란 소문을 같이 흘렸다. 정광규 등이 뇌물을 받은 업체가 사채조직이었단 소문을 접한 국민은 전보다 더 분노했다.

유어스 캐피탈의 어두운 부분을 공개하는 것으로 할 일을 마친 일행은 철수를 서둘렀다. 김동은 먼저 장비를 소각

했다. 그들이 이곳에 머물렀다는 흔적 역시 완벽하게 지웠다.

짧은 출장을 마친 일행은 가명으로 빌린 렌터카에 올라 서울로 돌아갔다. 서울로 올라가던 도중, 원공후가 옆자리에 앉은 우건의 기색을 살폈다. 눈치가 귀신같은 원공후가 우건의 표정이 전보다 조금 무거워졌다는 사실을 모를 리 없었다.

"무슨 걱정 있으십니까? 오늘따라 표정이 안 좋아 보이십니다."

우건은 창밖으로 지나가는 풍경을 보며 대꾸했다.

"제천회가 우리보다 더 빠를 것 같아 걱정이오."

"제천회가 먼저 꼬리를 잘라 버릴 수 있단 뜻입니까?"

고개를 끄덕인 우건은 말없이 창밖을 응시했다.

우건의 걱정은 기우로 끝나지 않았다.

서울에 도착해 렌트한 차를 막 반납했을 때였다.

스마트폰으로 인터넷뉴스를 검색하던 김동이 갑자기 소리쳤다.

"사부님, 큰일 났습니다!"

원공후가 돌아보며 물었다.

"무슨 일이냐?"

김동이 당황한 표정으로 대꾸했다.

"정광규가 음독자살했다는 속보가 막 떴습니다."

"흐음."

신음소리를 낸 원공후가 앞에서 걸어가는 우건에게 물었다.

"들으셨습니까?"

우건은 계속 걸어가며 대답했다.

"들었소."

"어떻게 하시겠습니까?"

"정광규가 죽었다면 다른 방법이 없지 않겠소?"

"리스트에 올라 있는 다른 사람들을 조사해 보는 방법은 어떻습니까? 그들 역시 제천회 소속일 가능성이 높지 않겠습니까?"

우건은 고개를 저었다.

"확실하지 않은 단서를 갖고 여기저기 들쑤시고 다닐 순 없소."

"그야 그렇지요."

대답하는 원공후의 목소리가 조금 허탈하게 들렸다.

원공후를 힐끗 쳐다본 우건이 수연의원 앞에 잠시 멈춰 섰다.

"제천회가 지금처럼 야욕을 부린다면 언젠가는 다시 마주칠 날이 있을 거요. 우린 그때를 위해 단단히 준비해 둬야 하오. 놈들은 지금까지 상대한 적들과는 차원이 다를 것이오."

"맞는 말씀입니다."

우건의 말에 동의한 원공후가 제자들을 돌아보며 질문했다.

"주공께서 하신 말씀 다들 들었겠지?"

제자들이 공손한 어조로 대답했다.

"예, 사부님."

"지금처럼 어영부영하다간 앞으로 있을 제천회와의 대결에서 목숨을 부지하기 어려울 거란 말씀을 하신 게다. 그 뜻을 받들어 오늘부터 지옥훈련에 들어갈 테니까 그렇게들 알아라."

제자들에게 엄포를 놓은 원공후는 준비할 일이 많다는 듯 서둘러 돌아갔다. 어깨가 축 처진 제자들이 그런 원공후의 뒤를 터벅터벅 쫓아갔다. 지금까지 해온 훈련 역시 그들에겐 지옥훈련이나 진배없었다. 한데 앞으로는 그보다 심한 지옥훈련을 해야 한다니 풀이 죽을 수밖에 없는 노릇이었다.

원공후와 헤어진 우건은 수연의원 현관문을 열었다.

수연의원은 신조농장과 엮이기 전의 모습으로 돌아와 있었다. 접수대에 자리한 수간호사 정미경은 그녀의 트레이드마크라 할 수 있는 부드러운 미소로 우건에게 인사를 건넸다.

"오셨어요?"

"예."

"갔던 일은 잘 끝났나요?"

"다행히 잘 끝났습니다."

잠시 생각한 우건이 말을 덧붙였다.

"앞으로는 걱정할 일이 없을 겁니다."

정미경은 우건과 원공후가 지방에 내려간 이유를 몰랐다. 그저 신조농장 일의 후속조치가 아닐까 추측할 따름이었다.

한데 그 일이 잘 끝났다는, 그리고 앞으로는 걱정할 일이 없을 거라는 우건의 말은 조금 남아 있던 정미경의 불안감을 없애기에 충분했다. 그녀는 접수대를 나와 우건에게 정식으로 인사했다. 진심을 한껏 담은 감사의 인사였다. 이런 상황에 그다지 익숙하지 않은 우건은 가볍게 답례해 넘겼다.

우건과 정미경 사이에 잠시 어색한 침묵이 찾아왔다. 그나마 다행인 점은 어색함을 없애줄 적임자가 곧 나타났단 거였다.

우건을 발견한 이진호가 한달음에 달려와 넙죽 허리를 숙였다.

"이제 오십니까?"

"내가 없는 동안 의원에 별일 없었는가?"

"예."

"원장님은?"

"조금 전에 먼저 퇴근하셨습니다."

우건은 2층으로 올라갔다. 2층 현관문을 여는 순간, 구수한 된장찌개 냄새가 풍겨왔다. 지방에 있는 동안에는 밖에 나가 음식을 사먹을 수 없는 탓에 인스턴트로 끼니를 때웠다.

사흘 만에 맡는 집 밥 냄새가 식욕을 강하게 돋웠다. 문이 열리는 소리를 들은 수연이 앞치마를 걸친 모습으로 나왔다.

"시장하죠?"

"조금."

"밥에 뜸만 들이면 되니까 어서 씻고 와요."

말을 마친 수연은 다시 부엌으로 들어갔다.

우건은 시키는 대로 손을 씻고 식탁에 앉았다. 냉이를 넣어 끓인 된장찌개와 싱싱한 달래로 무친 나물이 눈에 띄었다.

지방에 있는 동안에는 김은이 사온 피자나, 햄버거에 거의 손을 대지 않은 터라, 오랜만에 배가 부르도록 저녁을 먹었다.

저녁을 먹은 후에는 진한 에스프레소가 가득 든 머그컵을 손에 들고 소파에 앉았다. 소리를 줄여놓은 TV 화면 속 저녁뉴스에서는 한창 정광규의 자살사건을 보도하는 중이었다.

리모컨으로 TV를 끈 수연이 소파 옆에 앉으며 불쑥 물었다.

"에스프레소를 그렇게 많이 마셔도 괜찮은 거예요?"

"이상해?"

"에스프레소는 독해서 보통은 작은 찻잔에 담아 마시거든요."

우건은 머그컵에 가득 든 에스프레소를 보며 대꾸했다.

"확실히 일반 커피에 비해 독하긴 하더군. 하지만 지금까진 별문제 없었어. 그리고 옆에 실력이 뛰어난 의사가 있는데 무슨 걱정이야. 문제가 생기면 의사선생님이 봐주시겠지."

후식으로 사과를 깎던 수연이 피식 웃었다.

"이젠 농담도 곧잘 하는군요."

에스프레소를 한 모금 마신 우건이 가운데 방을 보며 물었다.

"수간호사님은 안 올라오시나?"

수연이 자른 사과를 포크에 꽂아 건네며 대꾸했다.

"더 이상 폐 끼치기 싫다며 어제 몰래 짐을 싸서 나가셨어요."

사과를 받은 우건이 다시 물었다.

"집은 구하셨대?"

"의원 근처에 작은 월세 방을 하나 구하신 모양이에요."

"내일 퇴근하시기 전에 잠시 2층에 올라왔다가 가라고 수간호사님에게 말씀드려줘. 수간호사님에게 내가 할 말이 있어."

수연이 호기심 가득한 표정으로 물었다.

"수간호사님과 무슨 얘길 하려고요?"

"지금 알면 재미없지."

"쳇."

입을 삐죽 내민 수연이 잠시 한숨을 내쉰 후에 물었다.

"갔던 일은요?"

"TV 봤어?"

"봤어요. 정광규 사무총장이 혐의에 압박을 느껴 자살했다더군요."

우건은 수연에게 모두 털어놓았다.

집중해 듣던 수연이 조금 긴장한 목소리로 물었다.

"그럼 제천회를 찾을 단서는 이제 없는 거예요?"

"오면서 쾌영문주에게 말했지만 제천회와는 언제고 다시 마주칠 날이 있을 거야. 어쩌면 그게 몇 년 후일 수도 있고, 아니면 당장 내일이 될 수도 있겠지. 하지만 그저 시간 문제일 뿐이야. 그들이 이곳에 존재하는 한은 나를 피해갈 방법이 없어."

무언가를 골똘히 생각하던 수연이 물었다.

"제천회는 대체 얼마나 강한 거예요?"

"그건 왜 물어?"

"이유는 묻지 말고 빨리 대답이나 해줘요."

"홍귀방주 장헌상이나, 신조농장 주인 신종후 등을 부하로 거느린 것을 보면 지금까지 상대한 자들보다 훨씬 강할 거야."

우건의 대답을 들은 수연이 벌떡 일어났다.

"우리 당장 수련하러 가요."

"피곤하지 않아?"

"백두심공 덕분에 요즘은 피곤한 걸 잘 못 느끼겠어요."

"하고 싶으면 해야지."

우건은 수연과 3층에 마련한 연공실을 찾아 수련을 시작했다.

수연은 그 어느 때보다 열심히 수련했다. 선골을 타고 난 수연은 태을문 입문무공이라 할 수 있는 오악령을 어느새 4성 가까이 터득한 상태였다. 실로 놀랍도록 빠른 성취였다.

특히, 오악령 중 백두심공과 묘향신법, 한라검법 세 무공의 성취가 아주 뛰어나 벌써 5성 경지를 상회하는 중이었다.

그러나 태을문 진산절예(眞山絶藝)를 배우기 위해선 오악령을 이루는 다섯 가지 무공을 전부 5성 이상 성취해야 했다. 즉, 권을 다루는 설악권법과 장을 다루는 금강장법을 5성 이상 터득하지 못하면 진산절예를 전수받을 자격이 없었다.

수연은 다른 무공에 비해 진도가 처진 설악권법과 금강장법을 익히는 데 정성을 쏟았다. 땀을 뻘뻘 흘리며 설악권법을 이루는 초식 여덟 개를 처음부터 끝까지 펼쳐 보인 그녀는 이내 장심을 허공에 내지르며 금강장법 수련에 들어갔다.

오른발을 앞으로 크게 내딛은 수연이 가는 허리를 살짝 비틀었다가 다시 펴며 왼손 장심을 하단으로 곧장 내뻗었다.

위잉!

장심에서 발출된 장력이 바닥을 빗질하듯 쓸어갔다.

팔짱을 낀 자세로 지켜보던 우건이 고개를 끄덕였다.

"훌륭한 고목휘지(古木揮枝)군."

고목휘지를 펼친 수연의 얼굴에 희미한 미소가 감돌았다. 그러나 아직 시연이 끝나지 않은 탓에 다시 냉정한 표정으로 돌아온 그녀는 금강장의 또 다른 초식을 펼치기 시작했다.

탁!

앞으로 내딛은 오른발로 바닥을 강하게 때린 수연이 반동을 이용해 뒤로 몸을 날리며 수중의 양장을 번갈아 휘둘렀다.

파파팟!

수연이 고목휘지를 펼치던 자리에 길게 늘어진 장영(掌影) 10여 개가 번갯불처럼 지나갔다. 만일, 이곳에 실제로 적이 존재해 고목휘지를 펼친 수연의 빈틈을 노리고 덮쳐 왔다면 뒤이어 날아든 장영에 맞아 낭패를 면치 못했을 것이다.

수연이 방금 펼친 초식은 풍영개화(風影開花)라는 이름을 가졌는데, 고목휘지와 함께 펼치는 연환수법 중의 하나였다.

우건의 눈이 빠르게 장영의 숫자를 세기 시작했다.

모두 12개였다.

금강장법이 4성에 이르렀다는 증거였다. 이제 장영의 숫자가 15개에 이르면 그토록 원하던 5성 경지에 이를 수 있었다.

금강장법 마지막 초식까지 시연한 수연이 수건으로 이마에 송골송골 맺힌 땀을 닦으며 우건을 쳐다보았다. 마치 어떻게 봤느냐고 묻는 듯했다. 우건은 말없이 미소를 지어보였다. 때로는 말보다 표정이 더 확실할 때가 있는 법이었다.

우건은 연공실 중앙에 걸어가 끼고 있던 팔짱을 천천히 풀었다.

"나를 적이라 생각하고 전력을 다해 공격해 봐."

"정말요?"

"아무리 뛰어난 신공절학도 실전에서 펼치지 못하면 쓸모가 없는 법이니까 지금을 실전이라 생각하고 배운 걸 펼쳐 봐."

"알았어요."

수연은 다부진 표정으로 오늘 수련한 설악권법과 금강장법을 펼치기 시작했다. 우건과 수연의 실력 차이는 하늘과 땅의 차이만큼이나 컸다. 더욱이 우건은 수연이 펼치는 모든 수법을 알고 있었기 때문에 위험한 상황은 일어나지 않았다.

우건은 태을십사수를 이용해 수연의 공격을 방어했다. 수연이 자신 있어 하는 설악권법의 백설만천(白雪滿天) 초식은 비원휘비로, 비록질풍(飛鹿疾風)은 금사점두로 각각 막았다.

탁!

수연의 주먹과 우건의 팔이 공중에서 부딪치는 순간, 미간을 찌푸린 수연이 살짝 물러섰다. 주먹에 통증을 느낀 듯했다.

평범한 대련이라면 기다려 줄 테지만 지금은 실전을 염두에 둔 훈련이었다. 상대가 물러선 지금은 공세로 돌아설 좋은 기회였다. 보법을 밟아 거리를 좁힌 우건은 구부린 손가락으로 수연의 목을 잡아 갔다. 태을십사수의 절초 광호기경이었다. 놀란 수연이 묘향신법을 펼쳐 가까스로 피했다.

그러나 이는 허초였다.

중간쯤에 이르렀던 우건의 팔이 기묘하게 꺾이는 순간, 광호기경이 흑옹시록으로 갑자기 변해 수연의 가슴을 훑어 갔다.

이 역시 남녀 사이에 이루어지는 연무(演武)에서는 일어나지 않는 일이었다. 강호에서는 남자가 여자의 가슴이나 사타구니 사이를 공격하는 행동을 아주 비열한 짓으로 여겼다.

그러나 사파나, 마도에 속한 일부 악인들은 별 거리낌 없이 여자의 은밀한 부위를 공격했다. 이런 공격은 두 가지 효과가 있었다. 첫 번째는 상대를 당황하게 만드는 효과였다. 그리고 두 번째는 상대의 심기를 어지럽히는 효과였다.

남자에게 은밀한 부위를 공격당한 여자들은 웬만한 정신력이 아니고선 화를 내거나 부끄러워하거는 반응을 보였다. 목숨이 오가는 실전에선 둘 다 그리 권장할 게 못되었다.

우건은 수연을 희롱하기 위해서가 아니라, 그녀에게 이런 수법도 있을 수 있단 점을 알려주기 위해 이런 공격을 펼쳤다.

수연 역시 여자였다. 얼굴이 붉게 달아올라서는 어찌할 바를 몰라 했다. 아니, 몰라 하는 듯했다. 우건이 수연의 손발이 어지러워진 모습을 보며 흑웅시록을 거두려는 찰나였다.

허리를 살짝 비튼 수연이 갑자기 왼손 장심을 앞으로 뻗었다.

펑!

우건이 펼친 흑웅시록과 수연이 막기 위해 갑자기 꺼낸 고목휘지가 중간에서 충돌하며 폭음이 울렸다. 우건이 내력을 적당히 조절했기 때문에 수연이 내상을 입는 일은 없었다.

부딪친 충격으로 두 사람 사이의 거리가 벌어지려는 순간, 수연이 육상 선수처럼 앞으로 몸을 날리며 양장을 번갈아 뻗었다. 고목휘지와 함께 펼치면 위력이 배가 되는 풍영개화였다. 우건은 10여 개의 장영이 폭포수처럼 쏟아지는 모습을 보며 적잖이 감탄했다. 거의 완벽한 초식 시전이었다.

그러나 계속 감탄하고 있을 수는 없었다. 장영이 가슴으로 날아드는지라, 재빨리 비원휘비로 풍영개화가 만든 장영을 해소했다. 차례대로 막힌 장영이 순식간에 자취를 감췄다.

그때, 왼쪽 뒤 그리고 시야가 미치지 않는 사각에서 날카로운 파공음이 울렸다. 우건은 고개를 돌려 파공음의 정체를 살폈다. 어느새 뒤로 돌아온 수연이 주먹을 내지르고 있었다.

수연의 주먹 주위에 무형의 기운이 회오리처럼 회전하는 중이었다. 설악권법의 최강 초식 승룡쟁천(乘龍爭天)이었다.

우건은 왼팔로 원을 그렸다. 그 순간, 수연의 주먹이 마치 자석에 이끌리듯 우건이 팔로 그린 원 안으로 빨려 들어갔다.

태을십사수의 절초 상비흡주(象鼻吸酒)였다.

우건은 수연의 손목을 잡았다가 가볍게 놓았다.

약간 무리한 수연은 숨을 거칠게 몰아쉬며 물었다.

"바, 방금 그건 대체 뭐죠?"

"태을십사수의 상비흡주라는 초식이야. 말 그대로 코끼리가 술을 마시듯 적의 공격을 끌어당겨 무력화하는 수법이지."

"그때도 코끼리가 있었어요?"

"태을십사수를 완성한 분이 남긴 기록에 따르면 다른 나라에서 진상한 코끼리가 몇 마리 있었던 것 같아. 그분은 코끼리가 물을 마시는 모습에 영감을 얻어 상비흡주를 만들었지."

수연은 우건처럼 팔로 원을 그려보며 물었다.

"팔이 자석에 끌린 것처럼 딸려 가던데 내가 느낀 게 맞아요?"

"맞아. 끌어당기는 힘, 즉 인력(引力)을 이용하는 수법이지. 지금 당장은 이해하기 어렵겠지만 태을문 무공의 요체는 사실 음양의 조화를 얼마나 잘 이루냐에 달려 있어. 강함과 약함, 부드러움과 단단함, 끌어당기는 힘과 밀어내는 힘을 조화할 줄 안다면 태을문 무공을 완벽히 이해한 셈이랄까."

곰곰이 생각하던 수연이 불쑥 물었다.

"그럼 밀어내는 초식도 있겠군요?"

"그렇지. 태을십사수에서는 철마제군(鐵馬蹄軍)이 상대를 밀어내는 데 사용하는 초식인데 이 역시 태을십사수를 만든 분이 행군하는 군대를 구경하다가 만든 초식이야. 어떤 병사가 군마 뒷다리의 발굽을 살펴보기 위해 뒤로 돌아가다가 놀란 군마의 뒷다리에 제대로 차이는 모습에 영감을 얻었지. 원래 말이란 짐승은 겁이 많기로 아주 유명하거든."

우건은 수연에게 승룡쟁천을 다시 펼쳐보이게 했다. 수연은 시키는 대로 작은 주먹을 단단히 말아 쥔 다음, 팔을 비틀듯이 앞으로 뻗었다. 전처럼 무형의 기운이 주먹을 감싼 모습이었다. 승룡쟁천의 구결을 정확히 운기했단 증거였다.

만약 승룡쟁천을 상대해야 하는 사람이 우건이 아니라 평범한 수준의 적이었다면, 주먹에 맞아 중상을 입을 위력이었다.

우건은 오른손의 손바닥을 수연의 주먹을 향해 곧장 뻗었다.

펑!

폭음이 울리는 순간, 충격을 이기지 못한 수연이 뒤로 날아갔다. 우건은 보법을 밟아 따라붙으며 왼팔을 빙글 돌렸다.

그 즉시, 상비흡주가 가진 인력이 날아가는 그녀를 끌어당겼다.

우건의 도움으로 바닥에 착지한 수연이 감탄을 금치 못했다.

"마치 거대한 손바닥이 제 주먹을 후려치는 듯한 충격이었어요."

"방금 전에 내가 태을문의 무공 요체를 뭐라 설명했는지 기억나?"

"음양의 조화라고 했어요."

"그런 이유에서 내가 방금 연달아 펼친 철마제군과 상비흡주를 적절히 합치면 밀어내는 힘과 끌어당기는 힘이 서로 조화를 이루어 그야말로 완벽한 필살초식이 만들어지는 거야."

우건의 설명을 곱씹던 수연이 고개를 저었다.

"말로 들어서는 잘 모르겠어요."

"으음."

주변을 둘러본 우건이 벽에 걸려 있는 목검으로 손을 뻗었다.

목검이 살아 있는 생물처럼 저절로 날아올라 우건의 손으로 빨려 들어갔다. 격공섭물을 본 적이 많지 않은 수연은 당연히 놀란 토끼 눈을 한 채 우건과 목검을 번갈아 보았다.

"어, 어떻게 한 거예요?"

"격공섭물이란 수법이야. 사매도 열심히 수련하면 할 수 있어."

"정말요?"

"난 무공과 관련해서는 거짓말하지 않아."

수연이 호기심어린 얼굴로 물었다.

"그럼 다른 일로는 거짓말한 적이 있다는 거예요?"

"흠흠."

헛기침한 우건은 재빨리 목검을 그녀 앞에 내밀었다.

"이 목검으로 한라검법을 펼쳐봐."

"또 화제를 돌리려 드는군요. 좋아요. 굳이 캐묻지 않을게요."

목검을 받아든 수연이 자세를 잡은 다음, 한라검법을 펼쳤다.

우건은 심장으로 날아드는 목검을 지켜보다가 왼팔로 원을 그렸다. 그 순간, 목검이 수연의 손을 떠나 우건에게 날아갔다. 상비흡주가 만든 인력이 수연의 목검을 빼앗은 것이다.

우건은 자신에게 날아드는 목검을 보다가 오른손의 장심을 앞으로 밀었다. 왼손으로는 상비흡주를, 오른손으로는 철마제군을 동시에 펼친 상태였다. 그야말로 상극에 해당하는 두 힘이 공중에 뜬 목검을 사방에서 짓눌러가기 시작했다.

그 효과는 바로 나타났다.

목검이 외곽부터 먼지로 변해 흩어지기 시작했다. 가공할 위력에 놀란 수연은 믿을 수 없다는 듯 눈을 동그랗게 떴다.

목검은 어느새 한 줌의 먼지로 변해 흩어졌다.

우건은 담담한 목소리로 설명을 이어갔다.

"내가 지금보다 더 강했다면 한 손으로 철마제군과 상비흡주를 동시에 펼쳤을 거야. 그럼 지금보다 훨씬 강한 위력이 나오겠지. 그러나 그럴 수 없어 한 손으로는 철마제군을, 다른 한 손으로는 상비흡주를 펼쳤어. 원래는 같이 쓰지 못하는 초식인데 태을문에는 이를 가능하게 해주는 수법이 있지. 바로 분심공이란 거야. 배워두면 앞으로 쓸데가 많을 거야."

우건은 수연에게 분심공의 구결을 알려주었다.

수연은 방금 전에 분심공이 만들어 낸 엄청난 광경을 보았던 터라, 다른 때보다 더 집중해서 구결을 암기하려 애썼다. 구결을 다 암기한 후에는 우건의 지도를 받아 수련에 들어갔다. 수연이 선골을 타고난 덕분에 빠른 성취를 보였다.

수련을 마친 두 사람은 연공실을 나와 하늘을 보았다. 자정이 훨씬 지난 듯 중천에 뜬 달이 빠르게 기우는 중이었다.

찬바람을 만끽하던 수연이 갑자기 자기에게 다짐하듯 말했다.

"더 열심히 수련할 테니까 사형이 많이 가르쳐줘요."

"열심히 해야겠단 생각이 든 이유가 따로 있는 거야?"

도시의 불빛을 바라보던 수연이 몸을 돌려 우건을 바라보았다.

"사형에게 짐이 되긴 싫으니까요."

"난 사매를 짐으로 생각해 본 적이 없는데."

고개를 저은 수연이 다시 도시의 불빛 쪽으로 몸을 돌렸다.

"사형은 저를 짐으로 생각하지 않을지 모르지만 현실은 그렇지 않을 거예요. 제천회가 지금까지 상대한 적보다 훨씬 강한 적이라면 저 역시 강해져야 해요. 그래야 중요한,

그리고 위험한 순간이 닥쳐왔을 때, 사형을 도울 수 있을 테니까요."

우건은 그녀가 그런 생각을 하고 있는 줄 몰랐기에 상당한 감동을 받았다. 두 사람은 옥상 난간 앞에 나란히 서서 크리스마스트리처럼 빛나는 도시의 불빛을 잠시 바라보았다.

북쪽에서 불어온 봄바람이 그런 두 사람을 따사로이 감쌌다.

4장. 빛과 어둠

다음 날 저녁, 의원을 닫은 수연이 정미경과 2층으로 올라왔다.

정미경은 저녁에 잠시 시간을 내달라는 우건의 요청에 2층으로 올라오기는 했지만 좀체 영문을 모르겠단 표정이었다.

우건을 본 정미경이 조심스레 물었다.

"무슨 일이에요?"

우건은 거실 소파를 권하며 대답했다.

"한 사람이 아직 안 왔습니다. 그가 오면 말씀드리겠습니다."

정미경이 소파에 앉으며 다시 물었다.

"누가 더 오기로 했나 봐요?"

"마침 오는군요."

우건의 대답과 동시에 현관문이 열리더니 한 사람이 안으로 들어왔다. 그는 다름 아닌 원공후였다. 원공후는 놀란 표정을 감추지 못하는 정미경에게 정중히 인사했다. 그런 다음, 품속에서 두꺼운 봉투를 꺼내 우건에게 두 손으로 건넸다.

우건은 봉투를 열어 안에 든 내용물을 확인했다.

손님 수에 맞게 커피를 내온 수연이 소파에 앉으며 물었다.

"뭐예요?"

우건은 대답하지 않았다.

그 대신, 봉투에 든 내용물을 꺼내 직접 보여주었다.

1억이라 적힌 수표 10장이었다.

수연은 믿을 수 없다는 듯 놀란 목소리로 물었다.

"정말 10억이에요?"

우건은 별일 아니라는 듯 담담한 목소리로 대꾸했다.

"정말 10억이야."

수연은 놀람이 가시지 않은 목소리로 다시 물었다.

"어디서 난 거예요?"

"신조농장을 정리하다가 나온 돈이야. 원래는 이거보다

훨씬 많았는데 신조농장에 갇혀 있던 여자들과 놈들에게
피해를 입은 사람들의 가족에게 나누어주느라 거의 다 써
버렸지."

대담한 우건이 10억을 다시 봉투에 넣어 정미경에게 건
넸다.

"받으십시오."

정미경이 당황해 물었다.

"저, 저에게 이런 거금을 주는 이유가 뭐죠?"

"수간호사님이 놈들에게 당한 피해자 중 한 명이기 때문
입니다. 그동안 수간호사님이 겪으신 고생에 비하면 그리
많지 않은 돈이지만 새 출발하기에는 적당할 거라 생각합
니다."

정미경은 고개를 세차게 저었다.

"저, 전 받을 수 없어요. 고생은 여러분께서 하셨는데 아
무 것도 한 게 없는, 오히려 도움만 받은 제가 어떻게 그 큰
돈을 받을 수 있겠어요. 저는 필요 없으니까 이만 일어날게
요."

대답한 정미경은 실제로 일어나서 나가려 했다.

수연이 그런 정미경을 얼른 붙잡아 다시 소파에 앉았다.

"이런 일은 좀 더 생각해 보고 결정해도 늦지 않아요."

초조한 표정으로 지켜보던 원공후가 재빨리 끼어들었다.

"주모님 말씀이 백 번, 천 번 옳습니다. 원래 이런 일은

조금 더 생각해 보고 신중히 결정해야 후회가 남지 않는 법입니다."

"하지만 고생은 여러분께서 하셨는데 제가 염치없이 어떻게……."

원공후가 손사래를 쳤다.

"저나 주공이 얻는 게 없을까봐 걱정하시는 거라면 전혀 그럴 필요 없습니다. 저희는 다른 방식으로 이미 보상받았습니다."

"다른 방식이요?"

"신조농장에는 돈 외에 무공을 적어 둔 비급과 값이 꽤 나가는 무기가 많았습니다. 저희는 돈 대신에 비급과 무기를 갖기로 했습니다. 저희는 비급과 무기를 더 최고로 치니까요."

원공후의 대답을 들은 정미경이 수연을 보았다.

"원장님도 제가 이 돈을 받아야 한다고 생각하세요?"

수연이 얼른 대답했다.

"당연하죠. 피해를 가장 많이 본 사람이 보상받지 않으면 누가 보상을 받을 수 있겠어요? 고생한 보답이라 생각하세요."

정미경은 결국 수연과 원공후의 간곡한 설득을 받아들여 우건이 건넨 돈을 받았다. 그로부터 며칠 후, 그녀는 우건에게 받은 10억 중 5억을 형편이 어려운 사람에게 기부했다.

그리고 나머지 돈으로는 의원 근처에 단독주택을 하나 마련했는데, 널찍한 마당이 딸려 있는 꽤 괜찮은 주택이었다. 원래 강남에서는 그 돈으로 단독주택을 구하기가 쉽지 않았지만 발이 넓은 원공후가 중간에서 도움을 많이 준 모양이었다.

원공후의 도움은 거기서 끝나지 않았다. 집이 주인 없이 오래 비어 있던 탓에 이곳저곳 수리할 곳이 많다는 말을 들은 원공후는 바로 제자들과 찾아가 아예 새집으로 바꿔주었다.

고마움을 느낀 정미경은 가끔 밑반찬을 해서 쾌영문에 가져다주었다. 김 씨 삼형제 중 막내 김철은 5성급 호텔 주방장 못지않은 솜씨를 지녀 당연히 밑반찬 역시 직접 만들어 먹었다. 한데 그날 이후로는 원공후가 정미경이 만든 밑반찬이 아니면 밥을 먹지 않는다는 말을 이진호를 통해 들었다.

원공후가 정미경에게 단단히 빠져 있다는 증거일 것이다.

그사이, 세 달이 훌쩍 지나 날이 점점 더워지기 시작했다. 계절은 변했지만 우건의 일상생활은 변화를 찾기 힘들었다. 낮에는 쾌영문에 들러 쾌영문도의 수련을 봐주었고, 저녁을 먹은 후에는 수연의 수련을 도와주었다. 수연은 실력이 일취월장해 오악령 5성 성취를 목전에 둔 상태였다.

저녁을 먹은 우건과 수연이 3층 연공실로 올라가려 할 때였다.

갑작스레 들려온 초인종 소리에 수연이 현관문으로 뛰어갔다.

"엇!"

수연의 놀란 목소리와 문이 열리는 소리가 연달아 들려왔다. 곧 전혀 생각지 못한 사람이 수연과 함께 거실로 들어왔다.

바로 은수였다. 은수는 우건이 그녀를 처음 만났을 때처럼 화장을 거의 안 한 맨얼굴에 야구 모자를 푹 눌러쓴 모습이었다.

은수가 모자를 벗는 순간, 긴 생머리가 물결치듯 떨어졌다. 걱정과 불안이 사라진 덕분인 듯 얼굴은 전보다 훨씬 좋아 보였다. 마치 한 떨기 수선화가 만개한 듯한 모습이었다.

"잘 계셨어요?"

"나야 잘 있었지."

인사를 나눈 은수는 수연에게 이끌려 소파에 앉았다.

수연이 커피와 과일을 내오며 물었다.

"촬영은 끝난 거야?"

은수가 커피를 받으며 대답했다.

"예, 보름 전에 잘 끝났어요."

우건은 은수가 편하게 앉을 수 있도록 창가 옆에 있는 흔들의자에 앉았다. 원래는 돌아가신 수연의 선친이 쓰던 의자였는데, 창고에 보관하다가 창고 공간이 부족해지자 다시 원래 있던 자리로 돌려놓았다. 지금은 주로 우건이 사용했다.

머그컵을 하나 든 수연이 은수 옆에 앉으며 물었다.

"이번에 촬영한 드라마가 사전 제작 드라마라며?"

"맞아요. 방송은 7월에 시작할 거예요."

"아 참, 이번에 찍은 광고에서 엄청 예쁘게 나오더라."

"고마워요."

수연과 은수는 친자매처럼 시시콜콜한 이야기를 재미있게 나눴다.

우건은 자매처럼 보이는 두 여인의 수다를 흘려들으며 창밖 풍경을 감상했다. 해가 길어진 덕분에 날이 아직 환했다.

은수는 올 1월에 쾌영문을 떠나 소속사가 마련한 장소로 거처를 옮겼지만 쾌영문과의 인연은 계속 이어가는 중이었다.

은수는 설과 어버이날, 그리고 원공후 생일에 쾌영문을 다시 찾았다. 은수를 수양딸처럼 생각하는 원공후가 기뻐했음은 당연했다. 쾌영문을 방문할 때마다 수연의원에 들른 은수는 우건, 수연과 식사하며 이런 저런 얘기를 나누었다.

사내들이 가득한 쾌영문보다는 말이 통하는 상대가 있는 수연의원이 좀 더 편한 듯 수연과 보내는 시간이 많았다.

수연이 빈 머그컵에 커피를 따르며 물었다.

"그런데 쾌영문에는 들렀다가 오는 길이야?"

한숨을 푹 내쉰 은수가 걱정이 가득한 표정으로 고개를 저었다.

"몰래 상의드릴 일이 하나 있어 이곳으로 곧장 오는 길이에요."

수연이 놀란 얼굴로 물었다.

"무슨 일이 생긴 거야?"

은수가 급히 손사래를 쳤다.

"저는 괜찮아요."

"그럼?"

은수가 머뭇거리며 대답했다.

"친한 친구에게 곤란한 일이 생긴 것 같아요."

수연은 자세를 고쳐 앉는 우건을 보며 은수에게 다시 물었다.

"어떤 친구야?"

"연습생으로 있을 때 사귄 친구예요. 이름은 허민정(許珉廷)이고요. 3, 4년 전까지 원룸에서 같이 살 만큼 친했는데 제가 소속사를 다른 데로 옮긴 다음에는 사이가 조금 소원해졌어요. 하지만 연락까지 끊긴 건 아니에요. 최소 사흘에 한 번은 연락을 주고받았는데 보름 전부터 연락이 닿질 않아요."

수연이 고개를 갸웃거리며 물었다.

"해외로 여행을 갔거나, 아니면 바빠서 답장을 못한 건 아닐까?"

은수가 해 볼 수 있는 방법은 다 해 봤다는 듯 고개를 저었다.

"전화가 아예 꺼져 있었어요. 메일 역시 답장이 없긴 마찬가지였고요. 혹시 해서 소속사에 연락해봤는데 보름 전부터 퇴사한 상태래요. 전 그래서 민정이가 연습생을 포기한 줄 알았어요. 작년부터였나? 쳇바퀴 돌 듯 돌아가는 아이돌 연습생 생활이 힘들다는 말을 저에게 자주 했었거든요. 데뷔할 가능성이 눈곱만큼이라도 보이면 계속 해 볼 텐데 소속사에서는 기다리라는 말만 하니까요. 전 운 좋게 그 소속사를 나올 수 있었지만 민정이 같은 연습생들은 소속사가 놓아주지 않아서 마치 노예처럼 묶여 있는 상황이에요. 그런데 민정이는 연습생 생활을 그만두면 청주에 있는 고향에 내려가 어머니가 하시는 식당일을 도울 거라는 말을 저에게 자주 했어요. 다행히 민정이 어머니가 하시는 식당 전화번호를 알아 전화해 봤는데 고향에 내려오지 않았대요. 심지어는 어머니 역시 보름 전부터 연락을 받지 못했다는 거예요."

친구를 걱정한 은수가 울먹거리며 긴 설명을 마쳤다.

수연이 그런 은수를 품에 안아 다독여 주며 우건에게 물었다.

"사형이 보기에는 어떤 것 같아요?"

우건은 수연의 품에 안겨 있는 은수를 힐끔 본 후에 대답했다.

"그 민정이란 친구의 행방을 한번 알아봐야겠단 생각이 드는군."

"그렇게 해 줄 수 있어요?"

"어려운 일은 아니니까."

우건은 은수에게 사진과 소속사 명함 등을 받아 의원을 나왔다.

그로부터 30여 분 후, 우건은 청담동(淸潭洞)의 어느 건물 앞에 서 있었다. 손에는 은수가 준 명함이 한 장 들려 있었는데 명함 앞에 영어로 월드스타엔터테인먼트라 적혀 있었다.

반년 전에는 영어가 읽기 힘든, 그리고 무슨 뜻인지 알 수 없는 꼬부랑 글씨였지만 지금은 웬만한 문장은 읽을 줄 알았다.

월드스타엔터테인먼트는 5층 신축 건물을 통째로 사용 중이었다. 아직 퇴근 전인 듯 거의 대부분의 사무실에 불이 켜져 있었다. 우건은 건물 앞에 있는 안내판을 보다가 왼쪽으로 조금 걸어갔다. 지하 주차장으로 이어진 통로가 보였다.

통로 옆에는 주차장 출입을 통제하는 초소가 있었다. 복면을 뒤집어써서 얼굴을 가린 우건은 월광보를 펼쳐 재빨리 초소를 통과했다. 감시 카메라 위치 역시 선령안으로 미리 파악해 둔 터라, 그가 잠입한 흔적을 전혀 남겨 두지 않았다.

우건은 주차장에 있는 차들을 쭉 훑어보았다. 차에 관해서 아주 잘 알지는 못하지만 어떤 차가 비싼 차인지는 알았다.

주차장 안에는 지금 비싼 차가 두 대 있었다. 한 대는 빨간색 스포츠카였다. 그리고 다른 한 대는 검은색 대형차였다. 우건은 자신의 감을 믿기로 했다. 그가 노리는 자는 빨간색 스포츠카보다는 검은색 대형 외제차를 더 선호할 듯했다.

우건은 주차 칸 두 개를 통째로 사용하는 검은색 외제차로 걸어갔다. 그 외제차 주위에 다른 차가 없는 모습을 봐서는 회사에서 지위가 가장 높은 사람이 모는 차가 맞는듯했다.

우건은 주머니에서 김동이 준 만능열쇠를 꺼내 차 뒷문을 열었다. 이런 가격의 외제차에는 최상급 보안설비가 있기 마련이지만 한때 천재라 불렸던 김동의 만능열쇠는 그런 설비를 단숨에 무력화시켰다. 우건은 경보음 한 번 내지 않은 상태에서 차 뒷좌석에 들어가 주인이 오길 조용히 기다렸다.

뒷좌석에 숨은 자세로 1시간여를 기다렸을 때였다. 주차장과 곧장 이어진 엘리베이터가 열리더니 몇 명이 걸어 나왔다.

우건은 방금 나온 사람들의 행동을 면밀히 주시했다. 잘 차려입은 남녀였는데 무공을 익힌 사람은 다행히 보이지 않았다.

우건은 그들 중 한 명이 외제차의 주인이 아닐까 기대했지만 기대는 곧 물거품으로 바뀌었다. 그들은 주차장 구석에 주차해 둔 국산차와 소형 외제차에 올라 서둘러 퇴근했다.

그렇게 직원 10여 명이 회사를 떠났을 무렵이었다.

엘리베이터 문이 다시 열리는 순간.

또각또각!

30대 초반으로 보이는 여자가 하이힐 소리를 크게 내며 주차장 안으로 걸어 들어왔다. 그녀를 지켜보는 우건의 눈이 살짝 커졌다. 그녀는 눈이 번쩍 뜨일 만한 미녀였다. 살에 쫙 달라붙는 검은색 실크 원피스를 입었는데 풍만한 가슴골과 허벅지를 훤히 드러내 선정적인 분위기를 물씬 풍겼다.

우건은 그녀가 빨간색 스포츠카의 주인이 아닐까 추측했다. 예상대로 그녀는 스포츠카로 걸어가 열쇠로 차문을 열었다. 그러나 차에 타지는 않았다. 누군가를 기다리는 듯했다.

우건의 시선이 다시 엘리베이터로 향했다. 과연 오래 되지 않아 엘리베이터 문이 열리더니 그 안에서 40대 중년 남자가 걸어 나왔다. 주차장 안을 둘러본 남자는 스포츠카 앞에 서 있는 여자에게 손짓으로 먼저 가라는 표시를 해 보이고는 우건이 숨어 있는 외제차를 향해 빠른 걸음으로 걸어왔다.

그사이, 여자를 태운 스포츠카는 굉음을 뿜어내며 주차장을 빠져나갔다. 우건은 숨을 죽인 상태에서 주인을 기다렸다.

우건은 두 가지 경우에 대비했다. 첫 번째는 이 차의 주인과 운전기사가 따로 있는 경우였다. 그때는 주차장 안에서 주인과 운전기사를 동시에 제압해 빠져나가는 수밖에 없었다. 두 번째는 주인만 있을 경우였다. 그때는 주차장을 빠져나간 다음, 적당한 기회를 봐서 주인을 제압할 계획이었다.

이번에는 두 번째 경우에 해당했다.

차 문을 연 중년 사내는 전혀 의심 없이 차에 올라 주차장을 빠져나가기 시작했다. 우건은 뒷좌석에 숨어 때를 기다렸다.

유동인구가 많은 도로나, 거리에서는 손을 쓰기 어려웠
다. 좀 더 한적한 곳, 예를 들면 집이나 화장실 같은 곳이
좋았다.

차는 20여 분 후에 청담동 고급빌라 중 한 곳으로 들어
갔다. 룸미러를 돌려 자기 얼굴을 몇 차례 매만진 사내는
손을 입에 가져가 입 냄새를 맡았다. 얼굴을 약간 찡그린
사내는 대시보드를 열어 그 안에 든 스프레이를 꺼내 입 안
에 뿌렸다. 만족한 듯 살짝 웃어 보인 사내가 차에서 내렸
다.

사내를 따라 차에서 내린 우건은 슬며시 그 뒤를 따라갔
다. 사내는 곧 위로 올라가는 엘리베이터에 탑승했다. 우건
은 잠시 멈춰 서서 엘리베이터가 어디서 멈추는지 확인했
다.

2층이었다.

고급빌라답게 빌라 2층 전체가 하나의 집인 듯했다.

우건은 계단을 이용해 2층으로 올라가다가 주차장에 세
워져 있는 빨간색 스포츠카를 보았다. 월드스타엔터테인먼
트 주차장에서 보았던 그 스포츠카였다. 미간을 찌푸린 우
건은 2층에 도착해 복도를 살폈다. 중년 사내가 인터폰을
누르는 순간, 검은색 원피스를 입은 여자가 웃으며 문을 열
었다.

중년 사내와 여자는 부부 사이로 보이지 않았다. 아마 내연관계인 듯했다. 중년 사내는 여자를 품에 안은 자세로 빌라 안으로 들어갔다. 우건은 기파를 퍼트려 빌라 전체를 살폈다.

다행히 다른 인기척은 느껴지지 않았다. 계단에서 30분을 기다린 우건은 밖으로 나와 김동이 준 만능열쇠로 문을 열었다. 비밀번호를 눌러 여는 문이었지만 만능열쇠는 괜히 만능열쇠가 아니었다. 열쇠에 달린 해킹장비로 문을 열었다.

불이 켜진 거실은 조용했다. 우건은 거실 안에 들어가 주위를 둘러보았다. 바닥에 여자와 남자가 입었던 옷이 군데군데 떨어져 있었다. 우건은 떨어진 옷 사이를 천천히 걸어갔다.

여자의 속옷과 남자의 속옷이 굳게 닫힌 침실 문 앞에 사이좋게 놓여 있었다. 우건은 문 앞에 서서 귀를 잠시 기울여보았다. 열락에 들뜬 남녀의 신음소리가 쉼 없이 이어졌다.

미간을 찌푸린 우건은 잠시 고민하다가 문고리를 살짝 돌렸다. 잠그지 않은 듯 문이 부드럽게 열렸다. 침실 안으로 들어간 우건은 다시 한 번 미간을 찌푸렸다. 발가벗은 중년 사내가 침대 위에 대자로 누워 있었다. 그리고 벌거벗은 여자는 말을 타듯 사내 위에 올라가 있었다. 절정으로 막 치달은 듯 우건이 들어왔다는 사실을 남녀 모두 알지 못했다.

우건은 무영무음지를 날려 신음을 내뱉는 여자부터 제압했다. 갑자기 동작을 멈춘 여자가 졸도한 사람처럼 쓰러졌다.

한창 신나게 즐기던 중년 사내가 짜증내며 물었다.

"이봐, 왜 그래?"

그러나 마혈을 제압당한 여자는 죽은 듯 늘어져 있을 뿐이었다.

우건은 침대 옆으로 걸어가 여자를 옆으로 치웠다. 그제야 침입자의 존재를 눈치 챈 중년 사내의 눈이 화등잔 만하게 커졌다. 우건은 중년 사내의 입이 벌어지는 모습을 보며 무영무음지를 날렸다. 중년 사내는 비명을 지르려는 자세 그대로 몸이 굳어 버렸다. 우건은 중년 사내를 침대 밖으로 끌어내리려다가 다시 한 번 미간을 찌푸렸다. 취미가 독특한 듯 양 팔목에 경찰이 사용하는 두꺼운 수갑이 채워져 있었다. 수갑 반대편은 튼튼해 보이는 침대 기둥에 묶여 있었다.

파팟!

우건은 파금장을 연속 두 번 날려 수갑을 통째로 잘랐다. 마치 정교한 외과의가 수술한 것처럼 살에는 전혀 상처가 나지 않았다. 우건의 파금장이 절정에 달했다는 증거였다.

중년 사내를 묶은 수갑을 풀어낸 우건은 그를 욕실로 데려갔다. 그리고는 욕실 문을 닫은 다음, 욕조에 물을 받았다. 욕조 물이 어느 정도 찼을 때, 우건은 중년 사내를 다시 깨웠다.

정신이 든 중년 사내가 눈알을 이리저리 굴렸다.

도망칠 방도를 찾는 듯했다.

우건은 신경 쓰지 않았다.

그저 하던 대로 욕조에 물을 받는 데 여념이 없을 따름이었다.

이윽고 결정을 내린 듯 중년 사내가 재빨리 손을 뻗어 수건걸이를 뽑으려 했다. 아마 알루미늄으로 만든 수건걸이로 우건의 뒤통수를 가격하려는 듯했다. 그러나 그의 예상과는 다르게 수건걸이는 쉽게 빠지지 않았다. 수건걸이가 단단해 그런 건지, 아니면 중년 사내의 완력이 부족해 그런 건지는 아무리 명석한 우건으로서도 쉽게 판단내리기 어려웠다.

고개를 돌린 우건은 우스꽝스러운 모습으로 서 있는 중년 사내를 보며 실소를 금치 못했다. 실오라기 하나 걸치지 않은 중년 사내가 두 손으로 수건걸이를 뽑아내기 위해 애쓰는 모습이 왠지 모르게 짠한 느낌을 주었다. 더욱이 사내의 사타구니 사이에선 만족 못한 남성이 덜렁거리는 중이었다.

수도꼭지를 잠근 우건이 중년 사내를 향해 돌아섰다. 수
건걸이에 대한 미련을 접은 중년 사내가 이번에는 칫솔을
집어 우건의 가슴을 냅다 찔러왔다. 무공을 익히지 않은 양
민이 해오는 공격은 슬로우 모션을 보는 것과 다르지 않았
다.

우건은 사내의 팔을 잡아 힘을 살짝 주었다.

"으악!"

비명을 지른 사내가 칫솔을 떨어트렸다. 중년 사내는 그
제야 상황을 파악한 듯했다. 우건은 그가 절대 이길 수 없
는 상대였다. 그는 잔뜩 움츠러든 모습으로 우건의 눈치를
살폈다.

우건은 수건걸이에 걸려 있는 수건을 사내에게 던졌다.

"그 흉물스런 거나 빨리 가리시오."

사내는 시키는 대로 수건을 하복부에 둘렀다. 비아그라
를 복용한 듯 이런 상황에 처해서도 크기가 전혀 줄지 않았
다.

우건은 물이 가득 차 있는 욕조로 사내를 밀며 물었다.

"내가 왜 욕조에 물을 받은 것인지 아시오?"

겁에 질린 중년 사내가 더듬거리며 대답했다.

"무, 물고문을 하려고……."

"맞소. 물고문을 위해 받은 거요. 하지만 그 전에 당신
이 유념해야 할 점이 한 가지 있소. 당신이 내가 물어보는

질문에 진실만을 말한다면 저 물은 고문하는 데 쓰는 대신 목욕하는 데 쓰일 거란 점이오. 물론, 내가 어떤 방식으로 진실과 거짓을 구별할지 궁금하겠지만 그건 당신이 신경 쓸 일이 아니오. 당신은 그저 내가 물어보는 질문에만 신경 쓰시오."

침을 꿀꺽 삼킨 중년 사내가 고개를 끄덕였다.

"앞으로 의사표시는 소리 내어 하도록 하시오."

화들짝 놀란 중년 사내가 급히 대답했다.

"아, 알겠습니다."

"좋소. 시작은 괜찮은 편이오."

우건은 본격적으로 취조에 들어갔다.

중년 사내의 이름은 최명환(崔明換)이었다. 중견 여배우의 로드매니저로 시작한 그는 지금의 월드스타엔터테인먼트를 만들어 낸 장본인으로, 현재 회사의 대표이사직을 맡고 있었다.

최명환과 같이 있던 여자는 그의 회사에서 가장 잘나가는 여배우로 드라마와 영화, CF를 모두 섭렵 중인 톱스타였다. 장성한 자식이 셋이나 있는 유부남이 자기 회사의 가장 큰 수입원과 내연관계를 5년 가까이 유지하고 있었던 것이다.

그러나 우건이 알고 싶은 것은 가십거리가 아니었다.

은수의 친구, 허민정에 관한 정보가 필요했다.

"허민정이란 이름을 아시오?"

눈알을 이리저리 굴리던 최명환이 이내 고개를 저었다.

"모, 모릅니다."

우건은 문득 어제 수연과 본 야구 경기의 한 장면이 떠올랐다.

"야구 잘 아시오?"

"예?"

"야구 말이오. 타자하고 투수가 하는."

"아, 압니다."

"당신은 지금 9회말 원 아웃인 상태요. 아웃 세 개를 당해 경기가 끝나면 무슨 일이 일어날지는 굳이 설명하지 않겠소. 자, 다시 한 번 묻겠소. 당신은 허민정이란 이름을 아시오?"

최명환이 침을 삼킨 듯 목울대가 크게 꿈틀거렸다.

"아, 압니다. 우, 우리, 아니 저희 회사의 연습생이었습니다."

"보름 전에 회사를 나갔다던데 그쪽이 자른 거요?"

최명환의 눈동자가 다시 떨리기 시작했다.

"저, 저는 모릅니다. 그, 그건 미, 밑에 있는 직원들이 압니다."

"투 아웃이오. 이제 아웃 하나만 남았소. 야구에서는 수많은 경기 중 하나겠지만, 당신에게는 모든 게 달려 있는 경기요."

혀로 마른 입술을 적신 최명환이 이내 고개를 푹 떨구었다.

"미, 민정이는 저희 회사의 화이트 카드였습니다."

"화이트 카드가 뭐요?"

"거래처에 접대할 때 데리고 나가는 애들이 화이트 카드입니다."

"접대? 무슨 접대를 어떻게 했다는 거요?"

"수, 술자리 분위기를 띄우기 위해 노래를 부르거나, 춤을 추곤 합니다. 가, 가끔은 손님 옆에 앉아서 술시중을 들기도 합니다."

무언가를 직감한 우건은 한숨을 살짝 내쉬었다.

"화이트 카드만 있으면 굳이 카드라는 명칭을 쓰지 않았겠지."

찔리는 게 있는 듯 최명환이 우건의 시선을 피했다.

"그, 그건……."

"투 아웃이오. 신중히 생각해 대답하시오."

"브, 블랙카드란 게 있습니다."

"블랙카드는 어떤 일을 하오?"

"2, 2차를 나가는 애들입니다."

"2차라면 손님과 잠자리까지 한다는 거요?"

최명환이 고개를 끄덕였다.

우건은 살심이 살짝 일었지만 부동심을 이용해 억지로

눌렀다.

"민정이가 보름 전에 회사를 그만둔 이유에 대해 말해보시오."

"미, 민정이는 인기가 좋아서 찾는 데가 많았습니다. 심지어는 거래처 쪽에서 먼저 지명하는 경우가 더러 있었습니다. 그런데 보름 전에 나간 접대 자리에서 사고가 생겼습니다."

"무슨 사고였소?"

"접대를 받던 거래처 손님이 민정이에게 2차를 강권한 겁니다. 민정이는 싫다며 술집을 뛰쳐나갔다는데 그 후로 소식이 다 끊겼습니다. 다, 다만 나중에 그 손님에게서 민정이는 잘 있으니까 신경 끄라는 연락만 따로 받았을 뿐입니다."

"신고는 당연히 안 했겠군."

최명환은 우건의 말이 맞다는 듯 말없이 고개를 숙였다.

우건은 쓴웃음을 지으며 다시 물었다.

"거래처 손님이란 사람들은 주로 누굴 말하는 거요?"

"주, 주로 방송국 간부나, 제작사 관계자들입니다."

"민정이가 보름 전에 나간 술자리는 누굴 위한 거였소?"

"B, BMS 드라마 본부장 오영식(吳寧殖)이 만든 자리였습니다."

우건은 오영식과 연락하는 방법 등을 자세히 물어본 후에 잠시 고민했다. 마지막 질문은 왠지 해서는 안 되는 질문 같았다. 그러나 우건으로서는 물어보지 않을 도리가 없었다.

"은수를 아시오? 이은수?"

최명환이 눈을 끔뻑거리며 물었다.

"요즘 배우로 뜨고 있는 이은수를 말씀하시는 겁니까?"

"그렇소."

"아, 압니다. 저희 회사에서 3년 동안 연습생으로 있었습니다."

"은수도 당신네 회사의 카드였소?"

살짝 고민하던 최명환이 이내 고개를 저었다.

"아, 아닙니다. 은수는 그 전에 다른 회사에서 데려갔습니다."

우건은 눈을 감았다.

선령안으로 살펴본 결과는 거짓이었다. 우건은 은수가 왠지 가엾다는 생각이 들었다. 지금은 대중의 주목을 받는 스타이지만 그 이면에는 대중이 모르는 고충이 숨어 있는 것이다.

눈을 다시 뜬 우건은 고개를 저었다.

"당신은 말귀를 통 못 알아듣는군."

최명환이 화들짝 놀라 물었다.

"그, 그게 무슨 말씀이십니까?"

"내가 분명 아웃을 세 개 채우면 그 뒷일은 책임지지 못한다는 경고를 했을 텐데 기어코 아웃을 채우니까 하는 말이오."

우건은 무영무음지로 최명환의 마혈을 다시 짚었다. 그리곤 격공섭물로 들어 올려 물을 채운 욕조에 천천히 내려놓았다.

그제야 우건이 무슨 짓을 하려는지 깨달은 최명환이 소리쳤다.

"하, 한 번이었습니다! 으, 은수는 접대하는 자리에 한 번 나갔을 뿐입니다! 그 다음엔 시, 싫다고 해서 보내지 않았……."

그러나 최명환의 다음 말은 물에 잠겨 잘 들리지 않았다. 우건은 흔적을 찾아 샅샅이 지운 다음, 욕실 밖으로 나왔다.

침실에는 여자가 조금 전 자세 그대로 쓰러져 있었다. 여자는 우건을 보지 못한 상태에서 마혈을 점혈당했기 때문에 굳이 손을 쓸 필요 없었다. 우건은 최명환의 주머니에 든 휴대전화 한 대와 부서진 수갑을 챙긴 다음, 집을 빠져나왔다. 빌라를 감싼 카메라에 걸리지 않는 은밀한 움직임이었다.

빌라를 나온 우건은 원공후에게 전화를 걸어 상황을 설명했다. 원공후는 실망한 기색을 숨기지 않았다. 은수가 자신이 아닌, 우건에게 친구의 일을 부탁한 게 언짢은 모양이었다. 그리곤 자기가 직접 처리하겠다며 떼를 썼다. 우건은 이번 일은 사람이 많이 필요 없을 거란 생각에 김은과 김동 형제만 빌려 달라 말했다. 이번 일은 우르르 몰려갈 필요가 없는 일이었다. 오히려 인원이 적을수록 좋은 일이었다.

잠깐 동안의 실랑이 끝에 결국 김은과 김동만 오기로 했다.

우건은 도로 옆을 걸어가다가 김은이 가져온 차에 올랐다. 국산 RV차량이었는데 실내가 넓어 작전을 펼치는 데 좋았다.

차에 오른 우건은 바로 김동에게 챙겨온 휴대전화를 건넸다.

"여기서 오영식이란 이름을 찾아 문자를 넣게."

김동이 휴대전화 기종을 살펴보며 물었다.

"뭐라고 보냅니까?"

"약속 장소로 오라고 보내게."

"알겠습니다."

김동이 휴대전화 통화 목록을 검색하는 사이, 우건은 운전을 맡은 김은에게 가야 할 곳을 알려주었다. 강북에 있는 오피스텔이었다. 최명환은 BMS 드라마 본부장 오영식에게 부탁할 일이 있을 때마다 그들이 가는 중인 오피스텔로 불러냈다.

최명환은 그 오피스텔에 이른바 블랙카드라 불리는 아이돌 연습생이나, 배우 지망생을 보내 오영식에게 성상납을 하였다.

월드스타엔터테인먼트에서 그런 식으로 관리하는 오피스텔만 서울에 여섯 개였다. 그중 두 개는 방송국 간부가 사용했다. 그리고 나머지 네 개 중 두 개는 제작사 관계자가, 다른 두 개는 개인 스폰서와 미디어 관계자가 상시 이용했다.

최명환에게 뇌물과 성상납을 받은 자들은 월드스타엔터테인먼트가 미는 가수나 배우를 밀어주며 공생관계를 맺어왔다. 일개 매니저로 시작한 최명환이 대기업 자본 없이 굴지의 엔터테인먼트 회사를 만든 데는 그런 사정이 숨어 있었다.

오피스텔이 보이는 위치에 차를 세웠을 때, 김동이 보고했다.

"놈에게 답장이 왔습니다."

"뭐라던가?"

"곧 도착한답니다."

"자네들은 여기 있게."

"알겠습니다."

차에서 내린 우건은 그들이 약속 장소로 사용 중인 오피스텔에 몰래 잠입했다. 오피스텔은 침대가 있는 공간, 그리고 욕실 겸 화장실로 사용하는 공간 두 개로 단출하게 이루어져 있었다. 화류계를 잘 아는 김은이 전화로 이런 오피스텔은 애초에 성매매를 위해 지은 곳이라는 설명을 덧붙였다.

그로부터 30분 쯤 지났을 때였다.

오피스텔 주차장을 감시하던 김동이 전화를 걸었다.

-놈이 도착했습니다.

"확실한가?"

-검색해서 찾은 얼굴과 일치하니까 틀림없을 겁니다.

그때였다.

갑자기 김동의 목소리가 다급해졌다.

-문제가 생겼습니다.

"뭔가?"

-놈이 혼자가 아닙니다.

"보디가드인가?"

-그런 것 같습니다. 덩치 두 명과 같이 내렸는데 몸놀림이 심상치가 않습니다. 아무래도 무공을 익힌 놈들 같습니다.

우건은 같은 질문을 반복할 수밖에 없었다.

"확실한가?"

-옆에 있는 큰형 역시 저와 같은 생각입니다.

김은은 요사이 무공이 크게 늘어 그의 말이라면 믿을 만했다.

"알겠네. 10분 후에 장비 챙겨서 올라오게."

-알겠습니다.

전화를 끊은 우건은 불이 꺼진 오피스텔 천장을 올려다 보았다. 청소를 하지 않은 듯 시커먼 때가 덕지덕지 붙어 있었다.

우건은 원공후에게 이번 일은 인원이 많이 필요 없을 거 라 말했다. 전화를 할 때는 무공을 익힌 자들이 개입하지 않았기 때문이었다. 한데 갑자기 무공을 익힌 자들이 나타 났다. 어쩌면 계획을 수정해야 할지 몰랐다. 우건이 고민에 빠져 있을 때, 오피스텔 문이 열렸다. 오영식 일행은 불이 꺼진 오피스텔 모습에 잠시 당황한 듯 문 앞에서 멈칫거렸 다.

"우리가 먼저 온 모양이군. 안에 들어가서 기다리지."

늙수그레한 목소리가 들린 후에 세 명이 안으로 들어왔 다. 곧 오피스텔 불이 켜졌다. 어둠 속에서 전원 스위치를 한 번에 찾는단 말은 그가 이곳에 자주 왔다는 증거나 다름 없었다.

불이 켜지는 순간, 우건은 재빨리 몸을 날려 왼쪽에 있는 덩치의 혈도를 맹룡조옥의 수법으로 잡아갔다. 덩치는 우 건이 숨어 있으리라고는 전혀 생각하지 못한 듯 당황하는 모습을 보였다. 한데 반응은 의외로 우건의 예상보다 훨씬 빨랐다.

평소에 실력이 뛰어난 사부에게 지도를 받았다는 뜻이었다.

부웅!

덩치는 우수(右手)를 크게 휘둘러 우건의 태을십사수를 막아왔다. 전이었으면 그대로 맹룡조옥을 펼쳐 내력으로 승부했을 것이다.

그러나 이곳에 온 다음부터 초식에 더욱 매진한 우건은 덩치의 우수를 흘리며 광호기경으로 초식을 바꿨다.

허공을 친 덩치가 균형을 살짝 잃는 순간, 우건이 발출한 광호기경이 사나운 들개처럼 덩치의 목을 단숨에 물어뜯었다.

콰직!

목뼈가 부러진 덩치가 늘어진 가슴살이 출렁이며 쓰러질 때였다.

두 번째 덩치가 말아 쥔 주먹으로 우건의 머리를 후려쳐왔다.

마치 거대한 망치가 허공을 가르는 느낌이었다.

우건은 비원휘비를 펼쳐 막았다.

카앙!

팔과 팔이 부딪쳤지만 들린 소리는 쇳소리에 가까웠다.

덩치가 제법 강한 외공을 익혔다는 증거였다.

우건은 오른손으로 유성추월을 펼쳤다. 천지검 유성추월 초식을 손으로 펼친 것이다.

깜짝 놀란 덩치가 양 주먹을 서로 부딪쳤다.

까아앙!

꽹과리를 세게 친 것 같은 소리가 들린 후에 덩치의 주먹을 중심으로 충격파가 발생해 우건이 펼친 유성추월을 막았다.

그러나 유성추월 역시 허초였다.

우건은 오른팔을 가볍게 당기며 좌장을 앞으로 곧게 뻗었다.

마치 자전거 페달을 손으로 밟는 듯한 동작이었다.

펑!

장력이 덩치의 가슴에 작렬했다.

피를 한 사발 토한 덩치가 괴성을 지르며 다시 달려들려 했지만 이미 파금장에 외공이 깨져 정상적인 상태가 아니었다.

우건은 무영무음지로 덩치의 사혈을 짚었다.

달려오던 자세 그대로 굳어진 덩치가 고목이 주저앉듯 앞으로 쓰러졌다.

두 개의 허초와 두 개의 실초로 덩치 두 명을 제거한 우건은 고개를 돌려 오영식을 찾았다.

머리가 반백인 오영식은 두 번째 덩치가 쓰러지는 순간,

현관문으로 달음박질쳤다.

그러나 현관문을 열기 전에 우건의 지풍이 먼저 날아들었다.

5장. 21세기 무릉도원(武陵桃源)

우건은 혈도를 제압한 오영식의 뒷덜미를 잡아 화장실로 데려갔다. 좁은 공간에 변기와 샤워부스가 거의 붙어 있었다.

손가락 하나 까딱하지 못하는 오영식은 눈알을 뒤룩뒤룩 굴리며 우건이 하는 양을 지켜보았다. 우건은 말없이 샤워부스에 있는 샤워기·꼭지를 틀었다. 곧 물이 쏟아졌다. 수압이 좋은 듯 물이 떨어지는 소리가 좁은 욕실을 가득 채웠다.

우건은 물때가 잔뜩 낀 욕실 벽에 오영식을 똑바로 세웠다.

"BMS 드라마 본부장 오영식이 맞소?"

겁에 잔뜩 질린 오영식이 숨을 거칠게 몰아쉬었다.

"나, 난 심장이 좋지 않습니다."

대답하는 오영식의 입술이 새파랬다. 심장이 안 좋다는 말이 사실인 듯했다. 그러나 우건은 그의 건강에 관심이 없었다.

우건은 오영식과 같은 놈을 동정할 만큼 마음이 여리지 않았다.

"내 질문에 대답하시오. 오영식이 맞소?"

오영식이 맞다는 듯 고개를 주억거렸다.

우건은 오영식의 아혈(啞穴)을 점혈한 다음, 그의 손가락 하나를 부러트렸다. 오영식의 동공이 찢어질 것처럼 커졌다.

우건은 오영식의 아혈을 풀어주며 짐짓 겁을 주었다.

"앞으로 의사표시는 고갯짓 대신 말로 하시오. 그렇지 않으면 열 손가락을 모두 부러트릴 것이오. 내 말 알아들었소?"

오영식은 습관적으로 고개를 끄덕이다가 화들짝 놀라 외쳤다.

"아, 알겠습니다!"

"그렇게 크게 말할 필욘 없소."

오영식이 얼른 목소리를 낮춰 다시 대답했다.

"아, 알겠습니다."

"월드스타엔터테인먼트의 대표이사 최명환과는 어떤 관계요?"

겁에 질린 오영식은 아무 말이나 지껄이는 듯했으나 최명환에게 들은 이야기와 별 차이가 없었다. 최명환이 오영식에게 돈과 여자를 바치면 그는 그 대가로 월드스타엔터테인먼트가 키우는 연예인을 자기가 기획한 드라마에 출연시켰다.

상대가 오영식임을 확인한 우건은 본격적인 취조에 들어갔다.

"보름 전 최명환이 당신을 접대하는 자리에 월드스타엔터테인먼트 연습생 허민정을 보냈을 거요. 최명환의 말에 따르면 당신이 허민정에게 2차를 강요했다고 하던데 사실이오?"

오영식은 고개를 세차게 저었다.

"저, 저는 그런 적 없습니다. 미, 믿어주십시오. 아니면 최대표와 대질을 시켜주십시오. 그, 그러면 진실이 밝혀질 겁니다."

우건은 오영식의 아혈을 짚었다. 그리고는 손가락 두 개를 더 부러트렸다. 오영식의 눈에서 굵은 눈물방울이 뚝뚝 떨어졌다. 그러나 눈물은 부동심을 익힌 우건을 흔들지 못했다.

아혈을 푼 우건이 다시 물었다.

"허민정에게 2차를 강요했소?"

오영식은 정신이 반쯤 나가 대답했다.

"예……."

"허민정이 당신의 요구를 뿌리치고 술집을 뛰쳐나간 후에 소속사와 연락이 끊겼단 말을 들었는데 당신이 납치한 거요?"

이미 반쯤 포기한 오영식은 순순히 대답했다.

"그렇습니다……."

"어떻게 납치했소?"

오영식이 눈짓으로 침실이 있는 방향을 가리켰다. 침실을 지목했다기보다는 침실에 누워 있는 덩치들을 가리킨 듯했다.

"바, 방금 전까지 저, 저와 같이 있던 사람들에게 부탁해서……."

"저자들은 어디 소속이요?"

"크, 클럽 엑스라는 곳입니다."

"뭐하는데요?"

"메, 멤버십 클럽입니다. 여, 여자들이 접대해주는……."

"성적인 접대 말이오?"

오영식이 우건의 시선을 피하기 위해 최선을 다하며 대답했다.

"그, 그렇습니다."

"그럼 민정이 역시 클럽 엑스라는 곳에서 잡아간 거요?"

심경에 변화가 있는 듯 오영식이 갑자기 눈에 쌍심지를 켰다.

"나도 어쩔 수 없었어! 그년이 최명환과 나와의 거래를 세상에 폭로하겠다고 설레발 떠는 바람에 나도 어쩔 수 없었단 말이야! 그년이 그 말만 안 했어도 클럽 엑스에 잡혀가는 일은 없었을 거야! 너도 사내니까 내 심정을 이해하겠지?"

우건은 발악하는 오영식을 담담한 눈길로 응시하며 물었다.

"클럽 엑스의 위치는?"

"몰라! 모른다고!"

우건은 손가락으로 오영식의 아혈을 짚으려 했다. 자라 보고 놀란 가슴 솥뚜껑 보고 놀란단 속담처럼 오영식의 얼굴빛이 핼쑥해졌다. 오영식은 바로 클럽 엑스의 위치를 실토했다.

우건은 오영식의 맥문에 내력을 밀어 넣었다. 오영식의 두툼한 볼살이 부들부들 떨렸다. 혈맥에 파고든 내력은 곧장 오영식의 심장으로 치달았다. 심장이 좋지 않다는 오영식의 말을 증명하듯 내력이 닿기 무섭게 움직임이 느려졌다.

손을 뗀 우건은 지풍을 날려 오영식의 마혈을 풀었다. 그 순간, 오영식이 잘 익은 벼가 고개를 숙이듯 앞으로 쓰러졌다.

쿵!

샤워기 꼭지에 머리를 세게 부딪친 오영식은 물이 흘러내리는 샤워부스 속에 엎어진 자세로 더 이상 움직이지 않았다.

욕실을 나온 우건은 오피스텔 안을 한차례 둘러보았다. 김은과 김동이 클럽 엑스라는 곳에서 나왔다는 덩치 두 명을 화골산으로 막 없앤 상태였다. 김동은 이런 현장이 처음인 듯 얼굴이 하얗게 질려 있었지만 김은은 아무렇지 않다는 얼굴로 그들이 이곳에 있었다는 흔적을 지우기 시작했다.

작업을 마친 김은이 욕실을 힐끔 보며 물었다.

"안에 있는 놈은 어찌할까요?"

"놈은 그냥 두게. 심장마비로 알 거야."

김은이 불안한 표정으로 물었다.

"같은 업계에서 일하는 최명환과 오영식이 몇 시간 차이로 연달아 죽으면 의심하는 사람이 나오지 않을까요? 더구나 이곳은 월드스타엔터테인먼트가 빌린 오피스텔이 아닙니까?"

우건은 고개를 저었다.

"의심하는 놈들이 생기라고 시체를 처리하지 않는 거네. 그 두 놈과 관련 있는 놈들은 다음은 자기 차례가 아닐까 싶어 두려움에 떨겠지. 그러면 당분간은 이런 짓을 못할 거야."

"들어 보니 그게 더 좋은 방법인 것 같습니다."

우건 일행은 감시 카메라를 신경 쓰며 오피스텔을 빠져 나왔다. 우건 혼자라면 신법을 펼쳐 감시 카메라를 피할 수 있었지만 김은과 김동이 함께 있었기에 그러기가 힘들었다. 그러나 감시 카메라를 피하는 방법이 그거 하나만 있지는 않았다. 김동이 감시 카메라를 해킹해 아예 기록을 조작한 것이다.

차에 오른 일행은 클럽 엑스를 찾아갔다.

오영식의 실토에 따르면 클럽 엑스는 강화도(江華島)에 있었다.

얼마 후, 우건은 세상이 좋아졌단 사실을 또 한 번 절감했다. 우건은 전에 강화도를 찾은 경험이 있었다. 강화도에 자라는 선초(仙草)를 캐 오라는 사부의 명을 이행하기 위해서였다.

하늘을 날지 못하는 우건은 덕포진(德浦津) 나루터에서 배를 타고 강화도에 들어가야 했다. 한데 지금은 배를 탈 필요 없었다. 강화도 북쪽에 강화대교(江華大橋), 남쪽에 초지대교(草芝大橋)가 있어 언제든 자동차로 출입이 가능했다.

하긴 사람이 달에 가는 시대였으니까 그리 신기한 일은 아닐 것이다. 우건이 살던 시대에는 달에 선녀나, 옥토끼가 산다고 믿는 사람들이 아주 많았다. 한데 이곳에 와서 보니까 달은 그저 지구 주위를 회전하는 위성(衛星)일 따름이었다.

우건 일행이 탄 차는 강화도 남쪽과 육지를 연결하는 초지대교를 통과했다. 그리고는 전등사(傳燈寺)를 지나 길정저수지 인근으로 이동했다. 남북으로 길게 늘어져 있는 길정저수지 왼쪽에 우건이 찾는 클럽 엑스의 위장시설이 있었다.

오영식의 설명에 따르면 클럽 엑스는 목에 힘 좀 준다는 정재계 인사들만 가입할 수 있는 초고가 멤버십 클럽이었다.

가입절차를 받는 데 무려 1년이 걸릴 만큼 비밀스런 클럽이었는데, 그들이 그 안에서 하는 짓을 생각하면 그리 이상한 일은 아니었다. 클럽 회원들은 클럽이 만든 위장시설 안에서 온갖 종류의 성접대를 받았다. 그뿐만이 아니었다. 회원이 원하는 마약은 종류와 상관없이 어떻게든 구해다주었다.

21세기 버전의 주지육림(酒池肉林)인 셈이었다.

길정저수지 북쪽을 빙 돈 차는 남쪽으로 내려가 클럽 엑스의 위장시설이 보이는 민가 안으로 들어갔다. 몇 년 전까지 사람이 살았던 모양이지만 지금은 먼지만 풀풀 날렸다.

차에서 내린 우건은 민가 동쪽에 위치한 안방으로 들어갔다. 사람이 살지 않았기 때문에 흙발로 들어가 창문을 열었다.

그사이, 김은과 김동은 그들이 타고 온 검은색 RV차량에 지푸라기와 폐비닐을 씌워 위장했다. 이곳에 얼마나 있을지는 알 수 없었지만 비어 있는 폐가 마당에 최신형 RV가 있다면 근처에 사는 주민의 눈에 띌 게 분명했기 때문이었다.

위장을 마친 김은과 김동이 안방으로 들어왔다. 두 사람은 폐가에서 나는 악취에 놀란 듯 잠시 멈칫했지만 이내 우건 옆에 나란히 섰다. 그리고는 김동이 미리 챙겨온 적외선 망원경으로 클럽 엑스의 위장시설로 보이는 곳을 염탐했다.

우건은 선령안이 있어 보는 데 별문제가 없었지만 안력이 상대적으로 떨어지는 김은과 김동은 망원경이 꼭 필요했다.

망원경으로 위장시설을 쓱 훑어본 김동이 감탄을 터트렸다.

"누가 보면 작은 리조트인 줄 알겠습니다."

우건은 위장시설에 시선을 계속 준 상태에서 김동에게 물었다.

"오피스텔 일은 극복한 건가?"

김동은 오는 내내 말이 없었다. 오피스텔 안에서 클럽 엑스의 조직원 두 명을 처리하던 광경이 계속 떠오르는 듯했다. 그런 일이 처음인 김동에게는 어쩌면 당연한 반응이었다.

김동이 머리를 긁적이며 부끄러운 표정을 지었다.

"심려 끼쳐드려 죄송합니다."

"사과할 필요 없네. 당연한 거니까."

그때, 위장시설 남쪽 진입로에 자동차의 헤드라이트 불빛이 반짝였다. 처음에는 한 대인 줄 알았는데 아니었다. 마치 꼬리를 물듯 나타난 차들이 시설 안으로 계속 들어갔다.

김은이 망원경을 내리며 툴툴 거렸다.

"차들이 줄줄이 들어가는 걸 보니 오늘 파티라도 하나 봅니다."

우건은 김은과 김동을 한쪽으로 불러 지시했다.

"민정이란 친구를 구하는 대로 빠져나올 테니까 두 사람은 내가 도착하는 즉시 출발할 수 있게 만반의 준비를 갖춰 놓게."

지시를 내린 우건은 복면 등 몇 가지 장비를 챙겨 출발했다. 그중에는 김은이 우건의 지시를 받아 가져온 한상검이 들어 있었다. 클럽 엑스가 민간인으로 이루어진 조직이라면 무기가 필요 없었다. 그러나 오영식과 함께 오피스텔에 나타난 덩치 두 명은 무공을 꽤 오래 익힌 수준급 고수였다.

우건은 클럽 엑스 위장시설에 접근해 가까이서 다시 한 번 관찰했다. 위장시설 입구에는 길정팬션이라 적힌 간판이 달려 있었다. 그리고 저수지와 맞닿아 있는 장소를 제외하면 모두 3미터 높이의 단단한 콘크리트 벽이 둘러져 있었다.

물론, 우건에게 3미터는 위협을 주지 못하는 높이였다. 우건은 비응보를 이용해 담을 가볍게 넘었다. 검은색 정장을 차려입은 덩치 큰 사내가 담 뒤에 서 있었다. 경계병인 듯했다.

우건은 당황하지 않았다.

담을 넘기 전에 이미 기파를 퍼트려 그곳에 지키는 사람이 있다는 사실을 간파한 덕분이었다. 비응보를 거둔 우건은 땅에 내려서기 직전에 재빨리 월광보를 펼쳤다. 달빛 속에 스며든 우건은 덩치 큰 사내와 4미터 떨어진 소나무 뒤에 천천히 내려섰다. 먼지 한 톨 일지 않는 완벽한 착지였다.

상체를 세운 우건은 주위를 둘러보았다.

사방 10여 미터 안에 10여 명의 적이 숨어 있었다.

그러나 그들 중에 우건을 위협할 만한 상대는 없었다. 우건은 월광보를 펼쳐 그들 사이를 유유히 빠져나갔다. 마치

어둠 속에 숨어든 그림자처럼 흔적이 남지 않는 움직임이
었다.

끼이이익!

갑자기 들려온 굉음에 걸음을 멈춘 우건은 소리가 들려
온 방향으로 고개를 돌렸다. 오늘 파티에 참석할 예정인 인
원이 모두 도착한 듯 무기를 든 경계병이 문을 닫는 중이었
다.

우건은 건물 안으로 들어갈 수 있는 틈을 찾았다. 그러나
건물은 완벽한 밀실이었다. 중앙 입구를 제외하면 틈이 없
었다. 심지어 창문이나, 흔히 있는 뒷문 역시 보이지 않았
다.

틈이 없다면 중앙 입구로 들어가는 수밖에 없었다. 우건
은 고개를 돌려 건물 입구와 이어진 길을 보았다. 길이라기
보다는 차가 움직이는 도로라 보는 편이 어울리는 너비였
다.

중간에 검문이 있는 듯 도로 위에 차량이 늘어서 있었다.

차에는 기사와 경호원, 그리고 파티 참석자로 보이는 손
님까지 총 세 명이 있었다. 파티 참석자는 얼굴에 가면을
써서 구분이 쉬웠다. 우건은 고개를 돌려 건물 입구를 관찰
했다.

검문을 통과한 차가 건물 입구에 도착하면 파티 참석자
만 안으로 들어가고 경호원과 기사가 탄 차는 주차장으로

빠졌다.

우건은 선령안으로 입구를 더 자세히 살펴보았다. 긴 복도식이었는데 일정 구역마다 보안설비가 설치되어 있었다. 월광보나, 섬영보로 빠져나가기에는 장애물의 숫자가 너무 많았다.

그렇다면 방법은 하나였다.

우건이 파티 참석자로 위장하는 방법이었다.

우건의 시선이 도로에 늘어선 차들로 향했다.

검문이 거의 끝나가는 듯 앞에 있는 차들이 속도를 내기 시작했다. 시간이 없었다. 파티 참석자로 위장하려면 지금 움직여야 했다. 우건은 한상검 등 가져온 장비를 근처에 숨겼다. 그리고는 차량 행렬 맨 뒤에 있는 차량을 향해 접근했다.

크기가 보통 승용차에 비해 두 배는 됨직한 대형 외제차였다. 앞좌석엔 기사와 경호원 두 명이 타고 있었는데 둘 다 신광이 번득였다. 그들이 무공을 익히고 있단 뜻이었다.

우건은 오영식과 함께 오피스텔에 나타난 덩치 두 명을 떠올렸다. 그들 역시 오영식을 수행하는 기사와 경호원일 터였다.

클럽 엑스는 향응을 제공하는 수준을 넘어 개개인에 대한 경호까지 책임지는 모양이었다. 아니면 그들이 클럽 엑스에 대해 발설하지 못하도록 옆에서 감시하는 것일 수 있었다.

우건은 운전석 뒷부분을 보았다. 칸막이가 내려와 있었다. 우건에게는 기분 좋은 소식이었다. 저런 고급차는 방음이 완벽해 뒷좌석에 생긴 소음이 앞좌석으로 새어 나가지 않았다.

우건은 월광보로 신형을 감춘 상태에서 차 옆에 붙어 만능열쇠로 도어락을 해제했다. 요즘 차는 대부분 시동이 걸린 상태에서 문을 갑자기 열 경우, 계기판에 경고 표시가 떴다.

그러나 김동의 만능열쇠는 차의 전자시스템을 해킹하기 때문에 들키지 않았다. 곧 찰칵하는 소리가 나며 문이 열렸다.

우건은 재빨리 안에 들어가 문을 닫았다. 사자 가면을 쓴 참석자가 놀란 눈으로 쳐다보았다. 우건은 아혈과 마혈을 동시에 짚은 다음, 3, 4초 동안 앞좌석 동태를 유심히 살폈다.

앞좌석은 조용했다.

조수석 옆 사이드미러로 문이 열리는 광경을 보지 못한 듯했다.

우건은 재빨리 제압한 참석자의 복장을 벗겨 옷 위에 입었다. 그리고 마지막엔 사내의 사자 가면으로 얼굴을 가렸다.

우건은 제압한 사내를 바닥에 엎드리게 한 다음, 그 위에 다리를 올려 은폐했다. 모든 준비를 마쳤을 때, 차가 검문소에 도착했다. 곧 무기를 든 경계병이 우건의 차를 조사했다.

그들은 차 하부와 트렁크 안을 조사했다. 그러나 뒷좌석에 탄 우건에게 내리라는 소리는 하지 않았다. 또, 뒷좌석 문을 열어보라는 소리 역시 하지 않았다. 우건에게는 다행이었다.

검문을 통과한 차는 곧장 건물 입구로 내달렸다.

끼익!

차가 정지하는 순간, 조수석에 탄 경호원이 달려와 차문을 열었다. 뒷좌석에 쓰러져 있는 참석자가 보이지 않도록 조심하며 차에서 내린 우건은 참석자들을 따라 입구로 걸어갔다.

입구는 열려 있었다. 그리고 입구 너머에는 정사각형에 가까운 복도가 30여 미터 이상 뻗어 있었다. 조명이 복도를 대낮처럼 비추는 가운데 각종 탐지기가 내는 불빛이 반짝거렸다.

우건은 다른 참석자들을 따라 안으로 들어갔다. 복도 안에는 클럽 엑스 직원이 없었다. 그러나 복도 벽 뒤는 그렇지 않았다. 10여 명이 넘는 클럽 엑스 직원들이 탐지기를 조작해 복도를 걸어가는 참석자들을 면밀히 조사하는 중이었다.

금속 탐지기나 열적외선 탐지기처럼 침입자를 가려낼 수 있는 각종 첨단장비가 참석자의 일거수일투족을 감시했다. 물론, 우건은 전혀 제지를 받지 않았다. 한상검 등 금속 탐지기에 걸리기 쉬운 장비들을 미리 처리해 둔 덕분이었다.

복도를 통과한 참석자들은 기역자 모양으로 생긴 두 번째 통로를 지나 마침내 파티가 열리는 건물 중앙 홀에 도착했다.

중앙 홀 정문 위에는 영어로 제너두(Xanadu)란 단어가 크게 적혀 있었다. 클럽 엑스의 엑스가 제너두의 엑스를 가리켰던 것이다. 우건이 알기로 제너두는 유토피아, 도원경(桃源境)처럼 현실에 존재하지 않는 이상향 같은 것을 의미했다.

우건은 몇 달 전, 이곳에서 계속 살아가려면 영어가 필수라는 생각이 문득 들었다. 그리고 다음날 바로 영어사전을 하나 구입해 통째로 외우기 시작했다. 뛰어난 오성을 갖고 태어난 데다 집중력을 올려주는 내공심법까지 익힌 그에게는 그리 어려운 일이 아니었다. 덕분에 평소에 접하기 어려운 단어인 제너두를 보고 그 뜻을 바로 유추할 수 있었다.

도가에서 말하는 도원경은 속세를 떠난 신선들이 머무르는 이상적인 세계였다. 도원경이 실제로 존재한다면 엄청난 사건이겠지만 냉정한 우건에게는 별 감흥을 주지 못했다.

우건은 이미 오영식에게서 클럽 엑스의 정체를 들은 터였다.

끼이익!

제너두의 정문이 열리며 내부 모습이 드러났다.

웬만한 일에는 놀라지 않는 우건이었지만 중앙 홀에 펼쳐진 광경은 그로 하여금 놀람을 넘어 경악을 느끼게 만들었다.

실오라기 하나 걸치지 않은 늘씬한 미녀 20여 명이 선정적인 모습으로 참석자들을 유혹하는 중이었다. 자신의 맨살을 애무하듯 쓰다듬는 행동은 애교에 불과했다. 무대처럼 보이는 탁자나 소파 위에 올라가 마치 수컷을 유혹하는 암컷처럼 갖가지 기묘한 동작을 취하는 여자들이 대부분이었다. 그 여자들에겐 수치심이란 감정 자체가 없는 듯했다.

그러나 우건에게는 미녀가 보내는 유혹의 몸짓이 전혀 통하지 않았다. 미녀들은 난잡한 행동으로 그를 경악하게 만드는 데는 성공했지만 그가 익힌 부동심까지 흔들지는 못했다.

하지만 모든 참석자가 우건 같지는 않았다. 아니, 엄밀히 말하면 다른 참석자들은 이런 상황을 즐기기 위해 이 파티에 참석한 거라 할 수 있었다. 이내 가면을 제외한 모든 옷을 거리낌 없이 벗어던진 참석자들이 알몸의 미녀들과 뒤엉켜 난잡한 추태를 보이기 시작했다. 그야말로 목불인견

(目不忍見)의 참상이라, 우건은 오래 있고 싶은 생각이 없었다.

우건은 여자들의 얼굴과 은수에게 받은 사진 속의 허민정의 얼굴을 비교하기 시작했다. 그러나 허민정은 없었다. 우건은 한편으로는 안심하면서도 다른 한편으론 막막함을 느꼈다. 어디서 그녀를 찾아야 할지 감이 잡히지 않았다.

허민정을 찾기 위해 여자들의 얼굴을 살펴보던 그때였다. 여자들의 눈빛이 어딘지 모르게 몽롱하단 것을 처음 느꼈다.

정상적인 눈빛이 아니었다. 마치 약에 취한 듯한 눈빛이었다. 우건은 그제야 여자들이 약해 취해 이런 짓을 벌인다는 것을 알았다. 그녀들은 수치심이 없는 게 아니었다. 누군가가 그녀들을 수치심이 없는 것처럼 보이게 만든 것이다.

그때, 중앙 홀을 감시하던 클럽 직원들이 우건의 정체를 의심하기 시작했다. 참석자 중에 여자와 뒤엉키지 않은 사람은 우건 한 명이었다. 당연히 의심할 수밖에 없는 상황이었다.

움직이려면 지금 움직여야 했다.

감시자가 더 모여들면 운신의 폭이 그만큼 더 좁아졌다.

우건은 선령안으로 중앙 홀 주위를 둘러보았다. 고풍스런 가구와 고급 벽지를 바른 벽 사이에 긴 커튼이 쳐져 있었다.

우건은 난교(亂交)가 벌어지는 역겨운 현장을 지나 방금 전 보았던 커튼 앞으로 걸어갔다. 커튼 뒤에는 문이 있었다.

우건은 기파를 퍼트려 보았다. 문 뒤에 두 명이 서 있었다. 커튼 안으로 들어간 우건은 문손잡이를 돌렸다. 찰칵하는 소리가 들리며 문이 열렸다. 선글라스를 낀 덩치 큰 사내가 벌어진 문 틈 사이를 막아서며 우건의 모습을 쓱 훑어내렸다.

사내가 군은살이 박인 손가락으로 선글라스를 밀어 올렸다.

"여긴 금지구역입니다. 돌아가십시오."

꽤나 정중한 말투였다.

그러나 우건을 돌아가게 만들만큼 정중하지는 않았다.

"금지구역이라니까 더 들어가고 싶어지는군."

우건은 무영무음지를 발출했다.

미간에 구멍이 뚫린 사내가 허물어지는 순간, 우건은 재빨리 안으로 들어가 두 번째 지풍을 날렸다. 동료가 쓰러지는 모습을 본 두 번째 사내가 허리에 찬 칼자루를 잡아 갔다.

그러나 칼자루에 손이 막 닿으려는 찰나에 우건이 날린 두 번째 지풍이 먼저 사내의 심장에 틀어박혔다. 우건은 절명한 두 사람을 안아 발견이 쉽지 않은 장소에 옮겨다 놓았다.

문지기를 처리한 우건은 그가 들어와 있는 장소를 둘러보았다. 문을 중심으로 양쪽에 길이 있었다. 문지기가 갖고 있던 칼 두 자루를 챙긴 우건은 그중 왼쪽에 난 길로 걸어갔다.

자연석을 바닥에 깔아 만든 길은 운치가 있었다. 옆에는 열병식에 참가한 병사처럼 수십 그루의 정원수가 도열해 있었다.

시원한 바람에 흔들리는 정원수의 긴 가지와 짙은 녹색으로 물든 봄 잔디가 싱그러움을 마음껏 뽐냈다. 마지막으로 그런 풍경 위에 물감처럼 선명한 달빛을 더하는 순간, 화가가 정성들여 그린 한 폭의 풍경화를 보는 느낌이었다. 밤에 산책하기 아주 좋겠다는 생각이 살짝 드는 그런 길이었다.

그러나 잘 꾸며놓은 길은 사실 보기 좋은 떡에 불과했다. 아니, 정확히 말하면 거미가 먹이를 잡기 위해 쳐놓은 거미줄에 더 가까웠다. 길옆에 늘어선 정원수 가지 속에는 클럽 엑스 직원이 매복해 있었다. 정원수의 조밀한 가지가 안에 숨은 매복자의 신형을 가려주는 역할을 톡톡히 하는 듯했다.

우건은 정원수 뒤로 움직였다. 정원수에 매복한 자들이 두려워서는 아니었다. 지금은 그들과 부딪칠 시기가 아니었다.

사람은 누구나 편견에 사로잡히기 마련이었다. 특히, 단순한 작업을 반복하는 경우에는 그럴 가능성이 훨씬 더 높았다.

정원수에 매복한 적들이 바로 그런 경우였다.

그들은 침입자가 반드시 길을 이용할 거란 편견에 사로잡혀 그들이 은신한 정원수 뒤쪽은 신경 쓰지 않았다. 덕분에 우건은 별 어려움 없이 두 번째 건물에 도착할 수 있었다.

사실, 두 번째 건물은 건물이라기보다는 철탑에 더 가까웠다. 10여 미터 높이의 철 구조물이 기이한 형태로 서 있었다. 정면에서 봐선 무엇을 형상화한지 알기 어려웠다. 한데 왼쪽에서 바라보면 마치 사람을 조각해 놓은 것처럼 보였다. 그리고 오른쪽으로 돌아가면 사람 대신 악마가 나타났다.

우건은 전에 이와 비슷한 구조물, 아니 석상을 본 적이 있었다. 그때는 철로 만든 철탑이 아니라, 바위를 정성스레 깎아 만든 석상이었다. 우건의 시선이 철탑 밑으로 향했다. 우건이 전에 보았던 석상은 밑에 지하로 내려가는 문이 있었다.

마찬가지였다.

철탑 역시 밑에 문이 있었다.

우건은 문으로 걸어가며 기파를 퍼트렸다. 주위에 다섯 명이 매복해 있었다. 정원수에 매복한 적들보다 한 수 위의 실력을 지닌 자들이었다. 지금까지 해왔던 방법대로 월광보를 이용해 통과할 순 없었다. 문을 여는 순간, 바로 들킬 터였다.

그렇다면 남은 방법은 하나였다.

문을 열기 전에 매복한 자들 먼저 없애는 방법이었다.

결정을 내린 우건은 지체하지 않았다. 신형을 드러냄과 동시에 문지기에게 빼앗은 칼을 왼쪽으로 던졌다. 칼이 빗살처럼 허공을 가르는 순간, 매복해 있던 사내 두 명이 튀어나왔다. 그들의 손에는 우건이 던진 칼과 형태가 같은 칼이 하나씩 들려 있었다. 그들이 같은 도법을 익혔단 증거였다.

그러나 같은 도법을 익혔을지는 몰라도 위기에 대처하는 방법까지 같지는 않았다. 왼쪽의 사내는 우건이 던진 칼을 피하기 위해 몸을 날린 반면에, 오른쪽 사내는 오히려 칼을 향해 달려들며 수중의 칼을 사선으로 힘차게 내리그었다.

사내가 휘두른 칼에 푸르스름한 도광이 맺히는 것을 봐서는 꽤 괜찮은 실력이었다. 그러나 우건이 던진 칼은 평범한 칼이 아니었다. 우건이 천지조화인심공으로 수련한 내력이 가득 차 있어 곧 폭발하기만을 기다리는 그런 칼이었다.

사내가 휘두른 칼과 우건이 던진 칼이 충돌하는 순간.

퍼엉!

칼이 폭발하며 수백, 수천 개의 파편이 사방으로 비산했다. 당연히 가까이서 파편을 뒤집어쓴 사내는 온몸에서 핏물을 뿜어내며 뒤로 날아갔다. 우건이 던진 칼을 피해 도망친 사내 역시 무사하지 못했다. 천지검의 구명절초 중 하나인 성구폭작의 엄청난 위력에 휘말려 그 자리에서 즉사했다.

구명절초란 목숨이 위험할 때 쓰는 절초란 뜻이었다. 그리고 그 안에는 그만큼 막대한 내력이 필요한 초식이니까 사용에 신중을 기하라는 뜻이 같이 들어가 있었다. 우건은 상당한 양의 내력을 써야 했지만 초식이 만든 결과물에 만족했다.

그사이, 우건 자신은 오른쪽으로 몸을 날리며 금선지를 발출했다. 빨랫줄처럼 날아간 금선지 지력이 문 좌측에 매복한 사내의 미간을 단숨에 꿰뚫었다. 우건은 거리를 좁히며 두 번째 금선지를 발출했다. 그러나 두 번째 사내는 첫 번째 적처럼 호락호락 당하지 않았다. 어느새 빼든 칼을 풍차처럼 돌려 금선지의 지력을 막았다. 사내의 재빠른 방어에 막힌 금선지가 허공으로 튀어 오르더니 곧 자취를 감추었다.

그러나 금선지에 실린 내력은 절대 만만히 볼 것이 아니었다. 충격을 받은 사내가 정신없이 물러섰다. 사내가 물러설 때마다 바닥에 꽤 깊어 보이는 발자국이 두서없이 찍혔다.

그 틈에 접근한 우건은 무영무음지를 발출하며 허리를 숙였다. 머리 위로 다섯 번째 사내가 휘두른 칼날이 휙 지나갔다. 도신에 맺힌 차가운 도광이 뒷덜미를 서늘하게 만들었다.

무영무음지에 심장을 관통당한 사내가 피를 토하며 쓰러질 때, 다섯 번째 사내가 칼자루를 두 손으로 잡아 내리쳤다.

평범한 독벽화산(獨劈華山)처럼 보였다. 우건은 섬영보로 피하며 태을십사수로 사내의 팔목을 제압하려 했다. 그때, 갑자기 멈춘 사내의 칼이 공간을 횡단하듯 옆으로 날아왔다.

생각지 못한 변초였다.

횡소천군(橫掃千軍)을 변형한 초식인 듯했다.

우건은 등이 땅에 닿을 정도로 허리를 젖혔다. 절정에 이른 철판교(鐵板橋)였다. 마치 우건이 둘로 늘어나 한 명은 서 있는 자세로, 다른 한 명은 철판교를 펼친 자세로 나뉜 듯한 모습이었다. 그만큼 신속하기 짝이 없는 대응이었다.

위잉!

칼날이 날카로운 소음을 쏟아 내며 우건의 가슴 위를 지나갔다.

다섯 번째 사내는 앞서 처리한 네 사내보다 한 단계 위의 고수였다. 변초를 자유자재로 쓰는 모습이 일류를 상회했다.

허리를 세운 우건이 태을십사수로 반격하려는 순간, 뒤로 몸을 날린 사내가 오른발로 우건의 사타구니를 걷어찼다. 초식의 연계가 물 흐르듯 자연스러웠다. 마치 지금의 각법을 위해 독벽화산과 횡소천군을 펼쳤다는 말을 하는 듯했다.

그러나 사내의 상대는 평범한 무인이 아니었다.

우건의 신형이 흐릿해졌다 싶은 순간, 사내의 다리가 허공을 걷어찼다. 비록 우건을 맞추지는 못했지만 그 위력은 위력적이기 짝이 없어 풍선이 터질 때와 비슷한 소리가 울렸다.

그때였다.

사라졌던 우건의 신형이 사내 뒤에서 유령처럼 다시 떠올랐다.

순간적으로 위치를 바꾸는 이형환위(移形換位)였다. 고절한 신법 앞에선 사내 역시 일개 범부에 불과할 뿐이었다. 사내가 급히 돌아서며 칼을 휘둘렀지만 우건의 손이 더 빨랐다.

획!

우건의 오른손이 빗살처럼 날아가 사내의 뒷목을 붙잡았다. 움찔한 사내가 몸을 부르르 떨 때, 우건이 목을 비틀었다.

두둑!

목이 부러진 사내는 척추가 없는 짐승처럼 허물어졌다.

우건이 방금 전 사내의 숨통을 끊는 데 쓴 초식은 호랑이가 사슴의 목을 물어뜯는 모습에 착안해 만든 광호기경이었다.

"휴우."

우건은 참았던 숨을 길게 내쉬며 기파를 퍼트려 보았다. 길 옆 정원수에 매복한 적들은 여전히 그 자리를 고수했다. 그러나 소리를 듣지 못해 움직이지 않는 건 아니었다. 어떤 상황에서도 자리를 벗어나지 말란 지시를 받았기 때문이었다.

그러나 우건에게 여유가 많지는 않았다.

궁금함을 참지 못한 적들이 철탑으로 직접 오든가, 아니면 심상치 않은 일이 벌어졌단 생각에 통신수단을 사용할 수 있었다.

정원수에 매복한 적들이 중앙 홀과 철탑으로 이어지는 길을 사수해야 한다는 편견에 얼마나 사로잡혀 있을지는 알 수 없지만 그 편견이 깨지는 데 오랜 시간이 걸리진 않을 터였다.

끼잉!

우건은 서둘러 문을 열었다. 철탑 안은 조용했다. 우건은 고개를 들어 천장을 보았다. 철탑 안은 안이 텅 빈 깡통 같았다. 천장의 높이와 철탑의 높이가 거의 비슷할 듯했다.

우건은 고개를 내려 아래를 보았다. 안에 밑으로 내려가는 계단이 하나 있었다. 다행히 지키는 병력은 보이지 않았다. 우건은 계단을 이용해 내려갔다. 전기설비를 하지 않은 듯 묘한 향기가 나는 등잔 수십 개가 벽을 따라 걸려 있었다.

우건은 숨을 멈췄다. 향기의 정체가 심상치 않은 탓이었다. 조금 들이마셨을 뿐인데 머리가 어지러웠다. 그리고 심장이 빨리 뛰며 하복부 사이로 피가 잔뜩 몰려가는 느낌을 받았다.

우건은 미간을 찌푸리며 벽에 걸려 있는 등잔을 바라보았다. 등잔 안에는 정체를 알 수 없는 보라색 액체가 들어 있었다.

우건은 어렵지 않게 보라색 기름의 정체를 유추할 수 있었다.

강호의 색마(色魔)가 여자를 유혹하는 데 쓰는 춘약(春藥)이었다. 이곳에선 최음제(催淫劑)로 부르는 모양이지만 색에 미친 자들이 수백 년 간 연구해 완성한 춘약에 비할 바

157

아니었다. 춘약은 정절을 목숨처럼 여기는 과부가 옷고름을 풀게 만들었다. 그리고 수십 년간 고행한 덕망 높은 고승이 절에 시주하기 위해 찾아온 여신도를 겁탈하게 만들었다.

중앙 홀에서 보았던 여인들 역시 우건이 지금 맡은 춘약을 흡입한 게 분명했다. 우건은 춘약이 든 등잔을 부수며 밑으로 내려갔다. 오래지 않아 계단 끝이 모습을 드러냈다.

계단 끝에는 비단을 겹겹이 겹쳐 만든 두꺼운 휘장(揮帳)이 쳐져 있었다. 그때, 휘장 위에 사람의 그림자가 일렁였다.

그림자의 숫자를 봐서는 적지 않은 인원이 안에 있는 듯했다. 우건은 휘장을 걷으며 안으로 들어갔다. 좀 전에 맡았던 춘약보다 농도가 훨씬 짙은 춘약이 코끝을 찔렀다. 우건은 천지조화인심공을 운기해 흡입한 춘약의 독성을 해독했다.

춘약에서 벗어나는 순간, 휘장 안의 모습이 확연하게 보였다. 타원형으로 생긴 대청 안에 대리석 기둥이 군데군데 있었다.

우건은 기둥 사이를 지나 더 안으로 들어갔다.

그 순간, 대청 가운데 설치한 제단(祭壇)이 보였다.

제단으로 올라가는 계단 옆에는 악귀를 그린 붉은색 혈기(血旗)가 걸려 있었다. 그리고 제단 앞 광장에는 붉은색 바람막이를 걸친 남녀 10여 명이 서 있었다. 남자는 나이가 지긋한 사내들이었고 여자는 중앙 홀에서 보았던 광경과 마찬가지로 나이가 젊은 여자들이었다. 미추(美醜)를 나누는 기준이 명확하지 않아 확실하진 않지만 중앙 홀에서 보았던 여자보다 이곳에 있는 여자들의 미모가 더 뛰어난 듯 보였다.

남자와 여자 모두 바람막이 외에는 실오라기 하나 걸치지 않은 모습이었다. 중앙 홀에 있던 사내들은 가면을 착용했지만 이들은 아니었다. 즉, 이들은 자기 정체를 다른 사람에게 드러내도 상관없을 정도로 결속력이 강한 집단이란 뜻이었다. 우건이 알기로 그런 집단 대부분은 종교집단이었다.

그때, 제단 뒤편의 문이 활짝 열렸다.

우건은 대리석 기둥 뒤에 숨어 계속 지켜보았다.

잠시 후, 열린 문 속에서 다섯 명이 걸어 나왔다. 아니, 여섯 명이었다. 우선 건장한 사내 네 명이 먼저 보였다. 그들은 뿔이 달린 가면 외에는 걸친 옷이 전혀 없었다. 몸에 기름을 바른 듯 울퉁불퉁한 근육이 등잔 빛을 받아 번들거렸다.

뿔 가면을 착용한 건장한 사내 네 명은 마치 관을 운구하듯 꽤 무거워 보이는 석관을 머리 위로 번쩍 들어 제단 위에 옮겨놓는 중이었다. 사내들의 행동에는 꽤 절도가 있었다.

사내 네 명 옆에는 붉은색 바람막이를 두른 노인이 지팡이로 대리석 바닥을 짚으며 따라오는 중이었다. 제단 앞에 모여 있는 자들이 걸친 바람막이에는 아무런 표식이 없었지만 노인이 걸친 바람막이에는 악귀 형상이 수놓아져 있었다.

우건은 선령안을 끌어올렸다.

그 순간, 악귀의 형상이 보다 자세히 드러났다.

마치 반인반마(半人半魔)를 형상화한 듯한 모습이었는데 이곳에 들어오기 직전에 보았던 철탑의 모습과 닮아 있었다.

사내에 노인을 더하면 다섯이지만 석관에 사람이 들어 있을 경우에는 총 여섯이었다. 노인을 발견한 사람들이 일제히 바닥에 부복하더니 이마로 대리석 바닥을 찧기 시작했다.

제단에 도착한 노인이 손을 들었다.

그게 신호인 듯 사람들이 일어나 공손히 시립했다.

우건은 거리가 가까워진 덕분에 노인의 모습을 자세히 볼 수 있었다. 노인은 살아 있는 시체에 가까웠다. 흘러내릴 듯한 살가죽과 얼굴 전체를 덮은 검버섯은 약과였다. 퀭한 눈두덩이 속엔 눈동자 대신, 시커먼 안광만이 번쩍일 따름이었다.

노인이 다시 손짓하는 순간, 건장한 사내 네 명이 석관을 제단 꼭대기에 올렸다. 노인은 지팡이로 제단 계단을 짚으며 올라갔다. 사내 네 명은 노인이 도착하길 기다렸다가 석관을 덮은 뚜껑을 열었다. 그리고는 석관을 똑바로 세웠다.

한데 석관을 보는 우건의 표정이 심상치 않았다. 석관 안에 그가 그토록 애타게 찾아 헤매던 허민정이 있었던 것이다.

6장. 구출과 탈출

허민정은 발가벗겨진 상태로 석관에 들어 있었다. 처음에는 그녀가 죽을 줄 알았다. 핏기라고는 찾아볼 수 없는 얼굴과 석관에 누워 꼼짝 않는 모습이 시체를 연상하게 만들었다.

우건이 분노와 실망을 동시에 느끼려는 찰나.

허민정의 봉긋한 가슴이 천천히 부풀어 올랐다.

이는 그녀가 숨을 쉰다는 뜻이었다.

그리고 그녀가 아직 살아 있다는 뜻이었다.

죽은 사람은 당연히 숨을 쉬지 못했다.

우건은 선령안에 내력을 더 집중했다.

우건은 그제야 허민정이 지독한 요법(妖法)에 당해 이지(理智)를 상실한 상태임을 깨달았다. 우건이 허민정의 상태를 살펴보는 사이, 제사장으로 보이는 노인은 제단 밑에 시립한 교도(敎徒)에게 교리를 설법하기 시작했다. 우건은 귀를 기울여 듣다가 이내 실소를 금치 못했다. 설법의 내용 대다수가 여러 가지 종교를 뒤죽박죽 섞은 내용이었다.

그야말로 혹세무민(惑世誣民)하는 사이비(似而非) 종교의 전형적인 교리였는데, 차라리 홍귀방 대방주 장헌상이 믿던 남마교(南魔敎)의 교리가 더 그럴 듯해 보일 지경이었다.

제사장의 설법이 거의 끝나 갈 무렵이었다.

철탑 입구에 일어난 변고를 감지한 클럽 엑스 직원들이 철탑 문을 여는 소리가 들렸다. 휴대전화를 한상검과 함께 건물 밖에 숨겨 놓아 통신 상태를 정확히 파악하진 못했지만 이 안은 전파를 차단해 놓은 듯했다. 그렇지 않다면 직접 오기 전에 전화나 무전기를 통해 연락을 취했을 것이다.

어쨌든 이젠 퇴로가 막힌 상황이었다.

다른 사람이라면 급박한 상황에 당황했을 공산이 높았지만 부동심을 익힌 우건은 냉정한 시선으로 상황을 주시했다.

제사장이 설법을 마치는 순간, 교도들이 오체투지(五體投地)의 자세로 절을 세 번 올렸다. 그리고 절을 다 올린 후에는 제사장의 다음 행동을 기다렸다. 제사장은 마치 하늘의 계시를 받듯 지팡이를 위로 천천히 들어 올렸다. 그 순간, 동서남북 네 방향에 신장(神將)처럼 서 있던 사내 네 명이 바로 바닥에 설치한 석함을 열어 법구(法具)를 준비했다.

곧 석관 앞에 붉은 나무로 만든 단도와 같은 색 접시, 그리고 방울을 단 령(鈴)과 하얀색 법지(法紙)가 차례차례 놓였다.

네 개 모두 사교(邪敎)가 인심공양(人心供養)에 사용하는 법구로 인심공양은 사람의 심장을 바치는 공양이란 뜻이었다.

제사장은 그중 단도를 집어 들어 가볍게 흔들었다. 마치 단도의 무게중심이 잘 잡혀 있나 확인하는 모습처럼 보였다.

그때, 사내 하나가 붉은 접시를 석관에 들어 있는 허민정의 가슴 앞에 가져다 대었다. 심장을 받기 위한 준비인 것이다.

제사장은 방울이 달린 령을 흔들며 오른손에 쥔 단도를 새하얗다 못해 투명해 보이기까지 하는 허민정의 왼 가슴으로 가져갔다. 이제 단도를 찌르기만 하면 심장을 꺼낼 수 있었다.

한편, 제사장이 하는 행동을 담담한 눈길로 지켜보던

우건은 청력에 내력을 집중했다. 우건을 쫓는 클럽 엑스 직원들이 휘장 바로 뒤에 방금 도착했다. 곧 들이닥친단 얘기였다.

움직이려면 지금 움직여야 했다.

우건은 즉시 비응보를 펼쳐 날아올랐다. 마치 공중으로 솟구치는 매처럼 두 팔을 벌린 채 날아오른 우건은 제사장 의 시선이 허민정의 가슴에서 자신에게로 돌아오는 순간, 왼손 엄지와 검지를 강하게 튕겼다. 그 즉시, 눈을 멀게 하 는 황금색 광채 하나가 긴 꼬리를 만들며 제사장에게 날아 갔다.

"적이다!"

참석자 중 누가 외쳤는지는 모르겠지만 제사장을 보호 하는 사내 네 명의 움직임은 마치 한 명이 움직이듯 일사 불란하기 짝이 없었다. 그들은 제사장 앞을 득달같이 막아 서며 주먹과 장심을 어지럽게 뻗어왔다. 곧 사내들이 만들 어 낸 권풍과 장력이 서로 얽혀들며 촘촘한 그물망을 형성 했다.

콰앙!

그물망과 금선지가 만든 황금색 광채가 충돌하는 순간, 수십 톤이 나갈 듯한 제단이 쿵쿵 흔들렸다. 지진이 난 듯 했다.

금선지가 만든 황금색 광채가 방어에 막혀 물로 씻어낸

것처럼 자취를 감췄지만 적이 펼친 그물망 역시 구멍이 뻥 뚫렸다.

비응보를 펼친 우건은 더 이상 솟구쳐오를 수 없을 때까지 솟구쳤다가 섬영보를 펼쳐 제단 꼭대기로 곧장 짓쳐 갔다.

마치 유성이 쏟아지는 듯한 속도였다. 깜짝 놀란 사내들은 좀 전의 충돌로 입은 피해를 추스를 틈 없이 반격에 나섰다.

우건은 오른손에 쥔 칼을 옆으로 크게 휘둘렀다.

좌아악!

그 즉시, 새파란 광채가 허공을 일자로 가르며 사내들이 만든 방어막을 단숨에 무력화시켰다. 이미 금선지에 구멍이 뚫린 상태였기 때문에 뒤이어 날아든 도광을 견디지 못했다.

새파란 도광의 정체는 바로 태을문에 전해지는 유일한 도법인 십자도법(十字刀法)의 일초식 일도횡단(一刀橫斷)이었다. 칼로 검법을 펼치는 게 그렇게 어렵진 않지만 칼의 위력을 최대로 끌어낼 수 있는 방법은 역시 도법이었다. 그리고 태을문에 전해지는 십자도법은 변초가 거의 없는 단순한 도법이지만 그 대신 연계할수록 강해지는 장점이 있었다.

우건은 곧바로 이도개심(二刀開心)을 펼쳤다. 젓가락이

찢어지듯 두 개로 찢어진 도광이 늑대의 이빨처럼 적을 베어갔다.

캉캉캉캉!

쇳소리가 어지럽게 울리는 순간, 이도개심을 막던 사내 두 명이 뒤로 물러났다. 그러나 외상은 없었다. 그들이 외가기공을 익혔다는 증거였다. 우건은 방금 전 충돌로 생긴 반탄력을 이용해 공중으로 다시 몸을 날렸다. 그리곤 몸을 반대로 뒤집으며 왼손 장심을 연속해 휘둘렀다. 파금장 장력이 유성이 꽂히듯 작렬해 사내들이 익힌 외가기공을 박살냈다.

외가기공이 사라진 육체는 범인의 육체와 다를 바 없었다. 내가고수(內家高手)라면 호신강기를 펼쳐 저항하겠지만 외공을 익힌 그들에게는 외가기공이 호신강기와 다름없었다.

우건은 다시 한 번 십자도법 일초식 일도횡단을 펼쳤다.

새파란 광채가 초승달처럼 뭉치더니 제사장을 호위하던 사내들을 덮쳐 갔다. 그리고 그 결과는 좀 전과 판이하게 달랐다.

네 개의 수급이 공깃돌처럼 차례대로 떠올랐다.

우건은 목 없는 시신이 뿜어내는 피 속으로 뛰어들었다. 사내들이 흘린 피는 호신강기에 막혀 우건을 방해하지 못했다.

그때, 늙은 제사장이 왼손에 쥔 방울을 바닥에 홱 던졌다. 그리고는 전봇대처럼 뻣뻣하게 쓰러지던 사내의 뒷덜미를 덥석 붙잡았다. 우건은 제사장이 무슨 짓을 하려는지 몰라 살짝 경계하며 수중의 칼로 두 번째 초식 이도개심을 펼쳤다.

다시 두 갈래로 찢어진 도광이 늑대의 송곳니처럼 날카롭게 변해 제사장의 가슴을 베어갔다. 그때, 목 없는 시신의 뒷덜미를 잡은 제사장이 왼손으로 시신의 등을 후려갈겼다.

그 순간, 시신에 흐르던 피가 수백, 수천 개의 화살로 변해 우건을 찔러왔다. 갑작스러운 상황에 솜털이 곤두섰다. 우건은 사람의 피를 이용해 펼치는 괴이한 무공이 있다는 말은 들어 본 적이 없었다. 그러나 당황한 시간은 잠시뿐이었다. 부동심을 익힌 우건은 곧 상황을 냉정히 계산했다.

우건이 보기에 제사장의 무공은 형편없는 수준이었다.

원래 제사장은 종교와 관련한 일들, 지금처럼 인심공양과 같은 의식을 집전하는 일을 주로 담당하기에 무공보다는 그 종교에 대한 지식이 얼마나 해박한가, 그리고 그 종교에서 모시는 신에 대한 신앙심이 얼마나 독실한가가 중요했다.

허민정의 심장을 산 채로 꺼내려던 이 제사장 역시 마찬가지였다. 한데 그런 자가 갑자기 이런 고절한 수법을 펼친

다는 것은 상식적으로 불가능한 일이었다. 그게 아니면 제사장이 반박귀진(返璞歸眞)한 신선이란 뜻이었다. 반박귀진한 신선들은 자연과 일체를 이루기에 굳이 내력을 수련한 필요가 없었다. 즉, 자연에 있는 기운이 다 내력인 것이다.

그러나 이런 사이비 종교의 의식을 집전하는 제사장이 반박귀진에 이를 수 있는 심득(心得)을 얻었을 리 만무했다. 이는 제사장이 백 번 죽었다가 깨어나도 불가능한 일이었다.

그렇다면 답은 하나였다.

사람의 눈을 속이는 환술(幻術)인 것이다.

우건은 눈을 질끈 감은 다음, 기파를 퍼트렸다. 거미줄처럼 퍼져 나간 기파가 현재 상황을 좀 더 명확하게 보여 주었다.

역시 예상대로 사방을 뒤덮은 핏빛 화살은 제사장이 펼친 환술의 일종이었다. 이도개심으로 만들어 낸 도광이 우건을 찌르려는 핏빛 화살을 수월하게 가르고 있는 게 증거였다.

그때, 기파 속으로 실체를 가진 무언가가 날아들었다. 그 실체는 환영에 가까운 핏빛 화살과 달리 내력이 실려 있었다.

우건의 눈이 번쩍 뜨였다.

그 순간, 핏빛 화살 속에 숨어 은밀히 날아드는 붉은색 단도 한 자루가 선명히 드러났다. 바로 제사장이 방금 전 허민정의 심장을 꺼내는 용도로 쓰려던 단도였다. 우건은 그제야 제사장이 환술로 그의 시야를 먼저 어지럽혀 놓은 다음, 몰래 단도를 발출해 그를 암살하려 했다는 사실을 깨달았다.

제사장에게는 목숨을 구해주는 구명절초였을지 모르지만 우건에겐 잔재주에 불과했다. 이도개심을 거둔 우건은 지체 없이 십자도법 세 번째 초식 삼도포월(三刀包月)을 펼쳤다.

칼을 잡은 손을 90도 비튼 다음, 위로 올려치는 순간, 도광 세 가닥이 실처럼 풀려나왔다. 그중 두 가닥은 우건의 심장으로 날아드는 붉은색 단도를 붙잡아 단숨에 세 동강 냈다. 그리고 남은 한 가닥은 그대로 곧장 날아가 검버섯이 가득한 얼굴로 부들부들 떨고 있는 제사장의 목을 휘감았다.

제사장의 목을 감은 도광이 사라지는 순간, 잘린 수급이 흔들거리다가 바닥으로 떨어졌다. 그제야 바닥에 내려선 우건은 왼팔로 옆을 가렸다. 그 즉시, 계단 옆에 걸려 있던 깃발 하나가 위로 붕 떠올라 우건의 왼손으로 빨려 들어갔다.

우건은 깃발로 요법에 당해 정신을 잃은 허민정의 나신을 휘감았다. 그때, 등 뒤에서 날카로운 파공음이 연이어 울렸다.

우건은 돌아보지 않았다.

그 대신 석관 뒤로 재빨리 돌아갔다.

우건이 석관 뒤에 도착하는 순간, 수십 종류의 암기가 석관을 때렸다. 암기가 석관을 때리는 소리가 마치 솜씨 좋은 악사가 정묘한 악기를 연주하는 듯해 묘한 감흥을 불러왔다.

우건은 왼팔로 정신을 잃은 허민정을 안은 채 오른발로 석관을 걷어찼다. 선풍무류각의 일절로 평가받는 철혈각은 과연 그 위력이 대단했다. 300킬로그램이 훌쩍 넘을 듯한 석관이 공깃돌처럼 떠올라 암기를 발출한 적들 쪽으로 날아갔다.

믿을 수 없는 광경을 보았다는 듯 우건을 쫓아 지하로 내려온 적 10여 명이 눈을 부릅떴다. 그러나 적들 역시 여기저기서 급히 끌어 모은 어중이떠중이는 아닌 듯했다. 곧 현실로 돌아와서는 날아오는 석관을 피해 분분히 몸을 날렸다.

콰아앙!

힘을 다한 석관이 지하실 계단에 부딪칠 때였다. 석관 뒤편에서 튀어나온 검은 그림자 하나가 사방에 칼을 휘둘렀다.

새파란 도광이 종횡으로 비산하며 주위에 있는 모든 물체를 잘랐다. 그중에는 살과 뼈로 이뤄진 사람 역시 끼어 있었다.

잘린 팔다리가 공깃돌처럼 허공을 떠다니는 가운데 더운 김이 나는 피가 역한 냄새를 풍기며 지하실을 붉게 물들였다.

석관 뒤에 숨어 적을 기습한 우건은 수중의 칼을 살펴보았다. 공장에서 만든 듯한 칼은 벌써 이가 군데군데 빠져 있었다. 우건은 꿈틀거리며 일어나는 생존자를 향해 칼을 던졌다. 왼팔을 잃은 적이 오른손에 쥔 칼을 휘둘러 막아왔다.

그러나 애초에 우건이 던진 칼은 투척하기 위해 던진 칼이 아니었다. 펑 하는 소리와 함께 폭발한 도신이 수백, 수천 개의 조각으로 나뉘어 근처에 있던 생존자들을 휘감았다.

핏물로 수채화를 그린 것처럼 또다시 주변이 붉게 물들었다.

우건은 격공섭물로 바닥에 떨어진 10여 개의 칼을 챙긴 다음, 계단을 다시 올라갔다. 계단 위에 어떤 함정이 있을지 알 수 없어 주운 칼을 비검만리 수법으로 던져 적을 없앴다.

다행히 지키는 적이 많지 않아 어렵지 않게 밖으로 나가는 문에 도착할 수 있었다. 우건은 문 앞에 서서 천지조화인심 공을 운기했다. 벌써 단전을 채운 내력의 반을 소진했다.

문 밖을 포위한 적들이 방금 전 그가 상대한 적들과 비슷한 수준이라면 별문제가 없었다. 그러나 그보다 강한 적이 우르르 나타난다면 오늘 일진은 아주 사나울 게 분명했다.

문제는 또 있었다.

우건은 지금 손에 익지 않는 칼로 적을 상대해야 했다. 또, 왼팔로는 정신을 잃은 허민정을 안아야 했기 때문에 한 손이 묶인 상태에서 적을 상대해야 하는 상황이나 마찬가지였다.

숨을 크게 들이마신 우건은 발로 철문을 걷어찼다.

퍼엉!

움푹 찌그러든 철문이 경첩째 뜯어져 밖으로 날아갔다. 문 앞을 지키다가 철문에 맞은 적 두 명이 피를 뿌리며 날아갔다.

우건은 천천히 걸어 나갔다. 수십 명의 적이 철탑 주위를 포위한 상태였다. 대부분 칼을 들었는데 이들을 가르친 자가 도법의 고수인 듯했다. 그러나 정확이 어떤 도법인지는 알지 못했다. 우건이 아무리 박식하다고 해도 중원에 산재한 수천수만 개의 도법을 전부 알 수는 없는 노릇이었다.

어쩌면 견문이 뛰어난 원공후는 알지 모르지만 그는

지금 이곳에 없었다. 우건은 자신을 포위한 적들을 쓱 훑어보았다.

포위망 가운데에 서 있는 두 사내가 이들 중 가장 고수였다.

형제처럼 보였는데 나이가 좀 더 들어 보이는 사내는 등 뒤에 고풍스런 칼집을 매고 있었다. 그리고 다른 한 명은 적수공권이었다. 적수공권인 사내는 근육이 발달해 입고 있는 바지와 와이셔츠가 터질 것처럼 잔뜩 부풀어 올라 있었다.

풍기는 위압감은 적수공권 사내가 강해 보였지만 진짜 고수는 칼을 패용한 사내였다. 그는 마치 잘 정련한 칼 한 자루를 보는 것처럼 절도가 있었다. 실력이 뛰어난 사부에게 배웠다는 뜻이었다. 우건은 시선을 돌려 그들의 사부를 찾았다.

그러나 그들 외에 눈에 띄는 다른 고수는 없었다.

적수공권 사내가 나와 쩌렁쩌렁 울리는 목소리로 소리쳤다.

"정체부터 밝혀라!"

우건은 그가 쓴 가면을 살짝 잡으며 대답했다.

"내 정체는 너희가 더 잘 알겠지. 가면을 나눠 준 게 너희니까."

적수공권 사내의 굵은 눈썹이 송충이처럼 꿈틀거렸다.

"웃기지 마라! 그 가면은 대경건설 사장의 가면이다! 네 놈이 사장일 리는 없으니까 가면을 훔쳐 썼다는 결론이 나온다!"

사내 옆에 서 있던 도객(刀客)이 미간을 살짝 찌푸렸다.

동생으로 보이는 적수공권 사내가 우건의 가벼운 격장지계에 넘어가 가면의 원래 주인이 대경건설 사장이라 밝힌 게 영 못마땅한 기색이었다. 그러나 책망하지는 않았다. 우건이 살아서 이곳을 빠져나가기 어려울 거라 믿는 눈치였다.

우건의 예상대로 도객과 적수공권 사내는 형제였다. 나이는 한 살 차이였는데 형은 박성모(朴成毛), 동생은 박광모(朴光毛)라는 이름을 갖고 있었다. 둘 다 같은 사부에게서 사사(師事)받았지만 분야는 달랐다. 형은 도법을, 동생은 외공과 권장을 각각 사사받았다. 배운 무공이 다른 만큼 명성을 얻은 후에 생긴 별호 역시 달라 형 박성모는 고신도(孤神刀), 동생 박광모는 대령권(大嶺拳)으로 각각 불렸다.

"넌 잠시 물러나 있어."

박성모의 말을 들은 박광모가 바로 물러섰다. 덩치는 박광모가 컸지만 형 앞에선 고양이 앞 쥐 꼴을 면치 못하는 듯했다.

동생을 물린 박성모가 나직하지만 힘이 있는 목소리로 물었다.

"문 노인(文老人)은 어떻게 되었소?"

우건은 담담한 목소리로 되물었다.

"문 노인이 누구인지부터 설명해 주는 게 맞는 순서 아니겠소?"

박성모가 우건이 휘저은 철탑을 힐끔 보며 대답했다.

"의식을 집전하던 노인의 성이 문 씨였소. 그를 어떻게 했소?"

"그는 더 이상 의식을 집전하지 못하게 되었소."

박성모는 그럴 줄 알았다는 듯 별로 놀란 기색이 아니었다.

박성모의 시선은 우건이 안고 있는 허민정에게 향했다.

"클럽에 쳐들어와 이 소란을 피운 이유가 그 여자 때문이었소?"

"산 사람의 심장을 바쳐서 어떤 부귀영화를 누리려는지 모르겠지만, 내 눈에 띈 이상 이 클럽은 문을 닫게 될 것이오."

박성모가 안타깝다는 듯 고개를 한 차례 저었다.

"그 여자의 심장은 보통 심장이 아니오. 사년(巳年), 사월(巳月), 사일(巳日), 사시(巳時)에 태어난 처녀의 심장은 그리 흔하지 않으니까. 그 여자의 심장과 피로 보도(寶刀)를 제작하면 웬만한 자들은 요기(妖氣)에 먼저 질려 버릴 거요."

꽤 그럴 듯한 이야기였다.

도교에는 사인검(四寅劍)이라 불리는 영검(靈劍)이 있었다. 사인검은 인년(寅年), 인월(寅月), 인일(寅日), 인시(寅時)에 맞춰 제작한 검을 뜻하는데 인(寅), 즉 호랑이가 가진 위력을 빌려 사귀(邪鬼)를 물리친다는 전설상의 신검이었다.

박성모가 지금 한 말이 모두 사실이라면 놈들은 사년, 사월, 사일, 사시에 태어나 선천적으로 강한 음기를 지닌 허민정의 심장과 피로 사사도(四巳刀)를 만들려 했단 뜻이었다.

우건은 그제야 놈들이 허민정을 클럽 엑스 멤버를 접대하는 자리에 내보내지 않은 이유를 깨달았다. 처음에는 클럽 엑스 접대부로 쓰려 했을 테지만 허민정이 뱀의 기운이 가장 성하다는 사사년(四巳年)에 태어났단 사실을 눈치 채고는 인심공양 제물로 바친 후에 요도(妖刀)를 제작하려 한 것이다.

우건은 박성모가 등에 빗겨 찬 칼집을 보며 물었다.

"꽤 좋아 보이는 보도를 갖고 있던데 그것으론 성이 안 찬 거요?"

박성모가 씁쓸한 미소를 지었다.

"원래 사람의 욕심은 끝이 없는 법 아니겠소."

박성모는 자기 대답이 마음에 들지 않는 듯 다시 덧붙였다.

"물론, 난 내가 가진 칼에 만족하는 사람이오."

"중요한 사람에게 바칠 칼이었단 거요?"

그러나 박성모는 질문에 가타부타 대답이 없었다. 그저 왠지 모르게 씁쓸한 기운이 감도는 미소를 지어 보일 따름이었다.

우건은 전음을 보냈다.

-당신은 클럽 엑스가 하는 쓰레기 짓이 마음에 드오?

박성모는 갑작스러운 전음에 잠시 당황한 기색을 드러냈다.

그러나 박성모는 역시 상대하기가 쉽지 않은 사내였다. 동생과 부하가 눈치 채기 전에 재빨리 원래 신색으로 돌아왔다.

-무슨 뜻이오?

우건은 입술을 거의 움직이지 않는 극상승의 전음으로 물었다.

-여자들에게 강제로 춘약을 먹여 몸을 팔게 하는 짓이 마음에 드냐 물었소. 당신은 그런 사람으로 보이지 않아서 말이오.

박성모의 입가가 살짝 올라갔다가 내려왔다.

그러나 촌각지간에 벌어진 일이라 이를 눈치 챈 사람은 없었다.

-지금 날 교화하려는 거요?

-교화는 그게 먹히는 사람에게나 하는 거요.

우건의 대답을 들은 박성모의 눈빛이 복잡하게 변했다.

-여러 가지 사정이 있다는 점만 알아주시오.

-그럼 마지막으로 한 가지만 묻겠소. 당신은 제천회 소속이오?

박성모는 눈을 가늘게 떴다. 마치 우건이 질문한 의도가 뭔지 알아내려 애쓰는 듯한 모습이었다. 제천회라 확신해서 우건이 그런 질문을 한 것인지, 아니면 우건이 자신의 의심을 확신으로 바꾸기 위해 그를 떠보려 한 건지 알 수 없었다.

박성모는 감정이 담기지 않는 목소리로 되물었다.

-왜 그런 생각을 했소?

우건은 고개를 돌려 뒤에 있는 철탑을 슬쩍 보았다. 반인반마를 표현한 철탑은 여전히 을씨년스러운 모습으로 서 있었다.

-제천회와 관련이 큰 장소에서 저 철탑을 본 적 있소. 물론, 당시 본 건 철탑이 아니라, 바위를 조각한 석상이었지만.

박성모는 짧은 한숨을 토했다.

-조직이 벌이는 사업이 다 마음에 드는 건 아니지만 조직을 배신할 생각은 추호도 없소. 이제 떠들 만큼 떠든 것 같은데 그만 승부를 보는 게 어떻겠소? 계속 이런 상태로 서

있으면 아무리 머리가 나쁜 놈들이라도 의심하기 시작할 거요.

박성모의 말대로였다.

우건과 박성모가 말없이 서 있는 모습은 의심을 사기 충분했다. 실제로 박광모 등은 의심의 눈빛을 전혀 숨기지 않았다.

고개를 끄덕인 우건은 수중의 칼을 들어 올려 비스듬히 틀었다.

태을문의 유일한 도법인 십자도법의 예전초식(禮典招式)이었다.

오른발을 앞으로 반보 내민 박성모는 오른팔을 왼 어깨에 살짝 올렸다. 칼을 뽑지 않는단 말은 그가 뛰어난 발도술을 익혔단 뜻과 같았다. 우건은 박성모의 오른팔에 집중했다.

박광모 등은 우건과 박성모의 몸에서 뿜어져 나오는 날카로운 예기(銳氣)에 질려 몇 발자국 뒤로 물러섰다. 무형의 기운끼리 충돌한 탓에 눈에 보이진 않았지만 기세와 기세가 맞부딪치며 생긴 충격파는 절대 예사로 볼 수준이 아니었다.

이는 둘 중 혼자만 강해서는 절대 생기지 않았다. 대결하는 당사자 두 명이 모두 일정 수준 이상의 경지에 올라야 가능했다. 형의 성취가 이 정도일 줄 몰랐다는 듯 박성모를 바라보는 박광모의 표정엔 질투와 존경심이 같이 담겨 있었다.

박광모의 부하 중 하나가 예기에 놀라 물러서다가 근처에 떨어진 나뭇가지를 살짝 밟았다. 신경 써서 듣지 않으면 잘 들리지 않는 작은 소리였지만 마치 권투시합을 개시할 때 쓰는 공처럼 우건과 박성모가 동시에 출수하게 만들었다.

끼이익!

송곳으로 유리를 긁는 것 같은 기분 나쁜 소음이 귓전을 파고드는 순간, 새하얀 도광이 우건의 머리를 잘라오고 있었다.

놀랍도록 빠른 발도술(拔刀術)이었다.

우건은 적잖이 감탄했다.

주시하던 박광모의 오른팔이 안개가 낀 것처럼 흐릿해졌다 싶을 때, 이미 도광이 정수리 위 10센티미터까지 와 있었다.

그러나 우건 역시 순순히 당해 줄 생각은 없었다.

이형환위를 펼쳐 위치를 바꿨다. 우건이 피한 자리에 도광이 떨어지며 흙과 잘린 돌조각이 수류탄 파편처럼 비산했다.

"이형환위?"

놀란 박광모가 눈을 부릅뜨며 소리칠 때, 형 박성모는

표정 변화가 전혀 없는 얼굴로 두 번째 쾌도를 발출했다. 얼마나 빠른지 새하얀 도광이 눈앞에서 폭발하며 피어오르는 듯했다.

우건은 급히 허리를 젖혔다.

도광이 코앞을 지나가며 핏물이 튀었다. 그러나 피육이 긁힌 상처일 뿐이었다. 그 순간, 표정 변화가 전혀 없던 박성모의 얼굴이 약간 굳어졌다. 이 두 번째 쾌도로 죽이지는 못하더라도 최소한 중상은 입힐 수 있을 거라 기대한 듯했다.

박성모는 마치 시계추가 좌우로 움직이듯 상체를 흔들다가 돌연 반대편으로 몸을 날렸다. 그리곤 세 번째 쾌도로 우건의 허리를 곧장 베어 갔다. 예측이 쉽지 않은 보법이었다.

그때, 우건의 눈에 신광이 번쩍였다.

그리고 그와 동시에 우건의 칼날이 새파란 광채를 토해 냈다.

카앙!

고막을 찢는 소성과 함께 박성모가 처음으로 물러섰다. 자신의 쾌도를 칼로 막아 낸 자가 처음인 듯 약간 당황한 듯했다.

박성모는 다시 한 번 시계추가 움직이듯 상체를 크게 흔들었다. 우건은 좀 전에 박성모가 펼치는 보법을 자세히 봐두었기 때문에 때를 기다렸다. 그때, 박성모가 우건이 예측한 시점보다 한발 먼저 몸을 날리더니 네 번째 쾌도를 날렸다.

박성모의 칼이 우건의 가슴을 베어 올 때였다. 우건은 피하지 않았다. 대신, 오른손의 칼로 박성모의 가슴을 같이 베었다.

촤악!

박성모의 쾌도가 우건의 가슴을 가르며 핏물이 훅 뿜어졌다. 호신강기로 방어했지만 살이 잘리는 것까지는 막지 못했다.

박성모 역시 피해가 없진 않았다.

우건이 펼친 일도횡단에 허벅지가 크게 베였다.

씩 웃은 박성모가 다시 달려들며 특유의 쾌도를 펼쳤다. 그가 쾌도를 펼칠 때마다 새하얀 빛이 섬광탄이 터지듯 폭발했다.

우건은 본격적으로 십자도법을 펼치기 시작했다. 일도횡단에 이어 이도개심, 삼도포월, 그리고 사도추뢰(四刀追雷)와 오도집궁(五刀輯宮)을 연달아 펼치는 순간, 도광이 사방을 가득 채웠다. 박성모의 쾌도와 우건의 십자도법이 충돌할 때마다 날카로운 예기가 대패처럼 갈려 사방으로 떨어졌다.

손에 땀을 쥔 채 구경하던 박광모 등은 살을 찌르는 예기에 놀라 뒤로 더 물러섰다. 전장은 금세 눈을 멀게 하는 도광으로 가득 차 누가 누구인지 알아볼 수 없을 지경으로 변했다.

오도집궁을 펼친 우건은 점점 숨이 가빠오는 것을 느꼈다. 박성모는 협객의 풍모를 갖고 있어 우건이 왼팔로 안고 있는 허민정을 직접 공격해 오지는 않았지만 칼과 칼이 부딪칠 때마다 파편처럼 튀는 도광이 허민정을 향할 때가 많았다.

우건은 그때마다 신법을 펼쳐 거리를 벌리거나 호신강기가 미치는 범위를 늘려 허민정을 보호해야 했다. 우건으로서는 체력이 급격히 떨어질 수밖에 없는 상황인 것이다.

우건은 상황을 냉정히 따져 보았다. 지금 체력과 내력으로는 10초가 한계였다. 그 전에 어떻게든 박성모와 결판을 내야 했다. 그 다음 일은 그 다음에 생각해야 했다. 박성모와 같은 고수를 상대로 여력을 남겨두는 행동은 바보 같은 짓이었다.

우건은 방금 펼친 오도집궁에 이어 육도난비(六刀亂飛)를 펼쳤다. 여섯 개의 도광이 도신을 중심으로 꽃처럼 벌어졌다.

박성모 역시 지지 않고 수중의 칼을 여섯 번 연속 휘둘렀다.

탕탕탕탕!

도광과 도광이 부딪칠 때마다 쇳소리가 어지럽게 울렸다. 그 충격파가 어찌나 대단한지 대기가 파르르 떨리는 듯했다.

우건은 앞으로 한 걸음 크게 내딛으며 수중의 칼을 수직으로 힘껏 내리쳤다. 처음에는 한 개였던 도광이 새끼 치듯 순식간에 늘어났다. 도광이 일곱 개까지 늘어났을 때였다.

도광이 박성모의 머리 위에 벼락처럼 떨어져 내리기 시작했다.

십자도법의 칠초 칠도낙뢰(七刀落雷)였다.

박성모는 막아 내기 힘들다는 생각에 뒤로 몸을 날렸다. 그러나 괜히 초식에 낙뢰라는 이름이 들어간 게 아니라는 듯 박성모의 보법보다 도광이 떨어져 내리는 속도가 훨씬 빨랐다.

박성모는 하는 수 없이 쾌도로 낙뢰를 막기 시작했다.

캉캉캉캉!

쇳소리가 울릴 때마다 박성모의 발이 땅 밑을 파고들기 시작했다. 십자도법은 연계할수록 그 위력이 늘어나는 도법이었다. 박성모가 연성한 내력으로는 버티기가 쉽지 않았다.

그때, 우건이 섬영보로 따라붙으며 수중의 칼을 빙글 돌렸다. 그 순간, 도광이 회오리처럼 휘어지며 박성모를 베어 갔다.

십자도법의 팔초식 팔도선풍(八刀旋風)이었다.

칠도낙뢰를 막느라 정신이 없던 박성모는 방어를 포기했다. 칠도낙뢰보다는 팔도선풍이 더 급하다고 판단한 듯했다.

촤아악!

칠도낙뢰의 마지막 도광에 왼팔이 잘린 박성모는 지혈할 새 없이 회오리처럼 휘어져 들어오는 도광에 다시 맞서 갔다.

피가 날 정도로 입술을 깨문 박성모는 회오리 속으로 칼을 찔러 넣었다. 새하얀 도광이 명멸하듯 반짝이며 회오리 내부를 잘라 갔다. 그때, 회오리와 도광이 정면으로 충돌했다.

끼이이익!

못으로 유리를 긁는 것 같은 소음이 귀청을 찢는 순간, 회오리가 갑자기 여덟 개로 찢어져 박성모의 전신을 베어 갔다.

화들짝 놀란 박성모가 칼로 방어하며 급히 물러서려는 순간.

촤아악!

첫 번째 도광이 박성모의 오른팔을 날려버렸다. 뒤이어 두 번째 도광과 세 번째 도광이 박성모의 가슴과 배를 헤집었다.

큰 소용돌이가 작은 소용돌이 여덟 개로 나뉘었을 뿐, 회전한다는 점에서는 큰 차이가 없었다. 마치 드릴이 철판을 뚫듯 박성모의 가슴과 배에 나선 모양의 커다란 구멍이 뚫렸다.

우건은 칼을 거두며 물러섰다.

가슴과 배에 구멍이 뚫린 박성모는 쓸쓸한 표정으로 한참 서 있다가 어딘가에서 불어온 바람에 밀려 바닥에 쓰러졌다.

"형님!"

형의 처참한 죽음을 눈앞에서 목격한 박광모는 이성을 상실한 사람처럼 달려들었다. 형제의 부하들 역시 마찬가지였다.

사방에서 칼과 권풍이 날아들었다.

우건은 뒤로 물러서며 천지조화인심공을 운기했다. 박성모의 저항이 꽤 끈질겼던 탓에 내력은 이제 2할로 줄어 있었다.

이대로 피하기만 해서는 남은 2할을 방어하는 데 다 써야 할 판이었다. 또, 그 와중에 정신을 잃은 허민정이 다칠 위험이 있었다. 걸음을 멈춘 우건은 손에 쥔 칼을 슬쩍 보았다.

이가 빠져 얼마 쓰지 못할 듯했다. 우건은 박성모란 강적을 물리치게 해준 칼에게 화려한 마지막을 선사해주려 하였다.

결정을 내린 우건은 맨 앞에서 쫓아오는 박광모 쪽으로 먼저 몸을 날렸다. 눈에 불을 켠 채 달려들던 박광모는 외나무다리 위에서 원수를 만난 사람처럼 냅다 주먹을 휘둘러왔다.

부웅!

묵직한 권풍이 가슴을 짓쳐왔다.

우건은 팽이처럼 회전해 박광모가 발출한 권풍을 뒤로 흘려보냈다. 그리고는 수중의 칼을 박광모 쪽으로 힘껏 내던졌다.

빗살처럼 날아간 칼이 박광모 바로 앞에서 폭발했다. 우건이 천지검 구명절초 성구폭작을 칼로 펼쳐낸 것이다.

폭발한 칼의 파편이 뾰족한 가시처럼 박광모의 전신을 찔러 갔다.

"그딴 잡술로 나를 막을 수 있을 줄 아느냐!"

코웃음 친 박광모는 오히려 파편 쪽으로 몸을 날렸다.

파파팟!

파편이 박광모의 전신을 소나기처럼 두들겼지만, 의복이 찢어지거나 피육에 흠집이 약간 나는 선에서 그쳤다. 박광모가 익힌 외가기공을 뚫지 못한 것이다.

사실 성구폭작은 내가고수의 호신강기를 전문적으로 파훼하는 초식이었다. 즉, 외가기공을 익힌 고수에게는 그다지 효과가 없단 의미였다.

우건 역시 이를 잘 알았다. 박광모를 처음 봤을 때부터 그가 외가기공을 전문적으로 익힌 고수임을 눈치 챈 상태였다. 그렇지 않고서는 저런 근육을 만들 이유가 없었다. 내가고수에게 과도한 근육은 움직임을 방해하는 방해물이었다.

이를 잘 아는 우건이 성구폭작으로 그가 가진 유일한 무기를 허무하게 없애버린 데는 다른 이유가 있었다. 외가기공에 자신 있는 박광모가 성구폭작이 만든 파편을 두려워하지 않을 것임을 알고 그 틈에 거리를 좁히려 했던 것이다.

계획대로 거리를 좁힌 우건은 태을십사수로 박광모를 정신없게 만들었다. 박광모는 권법으로 막으려 했지만 태을십사수가 가진 모든 변화를 모두 따라잡기란 불가능한 일이었다.

결국, 치명적인 파탄이 드러났다.

그리고 우건은 상대의 파탄을 놓칠 사람이 아니었다.

펑!

우건의 장력에 옆구리를 제대로 얻어맞은 박광모는 비틀거리며 대여섯 걸음을 정신없이 물러섰다. 그러나 표정은 변화가 없었다.

마치 모기에 물린 것처럼 별로 개의치 않는 듯한 모습이었다.

그러나 걸음을 다시 떼려는 순간, 철갑처럼 단단하던 박광모의 근육이 제멋대로 뒤틀리기 시작했다.

"으아악!"

외가기공이 깨지는 고통에 비명을 지른 박광모가 핏발이 잔뜩 선 눈으로 하늘을 쳐다볼 때였다.

공중으로 날아오른 우건이 두 발로 박광모의 얼굴을 연속해 걷어차기 시작했다.

선풍무류각의 풍우각(風雨脚)이었다.

펑펑펑펑펑!

우건의 발길질이 거듭될 때마다 박광모의 얼굴이 피범벅으로 변했다. 급기야는 목이 부러진 듯 머리가 제멋대로 흔들렸다.

그제야 지상으로 내려온 우건은 싸늘한 눈빛으로 남은 적들을 훑어보았다. 철석같이 믿고 있던 박성모와 박광모가 우건에게 당하는 모습을 본 그들은 전의를 상실했다.

그리고 전의를 상실한 적에게 남은 것은 도주밖에 없었다.

일제히 몸을 돌린 적들이 정문 쪽으로 도망치기 시작했다.

우건은 그들을 쫓지 않았다. 박광모를 없앨 때 무리하는 바람에 남은 내력은 1할이 채 되지 않았다.

어떻게 해서든 이곳을 빠져나가 내력을 회복해야 했다.

우건은 적들이 가는 곳 반대편으로 몸을 날려 클럽 엑스를 나가기 시작했다.

그때였다.

두두두두!

처음 들어보는 엄청난 굉음이 머리 위에서 들려왔다.

한데 굉음은 시작에 불과했다.

뒤이어 태풍이 상륙할 때처럼 거센 바람이 몰아쳐왔다.

본능적으로 위험을 감지한 우건은 급히 어둠 속에 몸을 숨겼다.

다다다다!

그 순간, 검은색 헬리콥터가 강림(降臨)하듯 내려와 우건이 숨어 있는 곳 상공을 천천히 돌기 시작했다.

우건은 숨을 죽인 상태에서 헬리콥터가 만든 굉음과 바람을 견뎌냈다.

그때, 헬리콥터 문이 활짝 열리더니 시커먼 총구가 튀어나왔다.

예감이 좋지 않았다.

우건은 섬영보로 숨어 있던 곳을 빠져나왔다.

타타타탕!

주황색 불꽃을 뿜어내는 탄막이 그런 우건의 뒤를 추격해왔다.

7장. 드러나는 실체

권총은 당연히 아니었다. 그리고 소총 역시 아니었다. 우건이 지나간 자리에 틀어박히는 저 강력한 탄환들은 그보다 구경이 훨씬 큰 무기로 쏘는 게 틀림없었다. 그렇지 않고서야 단단한 포장도로에 사발만 한 구멍이 뚫릴 리 없었다.

군이 따지라면 기관총의 위력이 저와 비슷할 듯했다.

우건의 섬영보는 강호일절로 불리기에 손색이 전혀 없는 보법이었다. 그러나 공중을 활강하며 쫓아오는 헬리콥터를 완벽히 떼어내기 쉽지 않았다. 그때, 우건을 쫓아오던 탄막이 갑자기 뚝 끊어졌다. 우건은 고개를 돌려 뒤를 보았다.

맹렬히 좇아오던 헬리콥터가 더 높은 고도로 상승 중이었다.

타타타탕!

우건이 달려가는 방향에 탄환이 빗발치듯 쏟아졌다. 뒤를 추격해서는 영원히 맞힐 수 없다는 판단에 방법을 바꾼 듯했다.

적의 판단은 정확했다. 이대로 계속 전진하는 것은 헬리콥터가 만든 탄막 안으로 자진해서 들어가는 것과 다르지 않았다.

우건 역시 방법을 바꿨다. 섬영보 대신 월광보를 펼쳐 신형을 감췄다. 헬리콥터의 적은 기관총을 산발적으로 갈겨댔다. 그러나 우건을 맞추기 위한 사격은 아니었다. 제 풀에 놀란 토끼처럼 모습을 드러내도록 만드는 유인용 사격이었다.

문제는 우건이 겁 많은 토끼가 아니라는 점이었다. 엄밀히 말하면 수풀 속에 숨어 사슴을 노리는 맹수에 더 가까웠다.

우건은 적의 허점을 찔렀다. 클럽 엑스 밖으로 도망치는 대신, 철탑이 있는 방향으로 돌아가는 선택을 한 것이다. 중앙 홀에서 춘약에 취한 여자들과 난잡한 짓을 벌이던 사내들은 이미 내뺀 듯 모습이 보이지 않았다. 그들이 타고 온 차량 역시 같이 사라져 넓은 주차장이 거의 텅 비어 있었다.

그때, 클럽 엑스 외곽 상공을 배회하던 헬리콥터가 우건을 발견한 듯 기수를 돌려 돌아오기 시작했다. 우건 혼자라면 들킬 염려가 없었지만 불행히 그는 혼자가 아니었다. 지금 우건의 왼팔에는 정신을 잃은 허민정이 안겨 있었다. 월광보가 뛰어난 은신술이기는 하지만 허민정의 신형까지 가려주지는 못했다. 어차피 예상했던 일이라 당황하지 않았다.

타타타탕!

헬리콥터에 설치한 기관총이 다시 한 번 불을 뿜기 시작했다. 예광탄(曳光彈)을 섞은 듯 주황색 불꽃이 길게 늘어졌다.

우건과 10미터 떨어진 곳에 위치한 정원수가 기관총 세례를 받아 박살났다. 부러진 나뭇가지가 우박처럼 쏟아져 내렸다.

우건은 정원수 밑으로 들어가 신형을 최대한 은폐했다.

그때였다.

끼이이익!

클럽 엑스 정문 앞에 처음 보는 검은색 밴 대여섯 대가 급제동하며 나타났다. 불길한 느낌을 받은 우건이 살짝 멈칫할 때였다. 밴 지붕이 홱 열리더니 그 위로 기관총이 올라왔다.

뒤이어 야간투시경을 쓴 사내들이 기관총 방아쇠를 잡았다.

타타타탕!

밴 지붕에 설치한 기관총이 일제히 불을 뿜기 시작했다. 마치 전쟁터에 온 듯했다. 온 사방에 대구경 탄환이 박혀들었다.

한데 뭔가 이상했다.

탄환이 날아가는 방향은 우건이 숨은 위치와 거리가 있었다.

"으아악!"

비명소리가 연달아 들려왔다. 우건은 목적지를 향해 달려가며 비명소리가 들리는 방향을 보았다. 우건의 신위에 압도당해 도망치던 클럽 엑스 직원들이 피를 뿌리며 쓰러졌다.

기관총으로 기선을 제압한 정체불명의 적들은 곧바로 밴에서 하차해 살아남은 클럽 엑스 직원들을 사냥하기 시작했다. 그들의 손에는 각종 소총과 기관단총이 들려 있었다. 전쟁터처럼 보이는 게 아니라, 진짜 전쟁터에 있는 듯했다.

우건은 정체불명의 적들이 무슨 의도로 클럽 엑스 직원들을 사냥하는지 알지 못했다. 그러나 그를 지원하기 위해서는 아니었다. 소총과 기관단총을 사방에 난사한 정체불명의 적들은 이내 칼과 검, 그리고 도끼와 같은 냉병기로 학살을 피해 곳곳에 숨은 클럽 엑스 직원을 찾아 숨통을 끊었다.

검광과 도광이 번쩍였다. 그들 역시 무공을 익힌 무인이었다. 다만, 총과 같은 화기를 이용한다는 점이 다를 뿐이었다.

이제 급해진 쪽은 우건이었다.

클럽 엑스 직원들을 처리한 정체불명의 적들은 정문 쪽에서 우건이 있는 방향으로 달려오며 주변을 수색하기 시작했다. 그리고 헬리콥터는 여전히 우건이 숨은 곳 위를 정지비행하며 기관총으로 대구경 탄환을 쉴 새 없이 쏟아부었다.

적에게 앞뒤로 포위당한 우건이 난감해 할 때였다.

왼쪽 4미터 앞에 흐릿한 인형이 나타났다. 처음에는 적인 줄 알았지만 살기가 없는 것을 보고는 이내 긴장을 풀었다.

살기가 없다면 아군일 가능성이 높았다.

예상대로 흐릿한 인형의 정체는 김은이었다.

클럽 엑스가 복마전(伏魔殿)일 가능성이 높아 실력이 떨어지는 김은과 김동을 폐가에 남겨 두었는데 예상치 못한 곳, 그리고 예상치 못한 시점에 그중 한 명이 나타난 것이다.

김은은 쾌영문 절기 중 하나인 분영신법에 우건이 혈림을 칠 때 얻은 무영은둔을 더해 원공후가 새로 만든 분영은둔(分影隱遁)을 3성까지 익혀 은신술이 제법 괜찮은 상태였다.

우건은 김은이 은신해 있는 곳에 전음을 보냈다.

-어떻게 온 건가?

김은이 주변을 경계하며 전음으로 대꾸했다.

-저희 형제는 주공 지시대로 폐가에 남아 상황을 지켜볼 생각이었는데 갑자기 헬리콥터가 나타나지 않겠습니까? 혹시 몰라 급히 와 본 겁니다. 그보다 다치신 데는 없으십니까?

-나는 괜찮네.

안심한 김은이 우건이 안고 있는 허민정을 가리키며 물었다.

-주공께서 안고 있는 사람이 민정이란 아가씹니까?

-맞네.

김은이 헬리콥터 로터소리에 잔뜩 겁먹은 목소리로 물었다.

-대체 뭐하는 놈들이랍니까? 헬리콥터를 타고 와서 기관총을 쏴댈 정도면 근처에 주둔한 군대나, 경찰이 출동한 겁니까?

우건은 고개를 저었다.

-모르겠네. 그러나 군대나 경찰처럼 보이지는 않네.

김은이 가까이서 들려오는 기관총 총성에 깜짝 놀라 물었다.

-아무래도 포위당한 모양인데 탈출할 방법이 있습니까?

-내가 저들의 시선을 다른 곳으로 적당히 유인할 것이네. 자네는 그 틈에 허 소저를 데리고 이곳을 빨리 빠져나가게.

뭐라 말하려던 김은이 이내 고개를 저었다.

사실 김은이나 정신을 잃은 허민정이나, 우건에게 짐이 되기는 마찬가지였다. 차라리 짐이 짐을 데리고 빠져나가 주는 편이 우건에게 훨씬 유리한 상황이었다. 눈치 빠른 김은이 이를 모를 리 없었다. 그는 바로 허민정을 넘겨받았다.

허민정을 김은에게 넘긴 우건은 옆으로 몇 발자국 걸어가 땅을 팠다. 잠시 후, 중앙 홀로 잠입하기 전에 묻어둔 한 상검 등이 밖으로 나왔다. 우건은 무기를 찾기 위해 클럽 안으로 다시 돌아온 것이었다. 손에 익은 무기로 무장한 우건은 김은에게 눈짓한 다음, 헬리콥터가 있는 위치로 향했다.

헬리콥터 로터 돌아가는 소리가 10미터 위 상공에서 규칙적으로 들려왔다. 아마 정원수 사이로 사라진 우건을 찾기 위해 밑으로 내려온 듯했다. 클럽 엑스 직원들이 정성을 다해 가꾼 정원수는 나뭇가지가 **빽빽**해 그 안에 숨은 우건을 찾기 쉽지 않았다. 우건은 옆에 있는 정원수를 보았다.

측백나무였다. 한상검을 오른손에 쥔 우건은 측백나무 가지를 도약대 삼아 위로 올라갔다. 마지막 가지를 밟는 순간, 비응보로 도약했다. 반동을 버티지 못한 가지가 부러졌다.

수리처럼 솟구친 우건 앞에 헬리콥터 스키드가 나타났다. 스키드는 헬리콥터의 발과 같아 착륙할 때와 이륙할 때 사용했다. 우건은 스키드를 왼손으로 잡았다. 갑작스러운 무게 증가에 육중한 헬리콥터가 살짝 흔들렸다. 우건은 상체를 숙인 자세에서 스키드 위에 올라가 다시 한 번 도약했다.

곧 눈앞에 헬리콥터 객실이 드러났다. 문이 열려 있어 객실 상황을 한눈에 파악하는 게 가능했다. 우건은 몸이 헬리콥터 로터 속으로 빨려 들어가기 전에 재빨리 객실 문을 잡았다.

헬리콥터 객실에는 세 명이 있었다. 두 명은 기관총을 다루는 사수와 부사수였다. 그리고 남은 한 명은 헬리콥터 조종사와 통신하는 임무를 맡은 듯 머리에 헤드셋을 착용했다.

우건을 가장 먼저 발견한 사람은 헤드셋을 착용한 사내였다.

깜짝 놀란 듯 눈을 부릅뜬 사내가 뭐라 소리치려는 순간, 새하얀 검광이 빨랫줄처럼 날아가 사내의 목을 휘어 감았다.

"크억!"

비명을 지른 사내가 피가 뿜어져 나오는 자신의 목을 급히 틀어쥐었다. 그러나 생역광음이 이미 사내의 목에 손으로 틀어막을 수 없는 크기의 상처를 남긴 후였다. 사내는 술에 취한 사람처럼 비틀거리다가 반대편 문 밖으로 떨어졌다.

그때, 반쯤 엎드린 자세로 기관총 탄창을 공급하던 부사수가 허리춤으로 손을 가져가며 일어섰다. 허리춤에는 칼집이 매달려 있었다. 사내의 손이 칼자루에 닿는 순간, 새하얀 검광이 부챗살처럼 퍼져 나와 헬리콥터 내부를 가득 채웠다. 검광이 사라진 자리에 남아 있는 것은 한때 사람이었던 존재가 남긴 것으로 추정되는 핏덩이와 살점 몇 개뿐이었다.

우건은 객실 안으로 깊숙이 들어가며 머리를 숙였다.

탕!

탄환이 머리 옆을 아슬아슬한 차이로 스쳐 지나갔다.

첫 발에 우건을 맞추지 못한 부조종사가 권총 방아쇠를 미친 듯이 당겼다. 총성이 울릴 때마다 헬리콥터 객실 벽에 구멍이 뚫렸다. 우건은 급히 상체를 숙여 탄환을 피했다.

그때였다.

우건의 눈에 객실과 조종석을 나누는 격벽(隔壁)이 보였다.

우건은 지체 없이 격벽 밑에 한상검을 찔러 넣었다.

튼튼한 재질로 만들었을 테지만 한상검은 금속을 두부처럼 가르는 명검이었다. 한상검이 곧 격벽 하부를 횡으로 갈랐다.

"으악!"

"크어억!"

조종사와 부조종사의 비명소리가 연달아 들려왔다. 그리고 그와 동시에 헬리콥터가 공중에서 제멋대로 돌기 시작했다. 헬리콥터를 조종할 수 있는 사람 두 명이 한꺼번에 허리가 잘렸기 때문이었다. 미친 듯이 돌던 헬리콥터는 이내 지상으로 추락했다. 우건은 지상과의 거리가 5미터로 줄어들었을 때, 재빨리 밖으로 몸을 날렸다. 그리고는 공중에서 다시 금리도천파(金鯉倒穿波)의 수법으로 거리를 벌렸다.

우건이 지상에 내려서는 순간, 헬리콥터가 건물 위에 추락하며 엄청난 폭발음과 함께 불길이 치솟았다. 불이 붙은 헬리콥터 잔해가 사방으로 날아가 근처 건물을 태우기 시작했다.

월광보를 펼쳐 재빨리 신형을 감춘 우건은 김은이 있던

자리를 보았다. 헬리콥터가 폭발하는 소동을 틈타 도망친 듯했다.

우건은 내력을 점검해 보았다. 단전이 거의 비어 있었다. 여기서 강적과 조우하면 꼼짝없이 당할 판이라, 조심을 기했다.

그때, 밴에서 내린 정체불명의 적들이 헬리콥터 추락 현장으로 달려왔다. 우건은 월광보로 천천히 물러서며 그들을 관찰했다. 그들은 생존자를 찾기 위해 분주히 오갔지만 이미 헬리콥터가 추락하기 전에 다 당한지라, 있을 턱이 없었다.

정체불명의 적들을 피해 막 클럽 엑스 밖으로 걸음을 떼어 놓으려던 우건은 흠칫해 동작을 멈췄다. 살을 바늘로 콕콕 찌르는 듯한 날카로운 시선이 등 뒤에서 느껴졌던 것이다.

우건은 고개를 천천히 돌렸다.

머리카락에 기름을 발라 뒤로 넘긴 중년 사내 하나가 우건이 숨어 있는 장소를 뚫어져라 노려보는 중이었다. 우건은 이곳에 넘어온 후 처음으로 간담이 서늘해지는 충격을 받았다.

중년 사내는 엄청난 고수였다.

월광보를 펼친 우건을 기감(氣感)만으로 찾아낸 자였다.

우건은 그가 자신을 정확히 인지해 쳐다본 것인지, 아니면 단순히 뭔가 걸리는 게 있어 쳐다보았는지 알지 못했다. 만약, 전자라면 무사히 빠져나가기 어려울 것 같단 느낌을 받았다.

중년 사내의 눈이 더 가늘어졌다. 동시에 오른손은 고풍스런 칼자루 위로 천천히 이동하기 시작했다. 우건의 눈에는 그런 중년 사내의 모습이 마치 거대한 칼이 형체를 서서히 갖춰가는 것처럼 비춰졌다. 그리고 칼이 온전한 형체를 갖추는 순간, 폭발적인 힘과 속도로 공간을 갈라올 게 분명했다.

한상검을 쥔 우건의 손에 힘이 점점 들어갈 때였다.

중년 사내의 오른손 손가락이 칼자루 위에 부드럽게 감겼다.

우건은 살아갈 수 있는 방법이 하나밖에 없음을 직감했다.

바로 기습이었다.

우건이 월광보를 풀려는 순간, 중년 사내의 시선이 옆으로 돌아갔다. 그리고 그와 동시에 우건을 압박해오던 날카로운 기세가 눈 녹듯이 사라져 버렸다.

중년 사내는 부하로 보이는 사내와 몇 마디 주고받았다.

잠시 후, 고개를 끄덕인 중년 사내는 우건이 있는 방향을 슬쩍 쳐다본 다음, 현장을 떠났다. 우건은 그제야 중년 사내가 월광보를 꿰뚫어 본 게 아님을 깨달았다. 중년 사내가 가진 무위로 봤을 때 꿰뚫어 보았다면 아마 바로 칼을 뽑았을 것이다.

어쨌든 위기를 넘긴 우건은 클럽 엑스를 나와 김은, 김동이 기다리고 있을 폐가로 이동했다. 한데 폐가가 멀지 않은 지점에 이르렀을 때였다. 클럽 엑스로 들어가는 길목에 경찰차가 경광등을 켠 채 서 있었다. 경찰차 밖에서는 제복을 입은 제복경찰들이 경광봉으로 도로를 통제하는 중이었다.

헬리콥터가 기관총을 쏘아대는 소리에 놀란 주민 몇이 현장을 기웃거렸지만 경찰의 통제에 더 이상 접근하지 못했다.

김은이 헬리콥터까지 동원한 정체불명의 적들이 누군지 물었을 때 우건은 경찰이나 군인은 아닌 것 같다고 대답한 적 있었다. 한데 경찰의 비호를 받는 모습을 봐서는 그게 꼭 정답은 아닌 듯했다. 그들이 진짜 경찰은 아닐지라도 경찰과 관련 있는 어떤 조직이 나선 것은 틀림없어 보였다.

폐가에 도착한 우건은 바로 안방을 찾았다.

한데 안방에는 그가 예상치 못한 사람이 하나 더 있었다. 바로 클럽 엑스 직원이었다. 복장으로 알 수 있었다. 클럽 엑스 직원은 흰 와이셔츠와 감색 정장 바지를 유니폼처럼 입었다. 그리고 헬리콥터를 동원한 정체불명의 적들은 아래위로 검은색 정장을 말끔히 차려입었기에 구분이 쉬웠다.

직원은 혈도가 점혈당한 상태로 더러운 벽에 기대 있었는데 눈에는 검은 안대를, 그리고 귀에는 헤드폰을 씌워놓았다.

초조한 얼굴로 허민정을 살피던 김은과 김동이 얼른 일어났다.

"오셨습니까."

"고생이 많으셨습니다."

우건은 클럽 엑스 직원을 보며 물었다.

"저자는 누군가?"

김동이 직원을 힐끔 보며 대답했다.

"밴에서 내린 놈들을 피해 이곳으로 도망쳐 온 자인 듯했습니다."

"자네가 붙잡았나?"

김동이 머리를 긁적였다.

"예. 분영은둔으로 숨어 지켜보다가 쾌영산화수로 잡았습니다."

고개를 끄덕인 우건은 바로 허민정을 진맥했다.

잠시 후, 진맥을 완료한 우건은 김동을 불러 지시를 내렸다.

"깨끗한 그릇에 온수(溫水)를 조금 담아오게."

"알겠습니다."

김동은 바로 물을 뜨러 나갔다.

그때, 걱정스러운 눈빛으로 허민정을 지켜보던 김은이 물었다.

"깨어날 것 같습니까?"

"내가 가진 단약을 복용하면 곧 깨어날 걸세."

김은은 자기 일처럼 가슴을 쓸어내리며 안도했다.

"듣던 중 반가운 소리군요. 전 그녀가 숨을 너무 천천히 쉬는 바람에 살기 어려울 줄 알았습니다. 은수가 기뻐할 겁니다."

그때, 김동이 깨끗한 사기 그릇에 온수를 떠왔다.

우건은 바로 준비한 단약을 그릇에 풀었다. 그리고는 허민정의 턱을 잡아 살짝 비틀었다. 뚝 하는 소리가 들리며 허민정의 턱관절이 빠져나왔다. 우건은 허민정의 입을 벌린 상태에서 그릇에 갠 단약을 천천히 흘려 넣었다. 마지막으로 추궁과혈(推宮過穴)하여 단약이 식도를 넘어가게 도왔다.

허민정의 턱관절을 다시 맞춰준 우건은 김은을 불러 지시했다.

"그녀를 차 뒷좌석에 똑바로 눕혀 놓도록 하게. 그리고 정신을 차렸을 때 갈아입을 수 있게 새 옷을 미리 준비해 두게."

"알겠습니다."

대답한 김은은 단약을 복용한 허민정을 조심스레 안아

밖으로 나갔다. 단약이 약효를 발휘한 듯 창백하다 못해 투명하기까지 하던 허민정의 살결이 점차 원래 색으로 돌아왔다.

김은과 허민정이 방을 나간 직후, 우건은 혈도가 점혈당해 꼼짝 못하는 클럽 엑스 직원의 귀를 가린 헤드폰을 벗겼다.

"이름이 뭐요?"

직원은 떨리는 목소리로 더듬거리며 대답했다.

"최, 최인건(崔人建)입니다."

"클럽 엑스에서는 무슨 일을 했소?"

"크, 클럽을 경비하는 부서에 있었습니다."

"클럽에는 주로 누가 드나드오?"

"모, 모릅니다. 가, 가면을 써서 얼굴을 볼 기회가 없었습니다."

우건은 잠시 생각한 후에 다시 물었다.

"클럽 엑스는 제천회의 하부 조직이오?"

흠칫한 최인건이 대답했다.

"마, 맞습니다. 제, 제천회 소속입니다."

우건은 별로 놀라지 않았다. 클럽 엑스에서 본 반인반마 철탑을 통해 그들의 소속이 제천회임을 이미 간파한 상태였다.

반면, 정보가 전혀 없던 김동은 깜짝 놀라 물었다.

"정말이오? 정말 클럽 엑스가 제천회 소속이오?"

김동의 다그치는 듯한 말투에 겁을 먹은 최인건이 대답했다.

"트, 틀림없습니다. 이, 이런 상황에서 제가 어떻게 거, 거짓말을 할 수가 있겠습니까. 제, 제발 제 말을 믿어주십시오."

김동이 최인건의 귀에 다시 헤드폰을 씌우며 우건에게 물었다.

"이자의 말이 사실일까요?"

우건은 김동에게 클럽 엑스 안에서 보았던 것들을 말해주었다.

겁에 질린 최인건은 물어보는 질문에 성실히 대답했다.

최인건은 클럽 엑스 주인 박성모와 박광모 형제 밑에서 일하는 말단 직원이었다. 박성모 형제는 우건이 본 바대로 클럽 엑스라는 비밀클럽을 만들어 사회 지도층 인사들을 접대했다. 그리고 접대를 받은 사회 지도층 인사들은 그 대가로 제천회에 이권을 넘기거나 여러 가지 편의 등을 봐주었다.

우건은 다시 물었다.

"헬리콥터를 동원한 놈들은 소속이 어디요?"

"제, 제천회 망인단(忘仁團) 본부 소속일 겁니다."

최인건의 대답을 들은 김동은 믿기지 않는다는 얼굴로

우건을 쳐다보았다. 최인건의 대답이 모두 사실이라면 제천회 망인단이 제천회에 속한 클럽 엑스를 공격한 상황인 것이다.

그러나 우건은 별로 놀라지 않았다는 듯 담담한 어조로 물었다.

"제천회에 그런 조직이 또 있소?"

"제, 제가 아는 건 망인단이 답니다. 저, 저희 같은 말단에게는 자세히 가르쳐 주지 않아 다른 조직에 대해선 잘 모릅니다."

최인건에 따르면 클럽 엑스 역시 망인단 소속이었다. 좀 더 정확히 말하면 망인단이 가진 여러 조직 중에 하나가 클럽 엑스였다. 망인단 단주(團主)는 묵령심애도(墨靈心哀刀) 장린(張璘)이란 자였는데 우건이 클럽 엑스에서 도망칠 때 잠시 위협을 느꼈던 올백머리 중년 사내가 바로 그자였다.

장린에게는 총 다섯 명의 제자가 있었다. 클럽 엑스를 운영하는 박성모 형제는 장린의 세 번째 제자와 네 번째 제자였다.

허민정을 차에 눕혀 놓고 돌아온 김은이 어이없다는 듯 물었다.

"그럼 당신 말은 사부가 제자의 부하에게 총질을 했다는 거요?"

최인건은 처음 듣는 목소리에 살짝 움찔했다.

그러나 대답을 피해 명줄을 줄이는 실수를 범하지는 않았다.

"저, 정말입니다. 마, 망인단주는 성격이 아주 냉정한 사람이라서 지금까지 실수를 저지르거나 임무에 실패한 부하를 용납한 적이 없습니다. 이, 이번 일 역시 마찬가지일 겁니다."

최인건의 대답은 사실로 보였다.

그러나 그게 자기 부하를 학살한 이유의 전부는 아닐 것이다.

망인단주 장린은 이번 사건으로 클럽 엑스의 정체가 노출되었다고 생각했을 것이다. 그리고 이참에 깨끗이 정리해 망인단이나 제천회의 존재가 드러나는 상황을 피하려 했을 것이다.

이유야 어쨌든 손속이 잔인한 자임은 분명했다. 자기가 키운 부하를 학살하는 것은 웬만큼 독한 심기 아니면 불가능했다.

이번에는 김동이 물었다.

"그 망인단이란 조직에 대해 좀 더 자세히 말해보시오."

"마, 망인단에는 세 개의 조직이 있습니다. 머, 먼저 단주의 첫 번째 제자가 사장인 에스캅이란 보안 회사가 있습니다. 그리고 둘째 제자는 동해건설(東海建設)이란 건설사사장이고 셋째와 넷째 제자는 여기 클럽 엑스의 사장이었습니다."

김동이 다시 물었다.

"그럼 다섯째 제자는?"

"다, 다섯째 제자는 어떤 직책을 맡고 있는지 모르겠습니다."

스마트폰으로 뭔가를 검색한 김동이 그 결과를 우건에게 보여주었다. 에스캅과 동해건설은 모두 그 업계에서 중견에 해당하는 규모였다. 망인단의 규모가 생각보다 큰 것이다.

최인건에 따르면 장린의 제자들은 사부의 신임을 얻기 위해 미친 듯이 경쟁 중이었다. 명문정파라면 대제자가 사부의 뒤를 잇겠지만 이들은 사파, 그중에서도 사악하기 짝이 없는 사교 소속이었다. 입문한 순서 따위는 상관이 없었다.

우건은 그제야 박성모 형제가 허민정의 피와 심장으로 사사검을 제련하려 했던 이유를 깨달았다. 박성모 형제는 사부의 신임을 얻기 위해 사사검이란 뇌물을 바치려 했던 것이다.

우건이 최인건에게 물었다.

"망인단이 동원한 헬리콥터와 각종 무기들은 어디서 구했소?"

"외, 외국에서 들여왔을 겁니다. 저, 정부에 있는 높은 분이 뒤를 봐주기 때문에 걸릴 일이 없다는 소문을 들었습니다."

"그 높은 사람들이 누군지 아시오?"

"모, 모릅니다. 저, 정말입니다."

우건은 질문을 계속했지만 더 이상 진질 만한 정보가 없었다. 우건은 무영무음지로 최인건의 혈도를 다시 점했다. 김동이 점혈할 때와 다른 점이라면 이번에는 몇 시간 후에 저절로 풀리도록 점혈했다는 점이었다. 망인단이 실패한 조직원을 어떻게 대하는지 똑똑히 목격한 최인건은 혈도가 풀리는 즉시, 망인단의 시야가 미치지 않는 곳으로 도망칠 것이다.

방을 나온 우건은 예상치 못한 상황에 한 번 더 직면해야 했다.

공교롭게도 우건이 최인건을 취조하는 사이에 허민정이 정신을 차린 것이다. 문제는 허민정이 정신을 차렸을 때 옆에서 지금 상황을 설명해 줄 수 있는 사람이 없었단 점이었다.

김은이 구해 온 새 옷으로 갈아입은 허민정은 열리지 않는 차문과 씨름하다가 방에서 나오는 우건 일행을 보고 겁을 먹은 듯 반대쪽 차문으로 기어가 다시 차문을 열려 애썼다.

우건의 눈짓을 본 김은이 얼른 리모컨 키로 차문을 열었
다.

삐빅!

리모컨 키가 내는 다소 경망스러운 소리와 함께 차문이
열리는 순간, 허민정이 맨발로 뛰쳐나와 폐가 마당으로 달
려갔다.

우건은 섬영보로 쫓아가 허민정의 팔을 붙잡았다.

"우린 나쁜 사람들이 아니오."

허민정이 우건에게 잡힌 팔을 뿌리치려 애썼지만 연약한
아가씨가 그의 완력을 감당하기란 애초에 불가능한 것이었
다.

포기한 듯 발버둥을 멈춘 허민정이 겁을 먹은 목소리로
물었다.

"나, 나를 어떻게 하려는 건가요?"

"우린 소저의 친구, 은수가 보내서 온 사람들이오."

전혀 예상 못한 이름이라는 듯 허민정이 눈을 깜빡였다.

"으, 은수요? 지금 이은수를 말하는 거예요?"

그때, 김동이 휴대전화를 내밀었다.

"받아보시오."

허민정은 김동이 건넨 휴대전화를 받아 통화했다.

우건은 그녀가 통화하는 모습을 보다가 잡은 팔을 놓아
주었다.

은수와 통화하는 허민정의 목소리가 점점 떨려왔다. 급기야는 거의 울먹이는 목소리로 통화를 이어갔다. 한참만에야 전화를 끊은 허민정이 우건과 김은 등에게 머리를 숙였다.

"좀 전에는 오해해서 죄송했어요."

오해를 푼 일행은 차에 올라 서울로 출발했다.

날이 곧 개려는 듯 아침을 알리는 동이 서서히 터 오고 있었다.

RV 맨 뒷좌석에 앉은 허민정은 차창에 기대 꾸벅꾸벅 졸았다. 긴장이 풀리자 바로 수마(睡魔)가 덮쳐 온 모양이었다.

피곤함을 느끼기는 건 우건 역시 마찬가지였다. 어제 저녁, 갑자기 찾아온 은수에게 친구 허민정을 구해달라는 부탁을 받은 우건은 강남, 강북을 거쳐 강화도에까지 발을 들여놓았다. 한데 하룻밤에 일어난 일치고는 예상하지 못한 사건들이 너무 많아 어제 저녁 일이 까마득하게 느껴질 지경이었다.

다행히 헛걸음은 아니었다.

우선 이번 출타의 목적이었던 허민정을 무사히 구하는 데 성공했다. 또, 구름 속에 숨은 운룡(雲龍)처럼 꼬리가 보이지 않던 제천회를 찾아내는 데 성공했다. 비록 제천회 산하에 있는 작은 조직이기는 하지만 어쨌든 그들이 어떤 형태로, 어떤 방식으로 조직을 운영하는지 이번에 알 수 있었다.

망인단의 단은 원래 조직을 구성하는 기본 단위 중 하나였다. 즉, 제천회에 다른 단이 더 있다는 의미로 봐야 맞았다. 지금까지 알아낸 정보를 모두 종합해보면 제천회 산하에 망인단을 비롯한 여러 단이 모여 있는 것이다. 그리고 망인단 밑에 에스캅과 동해건설, 클럽 엑스 세 조직이 있었다.

또, 그 망인단의 단주는 묵령심애도 장린이란 자였는데 우건과 같은 고수조차 가벼이 볼 수 없을 만큼 대단한 고수였다. 제천회에 장린과 같은 고수가 발에 채일 정도로 많지 않다면 장린은 제천회 수뇌 중에 수뇌일 가능성이 높았다.

그때, 스마트폰으로 뭔가를 검색하던 김동이 고개를 들었다.

"망인단이 동원한 헬리콥터는 웨스트랜드사의 AW-149였습니다. 그리고 그 헬리콥터에 장착한 기관총은 브라우닝 중기관총인데 민수용으로 판매하지 않는 100센트 군용입니다."

우건은 김동을 보며 물었다.

"어떻게 알아냈나?"

김동이 스마트폰에 있는 사진을 보여주었다.

"어제 찍어둔 사진으로 검색해서 알아냈습니다."

운전하던 김은이 룸미러를 힐끗 보며 물었다.

"네 말은 놈들이 군과 연계했을 거라는 뜻이야?"

김동이 고개를 저었다.

"아닐 겁니다. 웨스트랜드사 헬리콥터는 국내에서 소방
용이나 환자수송용으로 수입이 가능합니다. 그리고 브라우
닝 중기관총은 미군이 주로 씁니다. 우리 군은 관련 없을
겁니다."

김은이 안도의 숨을 내쉬었다.

"그나마 다행이군. 이유야 어떻든 군대와 싸울 수는 없
으니까."

김동은 아직 안심하기에 이르다는 듯 서둘러 말했다.

"경찰과는 관계있을지 모릅니다."

"그게 무슨 말이야?"

"큰형님도 어제 경찰이 도로를 통제하는 광경을 봤지 않
습니까?"

"봤지. 그런데 그게 왜?"

"경찰은 현장을 수사하기 위해 도로를 통제한 게 아닙니
다. 망인단이 학살하는 동안, 망을 봐주던 겁니다. 그리고
이는 망인단이 헬리콥터를 동원하기 전에 미리 강화도 경
찰을 직접 동원했거나, 아니면 협조를 부탁했다는 뜻이 됩
니다."

김은 역시 이해한 듯 심각한 어조로 물었다.

"그럼 네 말은 망인단, 아니 제천회가 경찰을 장악했단 거야?"

김동은 생각을 잠시 정리한 다음에 대답했다.

"제가 볼 때는 두 가지 중 하나입니다. 첫 번째는 큰형님의 말씀처럼 제천회가 경찰 수뇌부를 장악했을 가능성입니다."

"두 번째는 뭐야?"

"두 번째는 제천회가 경찰을 마음대로 움직일 수 있을 정도로 아주 높은 고위직에 자기 사람을 심어 두었거나, 아니면 그런 자리에 있는 사람을 몰래 포섭했을 가능성입니다."

김은과 김동 형제의 대화처럼 현재로서는 제천회가 경찰과 연계했을 가능성이 높았다. 앞으로 골치가 더 아파질 듯했다.

서울에 도착한 일행은 곧장 수연의원을 찾았다.

초조히 기다리던 은수는 허민정을 보기 무섭게 바로 달려가 부둥켜 앉았다. 허민정 역시 그동안 겪은 고생이 생각난 듯 은수의 품에 안겨 눈물을 흘렸다. 그날 저녁, 연예인을 포기하기로 결정한 허민정은 고향이 있는 청주로 내려갔다. 은수 역시 스케줄이 있어 같은 날 숙소로 돌아갔다.

다음 날 저녁, 우건은 쾌영문에 사람들을 모았다. 그리고 김동에게는 따로 강화도 길정팬션을 검색해 보라는 지시를 내렸다. 그러나 길정팬션에 관한 뉴스는 찾아볼 수 없었다.

대형 헬리콥터가 민간 사업장에 추락한 사건이었다. 그리고 수십 정의 자동화기로 수천 발의 탄환을 쏟아부은 사건이다. 그러나 뉴스는커녕 그와 관련한 그 어떠한 소식도 없었다.

대한민국은 총과 같은 화기에 아주 민감해 어디서 총을 쏘면 그날 저녁에 톱뉴스로 보도되는 나라였다. 한데 전쟁과 다름없는 사건이 터졌음에도 언론은 조용하기 짝이 없었다.

즉, 정상적이지 않은 상황이란 뜻이었다.

김은 형제에게 돌아가는 사정을 들은 원공후가 심각하게 물었다.

"놈들이 언론까지 통제하는 걸까요?"

"그런 것 같소."

수연이 걱정스런 표정으로 물었다.

"대체 제천회의 정체가 뭘까요? 군대와 같은 무기를 사용하고 경찰의 도움을 받고 이젠 언론의 비호까지 받는다니. 대한민국이란 나라가 제천회의 수중에 들어가 있는 걸까요?"

우건은 고개를 들어 쾌영문 대청에 모인 사람들을 둘러보았다.

다들 표정에 불안한 기색이 역력했다.

그럴 수밖에 없었다. 그들이 상대해야 하는 적의 규모가 이렇듯 크다면 이는 계란으로 바위 치는 격이나 다름없는 것이다.

우건은 단호한 표정으로 말했다.

"제천회와 같은 조직을 상대하는 법은 두 가지가 있소."

원공후가 급히 물었다.

"뭡니까? 그 방법이란 게."

우건은 차분한 시선으로 원공후를 응시하며 대답했다.

"다들 알고 있는 방법이오. 첫 번째는 제천회 수뇌부를 쳐서 지시를 내리는 머리를 먼저 제거하는 방법이오. 머리가 없으면 팔다리는 스스로 소멸하기 마련이니까. 그러나 지금은 이 방법을 사용할 수 없소. 제천회 수뇌부가 누군지, 그리고 그들의 총타가 어디에 있는지 알지 못하기 때문이오."

동의한다는 듯 고개를 끄덕인 원공후가 다시 물었다.

"그럼 두 번째 방법은 뭡니까?"

우건은 한 자, 한 자 힘주어 대답했다.

"두 번째 방법은 팔다리부터 차례대로 잘라 가는 것이오. 제천회가 정말 우리가 예상하는 것처럼 엄청난 규모의 조직의 맞다면 처음에 잘라야 하는 건 팔다리가 아니라 손가락이나, 발가락일 수 있소. 물론 제천회와 같은 큰 조직은 손가락 하나 잘려도 별 타격을 받지 않을 것이오. 그러나 자존심은 그렇지 않소. 자존심에 타격을 받으면 어떻게 해서든 상처 입은 자존심을 회복하려 들 거요. 그리고 그때는 숨어 있던 팔과 다리, 그리고 몸통과 머리가 차례대로 드러날 거요. 우리는 그때를 노려 놈들의 수족을 잘라야 하오. 그리고 최종적으로는 머리를 잘라 놈들을 멸절시켜야 하오."

원공후가 턱수염을 쓸어내렸다.

"놈들의 손가락이라면…… 에스캅과 동해건설이군요."

"그렇소. 우선 그 두 회사를 면밀히 감시해야 할 것이오."

망인단 산하 단체인 에스캅과 동해건설을 감시하는 일은 전처럼 김동에게 계속 맡기기로 했다. 초일류 해커인 김동이라면 일반인이 찾아내지 못하는 단서를 알아낼 수 있었다.

우건은 회의를 끝내기 전에 다시 한 번 당부했다.

"우리가 지금부터 상대해야 할 적은 전보다 훨씬 강한 자들일 것이오. 그러니 앞으로는 무공 수련에 좀 더 박차를 가해 주시오. 절체절명(絕體絕命)의 위기가 닥쳐왔을 때 자신을 진정으로 도와줄 수 있는 것은 결국 자신의 실력뿐이니까."

고개를 끄덕인 사람들은 바로 무공 수련에 들어갔다. 우건 역시 수연과 함께 수연의원 3층에 올라가 무공을 수련했다.

우건은 가부좌한 상태에서 천지조화인심공을 수련했다. 수연은 그런 우건 옆에서 오악령 설악권법과 금강장법을 연성했다. 오악령을 이루는 다섯 가지 무공 중에서 백두심공, 묘향신법, 한라검법은 5성에 도달했지만 설악권법과 금강장법은 4성에 막혀 있었다. 태생적으로 강한 음기를 갖고 태어난 수연은 양강한 힘이 필요한 장법과 권법의 진도가 느렸다.

그날 자정이 막 지났을 때였다.

천지조화인심공 수련을 마친 우건이 눈을 뜨는 순간, 정신없이 금강장법과 설악권법을 수련하는 수연의 모습이 보였다.

수연은 마치 뭐에 홀린 사람처럼 허공에 있는 가상의 적을 상대로 금강장법과 한라권법을 연달아 펼쳤다. 그녀가 깨달음을 얻는 중임을 간파한 우건은 말없이 호법을 서주었다.

그녀의 수련은 새벽 다섯 시가 지나서야 끝났다.

수연이 땀을 닦으며 물었다.

"언제부터 지켜봤던 거예요?"

"다섯 시간 전부터."

수연은 전혀 몰랐다는 듯 놀란 얼굴로 물었다.

"어머, 그럼 제가 다섯 시간 동안 계속 수련을 했다는 거예요?"

"정확히 말하면 다섯 시간 삼십분쯤."

수연이 허리춤에 양팔을 올린 자세를 취하며 귀엽게 웃었다.

"거봐요. 저도 하면 하는 사람이라니까요."

"기쁜 소식이 한 가지 더 있어."

"뭔데요?"

"사매의 오악령이 마침내 5성에 이르렀단 거야."

"정말요?"

수연은 뛸 듯이 기뻐했다.

오악령이 5성에 이르렀다는 말은 태을문 진산절예를 익힐 자격을 갖추었다는 말이었다. 그리고 진산절예를 익힌다는 뜻은 수연이 이제 태을문의 정식 문도가 되었음을 의미했다.

8장. 실마리

　우건은 기뻐하는 수연에게 차분한 어조로 설명을 이어갔
다.

　"너무 흥분하지 마. 지금이 가장 중요한 단계니까."

　"알았어요."

　대답한 수연이 우건 앞에 얼른 가부좌를 틀었다. 그리고
는 초롱초롱한 눈망울로 우건의 얘기를 귀담아들을 준비를
마쳤다.

　우건은 웃음이 나왔지만 애써 담담한 표정을 지으려 애
썼다.

　방금 전에 말한 대로 지금이 가장 중요한 단계였다.

"태을문 문규에 따르면 오악령을 5성까지 익힌 문도는 사부의 지도를 받아 자신에게 맞는 내공심법을 선택하게 되어 있어. 내공심법은 앞으로 본인이 익힐 무공의 기초가 되기 때문에 선택에 신중을 기해야 해. 왜냐면 내공심법을 한번 익히기 시작하면 다른 내공심법을 익힐 수가 없기 때문이야."

물론, 예외는 있었다.

우건이 설악산 비고에서 발견한 천지조화인심공은 만류귀종(萬流歸宗)의 무리에 따라 다른 심법을 익히는 게 가능했다.

한데 천지조화인심공을 익히려면 까다로운 조건이 필요했다.

우선 심공을 창안한 태을조사처럼 태어날 때부터 상단전이 활짝 열려 있는 천문개령지체(天門開靈之體)여야 가능했다.

그리고 천문개령지체처럼 상단전이 완전히 열려 있진 않더라도 어느 정도 개방된 상태에서 우건처럼 단전이 박살나 심법을 익힐 수 없는 폐인(廢人)이 되어야만 익힐 수 있었다.

우건은 천문개령지체가 아니었지만 운 좋게 상단전이 조금 열려 있는 상태에서 반도 조광의 태을음양수에 단전이 박살난 덕분에 천지조화인심공을 익힐 조건을 충족할 수 있었다.

반면, 수연은 조건을 충족하지 못해 배울 방법이 없었다. 만일, 조건을 충족 못한 상태에서 억지로 천지조화인심공을 연성하다가는 주화입마에 빠져 목숨을 잃을 가능성이 높았다.

수연이 눈을 동그랗게 뜨며 물었다.

"그럼 전 어떤 심법을 배울 수 있는 거예요?"

"태을문에는 세 개의 상승심법이 존재해. 첫 번째는 내가 전에 수련하던 태을혼원심공이야. 음유한 내력과 양강한 내력을 동시에 수련할 수 있기 때문에 조화가 아주 뛰어나지."

"태을혼원심공을 익히면 어떤 무공을 배울 수 있어요?"

"태을혼원심공을 대성하면 태을음양수란 수공을 완성할 수 있는데 태을음양수는 태을문 다섯 손가락 안에 드는 절기야."

기억했다는 듯 고개를 살짝 끄덕인 수연이 다시 물었다.

"두 번째는요?"

"두 번째는 일양무극심법(一陽無極心法)이라 불리는 심법인데 이름대로 양강한 기운을 더 강하게 만들어주기 때문에 사내에게 유리해. 대성하면 태을진천뢰를 완성할 수 있지."

"세 번째는요?"

"현녀진기(玄女眞氣)야. 일양무극심법의 대척점에 있는 심법인데 일양무극심법이 양강한 기운을 더 강하게 해준다면 현녀진기는 음유한 기운을 더 강하게 만들어주기 때문에 여인에게 유리해. 마찬가지로 대성하면 무영무음지, 표풍장(漂風掌)과 같은 빠르고 경쾌한 무공을 완성할 수가 있지."

잠시 고민하던 수연이 물었다.

"사형은 저에게 어떤 심공이 맞을 것 같아요?"

"사매는 어떤 게 마음에 드는데?"

"제가 먼저 물었잖아요."

"사매의 의견이 중요하니까 물어본 거야."

수연이 눈을 귀엽게 흘겼다.

"그렇게 말하니까 제가 할 말이 없어지잖아요."

수연은 한참을 고민한 끝에 그중 하나를 골랐다.

바로 태을혼원심공이었다.

우건은 의외라는 생각이 들었다. 수연은 타고난 음기 때문에 산 채로 제물이 될 뻔했던 허민정과 비교해 전혀 떨어지지 않는 음기를 지녀 현녀진기를 익히면 빠른 시간 안에 성취를 볼 수 있었다. 우건은 현녀진기를 설명할 때 그 점을 분명히 가르쳐 주었다. 그러나 그녀는 현녀진기 대신 우건이 익힌 태을혼원심공을 골랐다. 태을혼원심공은 익히기 까다로워 웬만큼 뛰어나지 않고서는 대성이 쉽지 않았다.

우건은 수연에게 태을혼원심공을 고른 이유를 물었다.

한데 수연은 오히려 그런 우건에게 되물었다.

"사형은 왜 태을혼원심공을 골랐어요?"

"나는 어느 한쪽으로 치우치는 게 싫었거든."

"마찬가지예요. 저 역시 한쪽이 너무 강해지는 건 싫거든요."

우건은 다시 물었다.

"후회하지 않겠어?"

"후회하지 않아요."

"좋아. 그럼 지금부터 태을혼원심공을 가르쳐 줄게."

우건은 병원 문을 열기 전까지 태을혼원심공 구결을 전수했다. 총명하기 이를 데 없는 수연은 오래지 않아 수천 자에 달하는 심공 구결을 우건 앞에서 막힘없이 암송해 보였다.

다음 날, 우건은 태을혼원심공 구결을 자세히 풀어 다시 가르쳤다. 구결은 수연이 이해하기 힘든 문장으로 이루어져 있어 구결을 풀어주지 않으면 혼자서는 절대 익히지 못했다.

구결을 전수한 후에는 본격적으로 태을혼원심공을 가르치기 시작했는데 처음에는 기본적인 토납법(吐納法)을, 마지막에는 일주천(一週天)하는 방법을 가르쳤다. 그리고 그다음엔 운기요상법 등 반드시 배워 둬야 하는 수법을 알려주었다.

음양의 조화를 추구하는 태을혼원심공은 운기요상방면에 효과가 특히 뛰어나 자신의 내상을 고치는 것은 물론이거니와 다른 사람이 입은 내상까지 완벽하게 치료할 수 있었다.

그로부터 일주일 후, 수연은 우건의 도움 없이 태을혼원심공 일주천에 성공했다. 이는 수연이 태을문 심공의 기본에 해당하는 백두심공을 5성까지 완벽하게 익혔기에 가능했다.

수연이 태을혼원심공이란 새로운 무공에 흠뻑 빠져 있을 무렵, 제천회 망인단을 감시하던 김동이 기쁜 소식을 보내왔다.

"동해건설 전산망에 침투했습니다."

우건은 바로 쾌영문에 넘어가 김동의 보고를 받았다.

김동이 해킹해 알아낸 바에 따르면 동해건설 사장은 김인형(金人炯)이란 자였다. 그러나 김인형은 망인단주 장린의 제자로 보이지 않았다. 그는 배가 잔뜩 나온 60대 노인이었다.

우건과 함께 보고를 받던 원공후가 고개를 갸웃거리며 물었다.

"김인형이 바지사장이면 진짜 사장은 누구란 거냐?"

김동이 프레젠테이션 하듯 대형 스크린에 새 화면을 띄

웠다.

"동해건설 전자시스템은 엉망이었습니다. 보안에 별로 관심 없는 업종이라 그런지 전산망을 통해 회사 이름으로 리스한 차를 전부 해킹했는데 차의 내비게이터에 저장된 기록에 따르면 김인형은 사흘에 한 번씩 포천(抱川)에 있는 저택을 찾았습니다. 뭔가 이상한 느낌이 들어 그 저택 소유주를 조사해봤더니 동해건설 사외이사 손병진(孫炳進)이란 이름이 나왔습니다. 사진 속의 이자가 바로 손병진입니다."

김동은 스크린에 뜬 사진을 지목했다.

동해건설이 건설한 아파트의 기공식 모습이었는데 선글라스를 낀 40대 사내의 머리 위에 빨간 동그라미가 쳐져 있었다.

원공후가 마음에 들지 않는다는 표정으로 물었다.

"사진은 저거 하나야? 영상은 없어?"

"죄송합니다. 놈은 노출되는 것을 별로 좋아하지 않았습니다."

원공후가 콧방귀를 꼈다.

"흥, 켕기는 게 있나 보군."

손병진의 사진을 노려보던 원공후가 우건에게 물었다.

"주공께선 저놈이 장린의 제자라고 보십니까?"

"사장이 사흘에 한 번씩 찾아갈 정도면 뭔가 있긴 한 것 같소."

원공후가 흡족한 표정으로 김동을 치하했다.

"수고했다."

"감사합니다."

"에스캅도 조사했나?"

김동이 머리를 긁적였다.

마땅한 성과가 없을 때 그가 자주 하는 행동이었다.

"에스캅은 인트라넷을 사용하기 때문에 일반적인 해킹이 어렵습니다. 해킹하려면 유어스 캐피탈처럼 직접 잠입해야 합니다."

우건은 원공후와 회의한 끝에, 당분간은 밝혀진 단서, 즉 동해건설을 집중 조사해 망인단의 실체를 파악하기로 했다.

그로부터 사흘 후, 동해건설 사장 김인형은 김동이 해킹한 중형 외제차에 탑승해 포천으로 이동했다. 김은, 김동 두 명은 그런 외제차의 뒤를 조용히 따라가며 손병진 소유의 저택에 미리 가 있던 우건, 원공후 등에게 소식을 계속 전했다.

1시간 후, 김인형이 탑승한 외제차가 산 중턱을 깎아 세운 어느 저택 앞에 멈춰 섰다. 집 전체에 자동화시스템을 갖춰놓은 듯 외제차가 등장하는 순간, 바로 두꺼운 철문이 열렸다.

외제차는 육중한 엔진음을 내며 열린 철문 속으로 모습

을 감췄다. 철문이 닫히기 직전, 산 중턱 위로 난 도로가 보였다.

김인형을 추적한 김은과 김동은 그들이 타고 온 RV차량을 남서쪽 소로로 몰아갔다. 잠시 후, 소로가 끝나는 지점에 근처 농가에서 만든 것으로 보이는 비닐하우스가 나타났다.

차를 텅 빈 비닐하우스 안에 주차한 두 사람은 반대편 능선을 따라 산을 올라갔다. 한여름의 산은 우거지기 짝이 없어 길이 없는 곳에서는 오르내리기가 여간 어려운 게 아니었다.

그러나 김은, 김동 두 사람은 분영은둔과 쾌영산화수를 3성 가까이 연성해 우거진 수풀이 그들의 발목을 잡지 못했다.

산을 30분쯤 올랐을 때였다.

5미터 앞 칡덩굴 속에서 시커먼 그림자가 불쑥 튀어나왔다. 그림자는 생김새가 아주 특이했다. 마치 드럼통이 날아다니는 듯했다. 갑작스러운 등장이었지만 정작 당사자 두 사람은 놀란 기색이 없었다. 드럼통처럼 생긴 누군가를 잘 아는 덕분이었다. 그는 바로 김 씨 삼형제의 막내 김철이었다.

"오셨습니까?"

김은이 막내 동생의 어깨를 툭 치며 물었다.

"주공과 사부님은?"

"정상에 계십니다."

세 사람은 김철의 안내를 받아 산 정상으로 올라갔다. 해발 300미터의 산은 나무와 풀이 빽빽하게 자라 달빛이 거의 들어오지 않았다. 그러나 세 사람은 그들이 수련한 심공 덕분에 플래시 없이 거친 산길을 빠르게 오를 수 있었다.

잠시 후, 반대편 능선이 내려다보이는 곳에 도착했다. 오늘 낮에 도착한 우건과 원공후는 능선 시작점에 앉아 있었다.

원공후가 김은 형제의 인사를 받으며 물었다.

"놈은 저택으로 들어갔느냐?"

김은이 밑으로 내려가며 대답했다.

"예, 방금 전에 들어가는 걸 저희 눈으로 직접 확인했습니다."

원공후가 고개를 끄덕이며 지시했다.

"너희들은 이곳을 지켜라. 저택은 나와 주공이 들어가 보겠다."

잠시 후, 복면을 쓴 우건과 원공후는 능선을 따라 내려갔다. 둘 다 신법에는 자신이 있던 덕분에 그야말로 바람처럼 산을 내려와 저택 뒷마당 쪽으로 빠르게 접근해 들어갔다.

뒷마당이 내려다보이는 지점에 바짝 엎드린 원공후가 물었다.

"어떤 방식으로 하시겠습니까?"

우건은 개미 새끼 하나 보이지 않는 뒷마당을 보며 대답했다.

"쾌영문주는 뒷마당으로 들어가시오. 난 앞마당으로 가겠소."

뒷마당 뒤에서 헤어진 두 사람은 서로 다른 방향으로 움직였다. 원공후는 뒷마당과 가까운 담으로 움직인 반면에 우건은 월광보로 신형을 감춘 상태에서 담을 따라 걸어갔다.

가운데 있는 본채를 기준으로 앞마당이라 생각하는 곳에 도착했을 때, 이어셋에서 원공후의 걸걸한 목소리가 들려왔다.

-도착하셨습니까?

-방금 도착했소.

-그럼 먼저 들어가겠습니다.

원공후의 보고를 받은 우건은 기파를 퍼트렸다. 사방 10여 미터 안이 조용했다. 우건은 비응보로 뛰어올라 담을 넘었다.

약간 경사진 비탈 위에 저택 본채와 별채, 부속건물 등이 세워져 있었다. 본채와 별채 사이에는 눈이 시리도록 푸른 천연잔디가 쫙 깔려 있었는데 경계병의 모습은 보이지 않았다.

비응보로 다시 뛰어오른 우건은 저택과 가까운 정원수로 몸을 날렸다. 그때, 날카로운 기파가 저택을 중심으로 동심원을 그리며 퍼져 왔다. 이는 고수가 근처에 있단 뜻이었다.

기파를 퍼트려 적의 위치를 알아내는 것은 우건만이 할 수 있는 수법이 아니었다. 어느 정도 경지에 오른 고수들은 내력을 기파처럼 퍼트려 상대의 위치를 파악하는 게 가능했다.

비응보, 월광보, 섬영보로 이루어진 삼미보가 뛰어난 보법이긴 하지만 우건이란 존재를 지상에서 아예 없애주는 마법은 아니었다. 즉, 우건이 이미 적에게 발각됐단 뜻이었다.

함정을 직감한 우건은 바로 원공후에게 이어셋으로 경고했다.

ㅡ함정이오. 도망치시오.

그러나 대답이 없었다.

심상치 않은 느낌을 받은 우건은 섬영보를 펼쳐 뒷마당으로 날아갔다. 뒷마당은 원공후가 침입하기로 한 방향이었다.

그때였다.

촤르륵!

사방에서 옷자락이 스치는 날카로운 소음이 연달아 들렸다.

우건은 뒷마당으로 몸을 날리며 뒤를 힐끔 돌아보았다.

100여 명이 넘는 적이 본채와 별채, 그리고 담장 밖에서 메뚜기 떼처럼 모여들었다. 퇴로가 없는 완벽한 함정이었다.

우건은 다급한 마음에 속도를 높였다.

본채를 우회하는 순간, 적 30여 명에 둘러싸여 악전고투를 벌이는 원공후의 모습이 보였다. 원공후를 직접 상대하는 자는 다섯에 불과했지만 다들 실력이 만만치 않은 듯 단숨에 제압하지 못하는 중이었다. 우건은 수중의 한상검을 사선으로 내리그었다. 새하얀 검광이 원공후와 적들 사이에 떨어졌다. 갑작스러운 기습에 놀란 적들이 분분히 물러섰다.

그 틈에 원공후 옆에 내려선 우건이 급히 물었다.

"괜찮소?"

들끓는 기혈을 진정시킨 원공후가 숨을 몰아쉬며 대답했다.

"저는 괜찮습니다만…… 오늘 일진이 아주 사나울 모양입니다."

우건은 뒷마당을 막아선 적들에게 달려가며 말했다.

"뒤를 포위한 적들의 숫자가 더 많소."

"그럼 앞을 뚫어야겠군요."

대꾸한 원공후가 우건 옆에서 퇴로를 열기 시작했다.

우건은 처음부터 손속에 사정을 두지 않았다.

천지검의 절초가 연이어 펼쳐지는 순간, 앞을 가로막은 적 두어 명이 육편으로 변해 흩어졌다. 움찔한 적들이 물러설 때, 앞마당에 있던 적들이 달려와 뒤를 에워싸기 시작했다.

적이 포위망을 완성하면 빠져나가기가 더 어려웠다. 우건 혼자라면 모르겠지만 그 옆에는 지금 원공후가 같이 있었다. 원공후가 누군가의 도움이 필요할 만큼 약한 사람은 아니지만 그들이 처해 있는 상황이 너무 좋지 않았다. 더군다나 경계해야 할 진짜 고수들은 아직 나타나지 않은 상태였다.

우건은 앞으로 치고 나가며 한상검을 천천히 찔러 갔다. 그 순간, 묵직한 기운이 우건을 베어 오던 적 두 명을 찍어 눌렀다.

천지검법의 중검(重劍)을 담당하는 대해인강이었다.

마치 깊은 물속에 빠진 사람처럼 적들이 허우적댈 때였다. 우건이 날린 금선지 두 발이 적의 미간을 정확히 꿰뚫었다.

손속에 사정을 두지 않는 우건의 살검에 적 대여섯 명이 순식간에 죽어 나갔다. 우건의 지원을 받은 원공후 역시 실력을 발휘해 쾌영산화수로 두 명의 적을 고혼으로 만들었다.

그때, 지휘관으로 보이는 중년 사내가 갑자기 손을 번쩍 들었다.

"피하시오!"

불길한 느낌을 받은 우건은 옆에 있는 원공후를 옆으로 밀었다. 그리고 우건 자신 또한 반동을 이용해 옆으로 물러섰다.

그 순간, 담벼락 위에 기관총 총구가 나타났다.

타타타탕!

귀청을 찢는 총성이 연달아 울리며 우건과 원공후가 있던 자리에 대구경 탄환이 빗발치듯 날아들었다. 우건과 원공후는 다시 합치려 했지만 적의 기관총이 이를 허락하지 않았다.

처음부터 각개격파를 위한 용도였다는 듯 기관총으로 우건과 원공후를 떼어놓은 후에는 적이 다시 사방을 에워쌌다.

적의 판단은 정확했다.

적과 같은 편이 뒤엉킨 상황에서 기관총을 난사하는 행동은 그리 좋은 선택이 아니었다. 자칫 잘못하면 자신들의 손으로 같은 편의 숫자를 줄이는 최악의 결과가 발생할 수 있었다.

우건은 앞을 막아서는 적에게 선도선무를 펼쳤다. 부챗 살처럼 퍼져 날아간 검광이 적을 10여 조각으로 잘랐다.

뒤이어 일검단해와 성하만상, 유성추월 세 초식을 연달아
펼쳤다.

일검단해가 만든 검광이 적의 진형을 삽시간에 무너트렸
다. 그리고 성하만상으로 만든 수십 개의 검광이 진형이 무
너진 적의 머리 위에 곧장 떨어졌다. 검광을 피해 운 좋게
도망친 적에게는 유성추월이 추격하듯 날아가 숨통을 끊었
다.

네 초식을 한 호흡에 펼치는 동안, 상당히 많은 내력을
소모했지만 결과는 확실했다. 담 쪽에 더 가까이 있던 원공
후와 다시 합류하는 데 성공한 것이다. 원공후는 애지중지
하던 묵애도(墨厓刀)까지 꺼내 사방에서 덮쳐오는 적을 막
았다.

묵애도는 강북 추운산장(追雲山莊)의 지보로 내가고수의
호신강기를 전문적으로 파훼하는 데 특출 난 능력이 있었
다.

실제로 원공후는 홍귀방과의 전투에서 그보다 강하다고
알려진 추면귀 조남옥을 묵애도로 암습해 이긴 적이 있었
다. 묵애도가 내가고수의 호신강기를 자를 정도의 보도였
기에 적의 무기나 권장 따위는 두부처럼 잘려 나가기 십상
이었다.

우건의 살검이 뒤를 물샐 틈 없이 막는 사이, 원공후의 묵
애도가 앞을 뚫기 시작했다. 이윽고 저택과 산을 구분 짓는

공간인 담이 눈앞에 나타났다. 사방이 훤히 뚫려 있는 저택 안에서는 숫자가 훨씬 많은 적이 유리하지만 수림이 울창한 깊은 숲속에서는 숫자보다 개개인의 실력이 더 중요했다.

"제가 먼저 넘겠습니다!"

담 앞에 도착한 원공후가 막 신법으로 뛰어오르려 할 때였다.

"조심하시오!"

강력한 기운을 느낀 우건은 원공후를 끌어당겨 자리를 바꿨다.

퍼엉!

3미터 높이의 담장 가운데가 폭발했다. 담장을 만드는 데 쓴 붉은 벽돌이 부서지며 생긴 파편이 우박처럼 쏟아져 내렸다.

우건은 급히 호신강기를 펼쳐 파편을 막아 냈다. 그리고는 선령안으로 좌우를 살폈다. 파편이 만든 먼지 속에서 전에 본 적 있는 사내가 안으로 들어왔다. 정확히 말하면 사진 속에서 본 자였다. 바로 동해건설 사외이사 손병진이었다.

손병진의 몸에서 흘러나온 무형의 기운이 허공에 떠다니는 먼지를 밀어낸 덕분에 그의 몸엔 먼지 한 톨 묻지 않았다.

반면, 우건과 원공후는 담벼락이 폭발할 때 생긴 먼지와 돌가루를 잔뜩 뒤집어쓴 상태였다. 두 사람은 손병진처럼 쓸데없는 짓에 내력을 소비할 만큼 여유롭지가 않았던 것이다.

손병진의 오른손에는 도신이 칠흑처럼 까만 보도(寶刀)가 들려 있었는데 묵광이 번쩍거리는 게 보통 보도가 아니었다.

보도를 들어 올린 손병진이 그 끝으로 우건을 지목하며 물었다.

"삼제(三弟)와 사제(四弟)를 죽인 놈이 너냐?"

우건은 대답하지 않았다.

전투 중에는 호흡을 관리하는 게 중요했다. 섣불리 대답하다간 호흡을 빼앗겨 치명적인 결과를 초래할 위험이 있었다.

우건은 손병진을 주시하며 다른 적을 곁눈질로 살펴보았다.

손병진이 담 앞을 혼자 막아선 이후, 적은 포위망을 더 이상 좁혀오지 않았다. 그들은 10여 미터 거리를 남겨 둔 상황에서 손병진이 어떻게 나오나 관심 있게 지켜보는 중이었다.

그들이 멈춘 이유는 두 가지 중 하나일 가능성이 아주 높았다.

첫 번째 가능성은 손병진이 엄청난 고수여서 그들이 굳이 손을 쓸 필요가 없을 때였다. 그러나 우건이 보기에 손병진은 적과 제대로 겨뤄본 적 없는 우물 안 개구리일 뿐이었다. 그에게 대전(對戰) 경험이 충분했다면 방금 전 담을 부수며 위풍당당하게 등장했을 때, 그 기세를 살려 계속 공격했을 것이다. 그리고 부하에게 포위망을 담 뒤까지 확장하라 미리 지시했을 것이다. 그러나 그는 그렇게 하지 않았다.

그렇다면 현재로선 두 번째 이유일 가능성이 높았다.

두 번째 가능성은 손병진의 자존심이 엄청나게 센 탓에 부하가 본인 싸움에 끼어드는 일을 병적으로 싫어한다는 것이었다. 손병진의 성격을 아는 부하들이 먼저 개입을 꺼리는 것이다.

우건의 예상이 맞다면 손병진이 앞을 막아선 것이 그나마 다행인 상황이었다. 우건이 앞마당에서 느꼈던 강렬한 기파는 손병진보다 한 수 위의 고수에게서나 느낄 수가 있었다.

즉, 여기서 가장 강한 적은 손병진이 아니라, 아직 등장하지 않은 누군가였다. 물론, 가장 확률이 높은 건 장린이었다.

우건은 전음으로 원공후에게 자신의 생각을 전했다. 알아들었다는 듯 원공후가 고개를 살짝 끄덕였다. 원공후가 우건의 등 뒤에 숨어 있던 탓에 손병진은 그 모습을 보지 못했다.

본인이 호기롭게 쏟아 낸 질문이 대답 없는 메아리 신세로 전락하는 모습을 지켜본 손병진의 긴 눈꼬리가 살짝 올라갔다.

"귓구멍이 막혔어? 사람이 물었으면 대답을 해야 할 거 아냐?"

그러나 우건은 여전히 묵묵부답이었다.

급기야 화가 난 손병진이 칼로 삿대질하기 시작했다.

"너 같은 새끼들은 복날에 개 맞듯이 맞아봐야 정신을……."

그때였다.

우건이 폭발적으로 속도를 높이며 수중의 검을 곧장 찔러 갔다.

쉬익!

한상검의 검봉이 발출한 하얀 섬광이 공간을 일직선으로 갈랐다. 눈을 부릅뜬 손병진은 급히 목을 옆으로 비틀었다. 수중의 칼을 휘둘러 막기에는 검광의 속도가 너무 빨랐다.

치익!

검광이 어깨 위를 관통하며 살점 한 움큼을 떼어 냈다.

생역광음에 기선을 제압당한 손병진의 얼굴이 와락 일그러졌다. 육체적인 고통보다는 자존심에 입은 상처가 더 심한 듯 보였다. 그를 두려워하는 부하들이 지켜보는 앞에서 복면 쓴 자객 하나 제대로 제압하지 못한 것이다.

그러나 이는 시작에 불과할 뿐이었다.

우건은 손병진과의 거리를 좀 더 좁히며 검을 다시 찔러 갔다.

위잉!

그 순간, 벌떼가 날아오르는 듯한 소음이 귀청을 먼저 찌르더니 뒤이어 한상검의 검봉에서 수백 개의 작은 검광이 쉼 없이 뿜어져 나와 은하수처럼 허공을 물들이기 시작했다.

천지검의 절초 성하만상이었다.

"빌어먹을!"

고함을 지른 손병진이 수중의 칼을 어지럽게 휘둘렀다.

검은 빛깔의 도광이 허공을 가를 때마다 성하만상이 만든 검광 수십 개가 먼지처럼 화해 흩어졌다. 이에 자신감을 얻은 손병진은 더 열심히 칼을 휘둘렀다. 그가 뿌린 도광은 마치 양떼 우리에 숨어든 늑대처럼 거칠 것이 없어 보였다.

그때였다.

반쯤 남은 성하만상의 검광이 폭발하며 강렬한 빛을 발했다.

눈앞에서 폭발한 강렬한 빛에 동공이 타는 듯한 고통을 느낀 손병진이 급히 눈을 가리며 뒤로 몇 발자국 물러섰다.

쿠르릉!

이번에는 천둥이 치는 듯한 굉음이 고막을 강타했다.

손병진은 눈과 귀가 일시적으로 제 기능을 하지 못했다. 그 순간, 강맹한 장력이 손병진의 가슴으로 휘몰아쳐 들어왔다.

그러나 손병진 역시 명사의 지도를 받은 제자였다.

이미 성하만상의 검광이 폭발할 때부터 상대의 기습이 있을 거라 예상했기에 수중의 도를 내리쳐 장력을 갈라 버렸다.

하지만 우건이 펼친 장력은 태을진천뢰였다.

그렇게 쉽게 갈라질 장력이 아니었다.

펑!

태을진천뢰에 가슴을 얻어맞은 손병진이 붕 떠올라 그가 부순 담장 너머로 날아갔다. 손병진과 우건의 대결을 흥미로운 시선으로 지켜보던 적은 그제야 깜짝 놀라 몸을 날렸다.

그러나 우건과 원공후는 이미 도망친 후였다.

우건과 원공후는 모든 사람의 시선이 허우적거리며 공중을 날아가는 손병진에 향해 있는 틈을 노려 재빨리 도망쳤다.

3미터를 날아간 손병진은 그사이 정신을 차린 듯 공중에서 몸을 뒤집어 바닥에 자기 발로 착지했다. 그러나 태을진천뢰는 그 여력마저 대단했다. 손병진은 땅에 깊은 발자국을 여섯 개나 더 찍은 후에야 태을진천뢰의 여력을 해소했다.

"우웩!"

검은 피를 한 사발 넘게 토한 손병진은 입가에 묻은 피를 와이셔츠 소매로 닦았다. 그런 그의 두 눈은 살기로 번득였다. 만약 눈앞에 우건이 있으면 눈빛으로 먼저 죽일 듯했다.

손병진이 주춤대며 다가오는 부하에게 신경질적으로 소리쳤다.

"놈들을 빨리 쫓지 않고 뭘 멍청히 서 있는 거야!"

상관의 갑작스러운 호통에 화들짝 놀란 적들은 우건과 원공후를 추적할 준비를 서둘렀다. 곧 소총, 권총, 칼 등으로 중무장한 추격대 100여 명이 전문기관에서 추적훈련을 받은 사냥개 10여 마리와 함께 저택 뒤에 있는 산으로 올라갔다.

내상약을 복용한 손병진 또한 곧 추격대열에 합류했다.

추격대가 막 저택을 출발했을 때였다.

본채 지붕 꼭대기에 처음 보는 두 사람이 홀연히 나타났다. 둘 중 왼쪽에 위치한 중년 사내는 양쪽 관자놀이의 태양혈(太陽穴)이 혹처럼 툭 튀어나와 있는 거구의 중년 사내였다.

중년 사내 옆에는 30대에 갓 접어든 젊은 사내가 서 있었는데, 풍기는 느낌이 날카로워 마치 날을 간 도신을 보는 듯했다. 실제로 사내의 왼쪽 허리춤에는 장도가 매달려 있었다.

중년 사내가 막 숲으로 몸을 날리는 손병진을 경멸스런 시선으로 쳐다보다가 고개를 돌려 옆에 있는 청년에게 물었다.

"어찌 생각하느냐?"

질문을 받은 청년은 공손한 어조로 되물었다.

"무엇을 말입니까?"

"둘째가 도망친 놈들을 잡을 수 있냐 물었다."

"이사형(二師兄)의 묵령심애도가 7성에 이르렀다는 소문을 들은 적 있습니다. 방심만 하지 않는다면 충분할 것입니다."

중년 사내가 시선을 다시 산 쪽으로 돌리며 콧방귀를 뀌었다.

"흥, 네놈은 언제나 본심을 드러내지 않는군."

"저는 표리부동(表裏不同)한 성격이 못됩니다."

"그만해라. 내 앞에서까지 가면을 쓸 필요는 없으니까."

청년은 대답 대신 깊은 침묵을 선택했다.

그때, 중년 사내가 횃불처럼 이글거리는 눈으로 정면을 보았다.

"이번 일로 둘째는 확실히 사부님의 눈 밖에 났을 것이다. 사부님께서 둘째에게 이번 일을 맡길 때 방심하지 말라 그토록 이르셨건만 놈은 타고난 오만방자함을 버리지 못했지."

흠칫한 청년이 급히 주위를 살폈다.

그러나 중년 사내는 상관없다는 듯 말을 이어갔다.

"거기다 셋째와 넷째는 이미 이 세상 사람이 아니니까 이제 사부님의 뒤를 이을 후계자는 나와 너 둘만 남은 셈이다."

청년이 바로 중년 사내 앞에 한쪽 무릎을 꿇었다.

"전 대사형(大師兄)과 후계자 자리를 다툴 생각이 없습니다."

중년 사내가 다시 콧방귀를 뀌었다.

"흥, 내 앞에서까지 점잔 떨 필요 없다. 네놈이 야심을 숨기고 있단 사실을 모르는 사람은 둘째 놈밖에 없을 테니까."

부인하지 않는다는 듯 청년이 천천히 일어섰다.

무릎을 꿇을 때는 위축된 모습이었지만 자기 발로 다시 일어섰을 때는 온몸에서 자신감이 넘치는 모습으로 바뀌어 있었다.

청년의 행동을 흥미롭게 지켜보던 중년 사내가 말했다.

"이번에는 네가 확실히 점수를 딴 것 같아 보이는군. 네 말대로 동해건설 사장을 이용해 빵가루를 살짝 흘려놓기 무섭게 멍청한 놈들이 죽을 자리인지도 모르고 달려들었으니까."

청년이 담담한 어조로 대꾸했다.

"운이 좋았습니다."

"원래 이런 세계에서는 과정이야 어떻든, 결과만 좋으면 장땡인 법이다. 생각해 봐라. 강화도의 셋째와 넷째가 사부님이 그토록 원하시던 사사참선도(四巳斬仙刀)을 몰래 완성해 바쳤으면, 너나 내가 후계자를 꿈이나 꿀 수 있었겠느냐?"

청년은 부인하지 않았다.

"어려웠겠지요."

"하지만 결과는 어떻더냐? 셋째와 넷째는 본 회(本會) 제사장 중 하나인 문가 늙은이에게 처녀를 여럿 바쳐가면서까지 그를 몰래 초빙해 사사참선도를 제련하려 하였다. 그리고 도를 완성하면 바로 사부님께 바치려 했는데 그 와중에 부정이 타서 이름도 모르는 잡것에게 죽어 버렸지 않느냐? 강화도에 적이 침입했단 소식을 듣기 무섭게 무리하면서까지 묵령대(墨靈隊)와 헬리콥터를 동원하신 걸 보면, 사부님이 사사참선도 완성에 거신 기대가 얼마나 컸는지 알 수 있을 게다. 하지만 결국엔 완성하지 못했으니 도로 아미타불인 셈이지."

청년이 미간을 찌푸리며 물었다.

"무슨 말씀이 하고 싶으신 겁니까?"

중년 사내가 어깨를 으쓱거렸다.

"내 말은 공을 얼마나 들였느냐는 상관없단 말이다. 즉,

결과를 낸 사람만이 사부님의 뒤를 이을 자격을 갖췄다는 말이지."

청년이 눈을 빛내며 물었다.

"도망친 놈들을 이용해 내기를 하잔 겁니까?"

"맞다. 그 두 놈을 먼저 잡는 사람이 모든 것을 갖는 내기다."

"모든 것이라면?"

"이긴 사람이 사부님의 후계자를 차지하는 것은 물론이거니와 진 쪽이 이긴 사람에게 무조건 충성하기로 하는 내기다."

잠시 생각한 청년이 고개를 끄덕였다.

"괜찮은 내기군요."

"괜찮고말고."

눈빛을 나눈 두 사람은 누가 먼저랄 거 없이 숲으로 몸을 날렸다. 눈 깜짝할 사이에 사라지는 모습을 봐서는 둘 다 우건에게 죽은 박성모나, 방금 전 낭패를 당한 손병진의 하수가 아니었다. 아니, 신법만 봐서는 그들보다 더 뛰어났다.

두 사람이 떠난 지붕 위에 한 사람이 더 나타났다.

검은색 일색인 옷차림에 기름을 바른 머리카락을 뒤로 넘겨 올백머리를 한 초로(初老)의 사내였다. 푹 들어간 눈두덩이 밑에는 새카만 눈동자가 번쩍거렸는데 팔짱을 낀 자세로 방금 떠난 중년 사내와 청년의 뒷모습을 무심히 응시했다.

그는 바로 클럽 엑스에서 월광보를 펼쳐 은신한 우건의 위치를 거의 찾아낼 뻔한 묵령심애도 장린이었다. 제천회 망인단 단주인 그는 평생 여섯 명의 제자를 거두었다고 알려졌다.

첫 번째 거둔 제자는 다른 조직과의 항쟁에서 목숨을 잃었기 때문에 철골호심랑(鐵骨虎心郎) 배탁(裵卓)이 첫 번째 제자나 마찬가지였다. 방금 청년에게 먼저 내기를 권한 중년 사내가 바로 철골호심랑 배탁이었다. 그는 장린의 성명절기 중 하나인 호심낭아권(虎心狼牙拳)을 거의 대성했으며 망인단 핵심 조직 중 하나인 에스캅의 실제 소유주였다.

두 번째 제자는 묵아도(墨牙刀) 손병진으로 동해건설 사외이사임과 동시에 막후에서 회사를 조종하는 실소유주였다.

세 번째 제자는 고신도 박성모, 네 번째 제자는 대령권 박광모였는데 클럽 엑스에서 장린에게 바칠 사사참선도를 만들다가 우연히 엮여든 우건에게 참살당하는 비운을 맞이했다.

마지막 다섯 번째 제자는 공령도(空靈刀) 송지운(宋地運)으로 배탁이 권한 내기를 받아들인 청년이 바로 그였다. 송지운은 장린의 제자 중 재능이 가장 뛰어나단 평가를 들었다.

손병진과 배탁, 그리고 송지운 세 명의 제자가 들어간 숲을 관찰하던 장린이 그대로 몸을 날렸다. 장린의 신법은 제자들과 차원이 달라 발을 구르는 순간, 이미 담 위에 있었다.

장린이 떠난 직후, 그를 호위하는 부대인 묵령대 소속 무인 30여 명이 소리 소문 없이 나타나 그런 장린의 뒤를 쫓았다.

9장. 사냥꾼과 사냥감

　우건은 원공후와 산 중턱에서 헤어졌다. 원공후는 헤어지지 않으려 했지만 적들이 산 정상에 있는 쾌영문도를 찾아갈지 모른다는 우건의 경고에 못이기는 척 그의 말을 따랐다.

　원공후가 산 정상으로 올라가는 사이, 우건은 중턱에 자란 아름드리나무 뒤에 숨어 천지조화인심공을 운기했다. 포위망을 돌파하기 위해 상당히 많은 내력을 소비했던 터라, 다음 전투에 앞서 미리 내력을 보충할 필요가 있었던 것이다.

　천지조화인심공은 토납하는 과정, 즉 숨을 뱉고 내쉬는

과정이 필요 없었다. 상단전으로 천지간의 기운을 직접 흡수해 하단전에 축기하기 때문에 다른 심공보다 속도가 빨랐다.

실제로 추격대가 데려온 사냥개가 산 중턱에 이르렀을 때는 이미 축기를 마친 상태에서 적을 맞을 준비까지 끝나 있었다.

우건은 월광보를 펼쳐 신형을 감추지 않았다. 사냥개는 후각으로 목표물을 찾아내기 때문에 신형을 감춰봐야 소용없었다.

우건의 의도대로 사냥개를 앞세운 추격대가 우건이 숨어 있는 아름드리나무 쪽으로 곧장 올라왔다. 적의 동정을 살피던 우건은 3미터 옆에 있는 나뭇가지에 무영무음지를 쏘았다.

콰직!

산산 조각난 나뭇가지가 바닥으로 떨어지는 순간.

타타타탕!

소총과 기관단총, 그리고 권총으로 발사한 탄환 수십 발이 나무를 벌집으로 만들었다. 우건은 그 틈에 옆으로 돌아가 한상검을 찔렀다. 천지검의 절초 성하만상이 만든 수십 개의 날카로운 검광이 해일처럼 추격대의 측면을 덮쳐 갔다.

우건이 무영무음지로 만든 유인계에 걸려든 적 대여섯

명이 옆에서 날아든 검광에 휩쓸려 검하고혼 신세를 면치
못했다.

무영무음지는 이런 식의 유인계를 사용하는 데 최적화된
무공이었다. 다른 무공은 무공을 발출할 때 소리가 나기 때
문에 적이 소리가 처음 들린 지점을 의심할 가능성이 높았
다.

그러나 소리가 나지 않는 무영무음지는 지력이 적중한
곳에 우건이 숨어 있는 것처럼 적이 착각하게 만드는 게 가
능했다.

"반대쪽이다!"

소리친 적들이 몸을 돌려 우건을 쫓아왔다.

우건은 산 정상으로 올라가며 파금장을 펼쳤다.

쿠웅!

밑둥이 잘린 참나무 한 그루가 굉음을 내려 쓰러졌다.

"나무가 쓰러진다!"

적들은 놀란 새떼처럼 쓰러지는 나무를 피해 사방으로
흩어졌다.

우건은 유성추월과 선도선무를 연속 펼쳐 공중에 뜬 적
들을 덮쳐 갔다. 공중에서는 몸을 마음대로 움직이기 쉽지
않았다.

촤아악!

검광이 허공을 가를 때마다 피분수가 폭죽처럼 터져 나

왔다.

우건은 그 틈에 산 정상으로 올라가며 이어셋 마이크를
켰다.

-합류했소?

곧 원공후의 목소리가 들려왔다.

-방금 합류했습니다.

-문도들과 함께 돌아가시오. 나는 이놈들을 계속 유인하
겠소.

-혼자 괜찮겠습니까?

-아마 괜찮을 거요.

마이크를 끈 우건은 뒤를 힐끔 돌아보았다.

입에 거품을 문 사냥개 두 마리가 양쪽에서 달려들었다.

미간을 찌푸린 우건은 생역광음과 파금장을 양손으로 펼
쳤다. 분심공 덕에 검법과 장법을 동시에 펼치는 게 가능했
다.

콰직!

파금장은 사냥개의 머리를 박살냈다. 그리고 생역광음은
사냥개 미간에 구멍을 뚫었다. 죽은 사냥개 두 마리가 산
밑으로 굴러갈 때였다. 시커먼 도광이 어둠 속에서 튀어나
왔다.

우건은 대해인강으로 도광을 막으며 금선지를 펼쳤다.

카앙!

검광과 도광이 부딪칠 때 생긴 충격의 여파가 지진처럼 땅을 뒤흔드는 바람에 잘린 풀잎과 나뭇잎이 우수수 떨어졌다.

그때였다.

쉬잇!

황금색 광채가 잘린 풀잎과 나뭇잎 사이를 섬전처럼 관통했다. 그리곤 도광이 튀어나온 방향으로 빨려 들듯 날아갔다.

치익!

제대로 적중한 듯 옷자락이 찢어지는 소리가 선명히 들려왔다.

그 순간, 흰 와이셔츠가 온통 피로 물든 손병진이 튀어나와 미친 사람처럼 도를 휘둘렀다. 도가 허공을 가를 때마다 시커먼 도광이 채찍처럼 뻗어 나와 근처를 초토화시켰다.

우건은 대충 방어하다가 산 정상으로 몸을 날렸다. 손병진은 놓치지 않겠다는 듯 득달같이 달려와 다시 도를 휘둘렀다.

정상에 도착한 우건은 주위를 둘러보았다. 쾌영문도와 합류한 원공후가 도주에 성공한 듯 산 정상이 텅 비어 있었다. 한 시름 덜은 우건은 따라온 손병진에게 생역광음을 날렸다. 깜짝 놀란 손병진은 급히 보법을 밟아 옆으로 피했다.

우건은 섬영보로 따라붙어 천지검법의 절초를 연이어 펼쳤다.

캉캉캉캉!

천지검법의 절초와 묵령심애도의 절초가 부딪치며 잘린 검광과 도광이 우박처럼 쏟아졌다. 기세가 워낙 사나워 다른 적들은 감히 전권(戰圈) 안으로 들어 올 엄두를 내지 못했다.

입술을 깨문 듯 손병진의 입가에 굵은 핏방울이 뚝뚝 떨어졌다. 손병진의 몸 상태는 엉망이었다. 저택 안에서 우건을 상대할 때, 생역광음과 태을진천뢰에 연속으로 당해 내상과 외상을 동시에 입었다. 비록 산을 올라오기 전에 지혈한 상태에서 내상약을 복용했다고는 하지만, 완벽히 치료한 건 아니었다. 거기다가 방금 전 우건이 날린 금선지에 옆구리 살이 한 움큼 뜯겨 나가 피가 샘솟듯 뿜어져 나왔다.

본인에게 남은 시간이 많지 않단 점을 깨달은 손병진은 전보다 더 적극적으로 나왔다. 아니, 엄밀히 말하면 거의 발악에 가까웠다. 손병진은 어떻게 해서든 우건을 죽이려 들었다.

손병진은 이번이 자신에게 남은 마지막 기회임을 직감한 터였다. 사부가 방심하지 마라 그렇게 일렀건만 천성이 오만한 손병진은 우건과 원공후를 혼자 상대할 수 있을 거라 착각해 포위망을 허술하게 만드는 우를 범했다. 만일, 이런 상황에서 우건을 놓친다면 후계자 경쟁에서 뒤쳐지는 건 물론이거니와, 심할 경우 사문에서 파문당할 가능성이 있었다.

원래 손병진이 수련한 묵령심애도는 냉정한 상태에서 펼쳐야 그 위력이 더 발휘되는 도법이었던 탓에 손병진의 이와 같은 행동은 오히려 도법의 위력을 약하게 만들 뿐이었다.

우건은 천지검법으로 손병진의 발악에 가까운 공격을 받아 내며 기파를 퍼트렸다. 그때, 빠르게 접근해오는 강력한 기파를 감지했다. 심지어 두 개였다. 그들이 합류하면 지금과 같은 우세를 점하지 못했다. 우건은 마음을 독하게 먹었다.

우건은 전력을 다한 천지검의 대해인강 초식으로 손병진의 도광을 흩트렸다. 강렬한 충격을 받은 손병진이 멈칫할 때, 그대로 날아오른 우건은 선풍무류각의 풍우각으로 손병진의 얼굴을 걷어찼다. 손병진은 뒤로 물러서며 도를 휘둘렀다.

마치 이를 기다렸다는 듯 천근추로 착지한 우건은 좌장을 앞으로 내밀어 태을진천뢰를 발출했다. 천둥치는 듯한 굉음을 내며 날아간 강맹한 장력이 손병진의 방어를 박살냈다.

기세를 탄 우건은 손병진의 사각으로 몸을 날리며 생역광음을 연속 두 번 펼쳤다. 손병진의 오른팔이 잘려 날아갔다. 그제야 죽음의 공포를 느낀 손병진이 돌아섰지만 우건이 뒤이어 펼친 전광석화에 닿는 순간, 곧장 불길에 휩싸였다.

"으아아악!"

손병진이 비명을 지르며 산 밑으로 달려갔다. 근처에 있던 적이 옷을 벗어 손병진의 몸에 붙은 불을 끄려 했지만 전광석화는 더 이상 태울 게 남아 있지 않을 때까지 꺼지지 않았다.

사마(邪魔)를 제거하기 위해 강림한 지옥불인 것이다.

대해인강부터 전광석화까지 막대한 내력을 소모하는 절초를 연달아 펼친 우건은 단전 어림이 뻐근해지는 느낌을 받았다.

좋은 징조가 아닌 탓에 급히 동쪽으로 퇴각할 때였다.

펑!

측면에서 날아든 권풍이 우건의 옆구리에 작렬했다.

우건은 끈 떨어진 연처럼 날아올라 동쪽 능선으로 사라졌다.

우건이 사라진 후, 어둠 속에서 몸을 드러낸 배탁이 왼손으로 오른 손목을 문질렀다. 손목이 시큰할 정도로 강한 충격을 받았다는 말은 우건 역시 무사하지 못하다는 뜻이었다.

배탁은 뒤따라온 부하에게 물었다.

"둘째는?"

부하 중 하나가 침통한 표정으로 고개를 저었다.

"불길이 얼마나 지독하던지 뼛조각 하나 남기지 않았습니다."

"흐음."

침음(沈吟)한 배탁이 앞장서서 사라진 우건의 뒤를 추격했다. 그리고 그런 배탁의 뒤를 100여 명의 부하가 따라갔다.

배탁 등이 떠나길 기다리다가 나무 위에서 뛰어내린 송지운은 우건과 손병진이 대결한 산 정상을 빠르게 훑었다. 그리고는 주저 없이 배탁 등이 간 동쪽 방향으로 신형을 날렸다.

그로부터 30초쯤 지났을 때였다.

장린과 그를 호위하는 묵령대가 산 정상에 나타났다.

장린 역시 대결이 벌어졌던 산 정상을 빠르게 훑었다.

그러나 그는 제자들이 간 동쪽이 아니라, 서쪽으로 이동했다. 묵령대 역시 주군을 따라 서쪽으로 분분히 몸을 날렸다.

한편, 차를 숨긴 비닐하우스에 도착한 원공후는 제자들을 먼저 차에 태웠다. 저택에 적이 판 함정이 있었단 원공후의 말에 다들 침통한 표정을 감추지 못했다. 특히, 동해건설 추적을 맡은 김동은 머리카락을 쥐어뜯으며 몹시 괴로워했다.

원공후가 김동의 뒤통수를 냅다 후려갈겼다.

"이놈아, 작정하고 함정을 파면 상대가 누구든 걸려들기 마련이니까 그만 괴로워하고 이곳을 빠져나갈 계획이나 세워둬."

"예……."

시무룩해진 김동이 혹이 난 뒤통수를 문지르며 대답할 때였다.

운전석에 올라탄 김은이 당황한 표정으로 물었다.

"사부님은 같이 안 가시는 겁니까?"

"주공만 이곳에 남겨두고 내가 어찌 맘 편히 떠날 수 있겠느냐?"

김은이 차문을 열었다.

"그럼 저희들이 사부님을 모시겠습니다."

원공후가 김은이 연 차문을 쾅 닫으며 호통 쳤다.

"멍청한 놈들, 네놈들이 따라오면 오히려 걸리적거리기만 할 뿐임을 어찌 모른단 말이냐. 내 말대로 어서 썩 떠나거라."

제자들이 탄 차가 산을 빠져나갈 때까지 기다린 원공후는 김동이 준 장비를 켜서 우건의 위치를 확인했다. 우건이 찬 이어셋에는 GPS 장치가 달려 있어 원공후가 가진 장비로 추적이 가능했다. 우건은 현재 산 동쪽에 잠시 멈춰 있었다.

원공후는 분영은둔을 펼친 상태에서 조심스레 전진했다. 비닐하우스를 출발한 원공후가 산 초입에 막 도착했을 때였다.

산 위에서 시커먼 그림자 하나가 엄청난 속도로 날아 내려오는 모습이 보였다. 소스라치게 놀란 원공후는 숨을 멈춘 상태에서 바닥에 천천히 엎드렸다. 다행히 주변에 풀숲이 우거져 있어 신형을 완벽히 감출 수 있었다. 잠시 후, 시커먼 그림자가 원공후가 숨어 있는 곳 근처에 정확히 내려섰다.

검은색 상하의를 입은 초로의 사내였는데 기름을 잔뜩 바른 머리카락을 이마 뒤로 넘긴 모습이 상당히 특이한 자였다.

직감이 뛰어난 원공후는 사내의 정체를 어렵지 않게 파악할 수 있었다. 바로 우건이 전에 말한 묵령심애도 장린이었다.

우건이 장린에 대해 말하며 누군지 아냐고 물었을 때, 원공후는 고개를 저었다. 그날 태을양의미진진에 갇혀 있던 제천회 고수 100여 명의 신상명세를 낱낱이 꿰고 있는 그였지만 묵령심애도 장린이란 이름은 들어 본 기억이 없었다.

그날 태을양의미진에는 크게 세 종류의 고수들이 갇혀

있었다.

첫 번째는 제천회가 돈과 무공을 미끼로 끌어들인 고수들이었다. 독수괴의 한세동, 홍귀방의 세 방주 등이 대표적이었다.

두 번째는 협박과 위협에 굴복한 고수들이었다. 그리고 마지막 세 번째는 제천회가 자체적으로 양성한 고수들이었다. 제천회 고수들은 강호무림에 이름이 많이 알려지지 않았지만 견문이 넓기로 유명한 원공후의 시야를 벗어나진 못했다.

한데 그들 중에 장린이란 이름은 없었다.

그때, 장린이 고개를 돌려 원공후가 엎드려 있는 풀숲을 보았다.

마침 원공후 역시 장린을 주시하던 차라 두 사람의 시선이 딱 마주졌다. 물론, 원공후는 분영은둔으로 은신한 상태라, 그만 그렇게 느꼈을 뿐이었다. 원공후는 장린의 푹 들어간 눈두덩이 밑에서 뿜어져 나오는 안광에 놀라 침을 꿀꺽 삼켰다. 다행히 들키지 않은 듯 장린의 시선이 곧 다른 곳으로 돌아갔다. 잠시 후, 묵령대가 나타나 주변을 수색했다.

그때, 비닐하우스 방향으로 내려간 묵령대 대원 하나가 휘파람을 불었다. 묵령대가 타이어 자국을 찾아낸 모양이었다. 발을 구른 장린은 곧장 소리가 들려온 방향으로 날아갔다.

원공후는 제자들이 무사하길 기도하며 산 위로 신형을 날렸다. 장린의 신법이 아무리 빨라도 몇 분 전에 출발한 차를 따라잡기는 무리였다. 그리고 고속도로에 들어서면 차들이 많아서 바퀴자국으로 추적하는 일 역시 불가능할 것이다.

그러나 원공후는 얼마 지나지 않아 장린의 목표가 자신 한 명이라는 것을 깨달았다. 장린과 묵령대는 원공후를 집요하게 쫓아왔다. 쫓기는 원공후마저 이유가 궁금할 지경이었다.

장린의 제자를 죽인 건 우건이지, 원공후가 아니었다. 한데 장린은 마치 불구대천의 원수를 찾는 사람처럼 원공후를 쫓아왔다. 그 바람에 원공후는 쉴 틈 없이 발을 놀려야 했다.

한편, 배탁의 호심낭아권에 옆구리를 제대로 얻어맞은 우건은 동쪽으로 계속 달리며 쉴 만한 장소를 찾았다. 다행히 칡덩굴에 입구가 가려져 있는 작은 동굴을 하나 찾을 수 있었다.

동굴 안에 몸을 우겨넣은 우건은 급히 운기요상에 들어갔다.

호심낭아권은 위력이 대단해 옆구리에 감각이 거의 없을 지경이었다. 그리고 통증 또한 만만치 않았는데 시간이 지날수록 강도가 세졌다. 또, 통증을 느끼는 범위 역시 늘어났는데 지금은 옆구리를 넘어 겨드랑이와 등까지 고통스러 웠다.

우건은 적의 동정을 계속 주시하며 운기요상에 들어갔 다. 막힌 기혈을 뚫어 치료를 거의 마쳤을 때, 배탁이 이끄 는 추격대가 코앞에 당도했다. 우건은 동굴을 나와 다시 달 렸다.

우건의 냄새를 맡은 사냥개가 컹컹 짖어대며 쫓아왔다.

우건은 나무 위로 올라가 밑을 내려다보았다. 사냥개들 이 튀어나온 발톱으로 나무껍질을 박박 긁는 중이었다. 우 건은 뒤로 뛰어내리며 일검단해를 펼쳤다. 사냥개 대여섯 마리와 아름드리나무가 수십 조각으로 잘려 사방으로 흩어 졌다.

오른발로 바닥을 찍어 재차 날아오른 우건은 쫓아오는 적에게 선도선무와 유성추월, 성하만상 세 초식을 연달아 펼쳤다.

파파파팟!

10여 명의 적이 우후죽순(雨後竹筍)으로 쓰러졌다.

예상을 벗어난 기습으로 추격대 선봉을 분쇄한 우건은 뒤로 물러나며 한상검을 찔렀다. 새하얀 섬광이 허공을 가 르는 순간, 측면에서 몰래 접근하던 적이 피를 뿌리며 넘어 갔다.

그때였다.

머리 위에서 옷자락이 펄럭이는 소리가 들렸다.

고개를 든 우건의 눈에 달빛을 가리며 머리 위로 떨어지는 배탁의 육중한 신형이 들어왔다. 덩치와 맞지 않는 날렵한 몸놀림이었다. 공중에서 몸을 홱 뒤집어 머리가 밑에 오게 한 배탁은 솥뚜껑만 한 양 주먹을 번갈아 찔러 공격했다.

우건은 파금장을 펼쳐 배탁의 권법에 맞서 갔다.

퍼엉!

권력(拳力)과 장력이 충돌하며 충격파가 퍼져 갔다.

배탁의 신력은 예상을 훨씬 상회해 우건의 두 발이 땅 속을 30센티미터 가까이 뚫고 들어갔다. 우건은 표풍장으로 배탁의 호심낭아권을 막으며 옆으로 몸을 홱 굴려 빠져나왔다.

게으른 당나귀가 바닥을 세차게 구른다는 뜻의 나려타곤(懶驢打滾)이었다. 정파에 속한 백도인은 나려타곤이 체면을 손상시키는 탓에 사용하기를 꺼려했다. 적 앞에서 바닥을 구르는 게 꼴사납다는 뜻이었다. 그러나 실전적인 수를 좋아하는 우건은 원래 남의 시선 따위를 신경 쓰지 않았다. 그저 상황에 맞는 적절한 초식을 찾아 사용할 따름이었다.

우건이 나려타곤으로 빠져나가는 모습을 본 배탁이 히죽 웃었다. 그러나 벌떡 일어난 우건이 한상검으로 어깨와 가슴, 허벅지의 요혈을 동시에 찔러오는 모습을 보곤 더 이상

웃지 못했다. 즉시, 호심낭아권의 절초로 검초를 방어했다.

캉캉!

어깨와 가슴으로 향하는 검초는 막았지만 허벅지를 찔러오는 검초는 막지 못했다. 그러나 배탁은 당황한 기색이 없었다.

배탁은 죽은 박광모처럼 철골강피공(鐵骨强皮功)을 익혔다.

한상검의 검봉이 철골강피공을 뚫지 못해 옆으로 흘러가는 모습을 본 배탁은 즉시 호심낭아권(虎心狼牙拳)의 절초 백아교승(百牙咬僧)을 펼쳐 반격했다. 오른 주먹과 왼 주먹이 마치 짐승의 이빨처럼 우건의 머리를 부서트리려 하였다.

우건은 섬영보로 물러서며 생역광음과 파금장을 동시에 펼쳤다.

카앙!

검초와 장력에 막힌 배탁의 두 팔이 양옆으로 홱 벌어지며 가슴이 훤히 드러났다. 그러나 배탁은 여전히 여유 만만한 모습이었다. 우건에게 철골강피공을 파훼할 수단이 없다고 믿는 듯했다. 우건은 파금장으로 배탁의 가슴을 후려쳤다.

파금장의 장력이 배탁의 가슴을 치려는 순간.

"이런!"

갑자기 안색이 확 변한 배탁이 철판교의 수법으로 상체를 확 젖혀 파금장의 장력을 피했다. 자신만만하던 배탁이 갑자기 태도를 바꾼 이유가 궁금했지만 지금은 공격이 먼저였다.

붕!

우건은 철혈각으로 철판교를 펼친 배탁의 사타구니를 걸어찼다. 배탁은 그럴 줄 알았다는 듯 그대로 재주를 넘어 피했다. 우건은 곡예사처럼 재주를 넘은 배탁을 쫓아가며 생역광음과 선도선무를 연달아 펼쳤다. 생역광음이 가슴을, 선도선무가 허벅지와 옆구리를 맞췄지만 배탁은 철골강피공 덕분에 잠시 멈칫하는 수준에서 피해를 최소화하였다.

한데 배탁이 반격에 나서려 했을 때는 이미 우건이 모습을 감춘 후였다. 우건이 도망칠 목적으로 초식을 펼친 탓이었다.

배탁이 뒤에 있는 소나무 숲을 향해 소리쳤다.

"알려줘서 고맙다만 그게 이 승부에 영향을 주지는 못할 거다!"

그러나 소나무 숲에서는 대답이 들려오지 않았다.

그 대신, 옷자락이 스치는 미세한 소리가 대답 대신 들려왔다.

"쳇!"

불평한 배탁은 우건을 쫓아간 부하들 뒤에 따라붙었다.

방금 전, 배탁에게 전음으로 도움을 준 사람은 지금까지 모습을 드러낸 적이 없는 막내 사제 송지운이었다. 송지운은 배탁처럼 철골강피공을 익힌 넷째 사제 대령권 박광모가 우건의 어떤 무공에 의해 죽었는지 전음으로 가르쳐 주었다.

에스캅이란 보안 회사를 운영하느라 바쁜 배탁과 달리, 아직 독립하지 못한 막내 사제 송지운은 사부 장린을 시중드는 게 평소 임무인 탓에 장린이 클럽 엑스를 찾았을 때 그 또한 현장에 있었다. 그리고 장린이 죽은 박성모와 박광모의 시신을 검시할 때 역시 같이 있었기에 박광모가 외가기공을 전문적으로 파훼하는 신공에 당했다는 사실을 알았다.

배탁은 막내 사제가 자신을 도와준 이유가 궁금했다. 막내 사제의 평소 성품을 생각하면 사형제의 의리 같은 건 아니었다. 분명, 다른 이유가 있었다. 그러나 이유야 어쨌든 막내 사제의 적절한 조언 덕분에 큰 위기를 넘긴 건 사실이었다.

한편, 배탁을 기습하는 데 실패한 우건은 동쪽으로 계속 달리며 기파를 퍼트렸다. 배탁 외에 강적이 한 명 더 있었다. 손병진, 배탁처럼 장린이 직접 키운 제자 중 하나로 보였는데 그가 배탁에게 전음으로 파금장에 대해 알려준 게 틀림없었다. 우건의 예상이 맞다면 이제 배탁을 기습으로 잡기는 힘들어졌다는 것을 의미했다. 파금장을 아는 배탁이 앞으론 잔뜩 경계하며 우건을 상대하려 들 것이 분명했으니까.

우건은 하늘을 보았다.

날이 곧 터 오르려는 듯 동쪽 하늘이 빨갛게 물들어 있었다.

강을 건넌 우건은 김동이 준 GPS장치로 자기 위치를 확인했다. 어느새 포천을 지나, 강원도 철원(鐵原)에 이르러 있었다.

우건은 강변 수풀 속에 숨어 강 반대편을 관찰했다.

우건을 쫓아온 추격대가 강변에 막 도착한 상태였다.

적들은 밤새 이어진 추격전에 지친 표정이 역력했다. 사냥개들 역시 지치긴 마찬가지였다. 강을 보기 무섭게 달려들어 정신없이 물을 마셔 댔다. 배탁과 송지운의 모습은 보이지 않았다. 추격대가 우건을 찾아내기 전까지 숨어 있을 요량으로 보였다. 우건은 월광보를 이용해 물속으로 들어갔다.

잠수한 상태에서 1, 2분쯤 기다렸을 때였다.

적이 첨벙 소리를 내며 물에 뛰어들어 강을 건너기 시작했다.

우건은 천근추를 이용해 강바닥에 납작 엎드려 있었는데

상체를 잔뜩 웅크린 덕분에 바닥에 흔히 있는 암초처럼 보였다.

우건이 잠수한 곳 위를 적이 헤엄쳐 지날 때였다.

천천히 일어선 우건은 한상검을 흔들어 성하만상을 전개했다.

파파파팟!

수백 개의 검광이 물살을 가르며 수면 위로 치솟았다. 지상과 물속의 저항이 다른 탓에 속도는 지상에서 펼칠 때보다 현저히 느렸지만 적들 역시 속도가 느리긴 마찬가지였다.

"크아악!"

강을 건너던 적 대여섯 명이 피를 뿌리며 가라앉았다.

동료의 죽음에 분노한 적 30여 명이 밑으로 잠수해 내려왔다. 그러나 그들은 물속에서 적과 싸워본 경험이 없었다. 반면, 물속에서 강적과 싸워본 경험이 있는 우건은 마치 어른이 어린아이를 상대하듯 손쉽게 적의 수를 줄여 나갔다.

적이 휘두른 칼은 물의 저항을 받아 평소보다 훨씬 느리게 날아왔다. 칼이 날아가는 속도에 당황한 적이 황당한 표정을 지었다. 그러나 아무리 용을 써도 더 빨라지진 않았다.

우건은 태을십사수로 가볍게 막으며 한상검을 찔러 갔다. 물살을 가르며 날아드는 한상검을 보며 적이 뒤로 몸을

271

젖혔다.

그러나 칼이 물의 저항을 받듯, 사람의 신체 역시 물의 저항을 받기 마련이었다. 아니, 칼보다 면적이 훨씬 큰 사람의 신체는 그보다 큰 저항을 받기 마련이었다. 적이 자기 예상보다 훨씬 느린 움직임에 당황했을 때, 한상검이 적의 미간에 구멍을 뚫었다. 낚싯바늘에 걸린 물고기처럼 몸을 몇 차례 흔든 적이 뻣뻣하게 굳더니 수면 위로 부상했다.

우건은 강물 속에서 최대한 많은 적을 처리한 후에 반대편 강변으로 빠져나왔다. 강변에 도착한 우건은 고개를 돌려 오도 가도 못하는 상태로 전전긍긍하는 적을 바라보았다. 그들은 아직도 우건이 강물 속에 숨어 있는지 아는 듯했다.

"놈이 저기 있다!"

반대편 강변으로 시선을 돌리다가 우연히 우건을 발견한 적이 목청이 터져라 외치는 순간, 추격대가 서둘러 강을 건너기 시작했다. 우건이 물속에 없다는 사실에 안심한 것이다.

삼매진화로 젖은 옷과 머리카락을 말린 우건은 강과 맞닿은 숲 속으로 걸음을 옮겼다. 숲 속은 아직 어두웠다. 숲 밖은 이미 날이 완전히 밝아 환했지만 해를 등진 방향에 있는 숲 속은 햇빛이 들어오지 않아 아직 어두컴컴한 상태였다.

우건은 하늘을 뚫을 듯이 자란 참나무 위로 올라갔다. 잠시 후, 추격대 일부가 참나무 근처에 도착해 주위를 수색했다.

그들이 데려온 사냥개 한 마리가 코를 킁킁거리며 참나무 주위를 돌아다녔지만 우건의 위치를 정확히 찾아내지 못했다.

우건의 체취가 물에 씻겨나간 탓이었다.

그때, 적 하나가 우연찮게 고개를 들었다가 참나무 가지 위에 서 있는 우건과 눈이 마주쳤다. 적은 바로 물러서며 옆의 동료에게 신호를 보내려 했다. 우건은 지체 없이 밑으로 몸을 날리며 한상검을 연속 세 번 찔러 유성추월을 펼쳤다.

검광이 참나무 밑에 있던 적들을 덮쳐 갔다.

카카캉!

적 세 명은 칼을 휘둘러 검광을 막아 냈지만 두 명은 정수리가 터지며 그대로 쓰러졌다. 지상으로 내려가던 우건은 비룡번신의 수법으로 몸을 뒤집은 다음, 참나무를 걷어찼다.

나무를 걷어찬 반동을 이용해 허공을 섬전처럼 가른 우건은 도망치는 적의 등에 선도선무를 뿌려 갔다. 부챗살처럼 퍼져 간 검광이 적 두 명의 등을 난도질해 치명상을 입혔다.

남은 한 명은 묵애심령도의 절초로 선도선무가 만든 검광을 막아 냈지만 뒤이어 날아든 금선지에 곧 마혈이 제압당했다.

우건은 철혈각으로 마혈이 제압당한 적의 머리를 걷어찼다.

콰직!

경추가 부러진 듯 적의 머리가 제멋대로 흔들렸다.

그때였다.

타타타탕!

근처에 있던 적들이 달려와 소총과 권총으로 사격을 가했다.

우건은 왼손으로 튼실한 나뭇가지를 하나 움켜쥐었다.

그 순간, 무게를 이기지 못한 가지가 잔뜩 휘어졌다가 탄성에 의해 다시 원래 있던 자리로 홱 돌아갔다. 우건은 가지가 원래 자리로 돌아갈 때 손을 놓은 다음, 몸을 날려 피했다.

적들이 발사한 탄환이 그런 우건의 뒤를 집요하게 쫓아왔다.

전에 있던 곳에선 적이 암기 등을 쏘았다. 그러나 이곳에선 총이 암기를 대신했다. 위력과 속도는 총 쪽이 훨씬 뛰어나 삼류잡배 100여 명에게 총을 쥐어 주면 절정고수를 막는 일이 가능했다. 전에 있던 곳에선 있을 수 없는 일이었다.

또 다른 나무 뒤에 몸을 숨긴 우건은 숨을 깊이 들이마셨다. 방금 전, 적의 사격을 받아 왼쪽 허벅지에 탄환이 박혔다.

거리가 가까웠던 탓에 호신강기로 막지 못했으면 탄환이 허벅지를 관통했을 것이다. 우건은 손가락으로 살을 찢어 박힌 탄환을 뽑았다. 잔뜩 구겨진 탄환은 여전히 따뜻했다.

상처를 지혈한 우건은 그 위에 금창약을 대충 뿌렸다. 수연이 보면 뭐라 했을 테지만 지금은 시간이 넉넉지가 않았다.

우건은 고개를 내밀어 나무 뒤를 보았다.

사냥개를 앞세운 적들이 사방에서 파도처럼 밀려들어 왔다. 한데 밀려드는 기세가 전과 딴판이었다. 마치 다 이겼다는 듯 기세가 등등했다. 우건이 흘린 피를 본 모양이었다. 물론, 추격대는 우건이 총상을 벌써 치료했단 사실을 몰랐다.

우건은 눈대중으로 적의 숫자를 세 보았다.

사실, 적의 숫자는 별문제가 아니었다. 진짜 문제는 추격대 속에 숨어 호시탐탐 기회를 노리는 배탁과 송지운이었다.

우건은 다시 동쪽으로 도망치다가 고개를 들어 하늘을 보았다. 잠시 밝아졌던 하늘이 급격히 어두워지는 중이었다. 냄새 역시 좀 전과 달라졌다. 숲 속 특유의 비릿한 내음이 좀 더 강해졌다. 우건은 북쪽에 있는 산에 올라가 하늘을 보았다. 서쪽 하늘에 낀 먹구름이 빠르게 이동 중이었다. 또, 안개는 마치 구렁이가 담을 넘듯 능선을 따라 흘러갔다.

설악산에 오래 산 우건은 대기가 언제 바뀌는지 잘 알았다. 지금은 폭우가 쏟아지기 직전에 보이는 징조와 일치했다.

우건은 고개를 돌려 뒤를 보았다.

적이 방향을 바꾼 우건을 쫓아 급히 산을 올라오는 중이었다.

우건은 도주를 포기했다.

대신, 산 전체를 전장으로 택했다.

우건은 산 밑으로 내려가며 날씨가 바뀌길 기다렸다. 얼마 지나지 않아 손톱만 한 빗방울이 우박처럼 내리기 시작했다. 곧 앞을 제대로 보기 힘들 정도로 억수같은 비가 쏟아졌다.

우건은 빗속에 숨어 적이 올라오길 기다렸다.

빗속에서 사냥개는 있으나마나한 짐승이었다. 여름비 특유의 비릿한 냄새가 사람의 체취를 가려 추적을 어렵게 만들었다.

사냥개를 이용하지 못하는 적들은 직접 주변을 수색해야

했다. 발자국 역시 빗물에 씻겨나가 별 도움을 주지 못했다.

우건은 비를 쫄딱 맞은 모습으로 산로 올라오는 추격대를 지켜보며 머릿속으로 차분히 작전을 세웠다. 작전은 간단했다.

최소한의 내력으로 최대한 많은 적을 처리하는 것이다.

앞서 말했듯 진짜 적은 장린의 두 제자였다.

그들과 맞서기 전까지는 내력을 최대한 아낄 필요가 있었다.

그때, 우건 앞으로 적 세 명이 걸어왔다. 시야를 가리는 폭우 탓에 눈도 제대로 뜨지 못한 상태였다. 우건은 그들이 최대한 가까이 접근할 때까지 기다렸다가 한상검을 찔렀다.

쉬익!

검광에 닿은 물방울이 사방으로 튀어 오르는 순간.

"크윽."

미세한 신음소리와 함께 적 세 명이 포개지듯 쓰러졌다.

두 명은 생역광음에, 한 명은 무영무음지에 당해 목숨을 잃었다.

우건은 재빨리 현장을 떠났다.

우건이 떠난 후 10초 쯤 지났을 때, 근처에 있던 적이 달려와 죽은 동료를 조사했다. 그러나 주변에 흔적이 남아 있지 않았다. 미친 듯이 쏟아지는 폭우가 흔적을 없앤 탓이었다.

반대편으로 이동한 우건은 같은 방법으로 세 명을 더 없앴다. 그리고 적이 막 눈치 챘을 때는 이미 현장을 벗어났다.

우건은 나무 뒤에 숨어 있다가 그 옆을 지나가는 적의 입을 틀어막았다. 그리고는 한상검으로 목을 그어 숨통을 끊었다.

밑으로 흘러내리는 황톳물 위에 붉은 피가 수채화의 물감처럼 퍼져 갔다. 우건은 근처 나무 위에 올라가 잠시 대기했다.

적 네 명이 피의 흔적을 쫓아 달려왔다.

우건은 소리가 나지 않게 그들 뒤에 내려섰다. 그리고는 그들이 막 눈치 채려는 시점에 재빨리 한상검을 연속해 찔러 갔다.

뒷목에 구멍이 뚫린 시체 네 구가 비탈을 따라 굴러 내려갔다.

순식간에 엄청난 피해를 입은 추격대는 방법을 바꿨다.

이번에는 최대한 많은 수가 함께 수색에 나선 것이다.

그러나 폭우 속에 숨은 우건은 유령이나 다름없었다.

소리와 그림자, 심지어는 냄새까지 빗속에 가려 보이지

않았다.

적은 바로 옆의 동료가 죽어 나가도 한참 후에야 눈치 챘다. 우건은 숨어 있는 나무 밑으로 지나가는 적의 뒤통수에 무영무음지를 발출했다. 은밀히 날아든 살인지력(殺人指力)에 의해 적은 비명조차 제대로 질러 보지 못하고 쓰러졌다.

무영무음지는 전광석화, 금선지에 비해 내력의 소모가 덜한 수법이었다. 그러나 약점이 있었다. 무영무음지를 제대로 쓰기 위해서는 적에게 최대한 가까이 접근해야 한단 거였다.

적과의 거리를 줄이는 행동은 그리 권장할 게 못되었다.

거리가 가깝다는 말은 치명적인 일격을 가하기 쉽단 말이지만 그만큼 치명적인 일격을 당할 수도 있다는 뜻이 되었다.

그러나 폭우가 그런 약점을 없애주었다.

우건은 소리가 나지 않는 무영무음지와 소리가 거의 나지 않는 생역광음 초식으로 산에 올라온 적 대부분을 암살했다.

폭우는 얼마 후에 가랑비로 바뀌었다.

빗물이 뚝뚝 떨어지는 나뭇가지 사이에 숨어 전장을 바라보던 우건은 기파를 퍼트려 보았다. 눈앞 10미터 지점에 당황한 표정으로 서 있는 적 네 명을 제외하면 다른 적은 없었다.

나무 위에서 뛰어내린 우건은 곧장 한상검을 찔러 갔다.

찔끔찔끔 내리는 비가 검광에 닿는 순간, 하얀 수증기를 뿜으며 자취를 감췄다. 적이 우건의 기습을 눈치 챘을 때는 이미 첫 번째 적이 생역광음에 사혈을 찔려 절명한 상태였다.

우건은 지체 없이 두 번째 생역광음을 찔러 갔다.

그러나 두 번째 적은 추격대를 지휘하던 대장이었다. 일반 조직원과는 차원이 달라 묵령심애도로 생역광음을 막아 냈다.

대장은 생역광음을 막아 낸 것을 넘어 반격까지 해왔다.

묵령심애도로 펼친 도광이 무지개처럼 우건의 허리를 갈라 왔다. 우건은 대해인강으로 도광을 막으며 왼손으로 태을십사수의 상비흡주를 펼쳤다. 대해인강과 묵령심애도의 절초가 충돌하는 순간, 충격을 받은 대장의 몸이 흔들렸다.

그때, 태을십사수의 상비흡주가 균형을 잃은 대장의 몸을 끌어당겼다. 두 다리가 공중에 뜬 대장이 당황하는 순간, 우건은 앞으로 짓쳐가며 다시 한 번 생역광음을 펼쳐 갔다.

새하얀 검광이 대장의 미간을 정통으로 노려갔다.

그러나 대장은 재빨리 고개를 틀어 생역광음을 피했다.

뼈가 드러날 만큼 관자놀이가 찢어졌지만 치명상은 아니었다.

그때, 기다렸다는 듯 우건의 좌장이 대장을 덮쳐 갔다.

쿠르릉!

천둥소리를 내며 날아간 태을진천뢰의 장력이 대장의 가슴을 박살냈다. 부러진 갈비뼈가 심장과 폐를 같이 찌른 듯 피를 토한 대장은 그대로 넘어가 더 이상 움직이지 않았다.

우건은 이번 한 수에 전력을 다했다.

그야말로 눈 깜짝할 사이에 생역광음과 대해인강, 상비흡주를 펼쳐 상대를 정신 못 차리게 만들었다. 그리고 다시 생역광음과 태을진천뢰를 번갈아 펼쳐 상대의 숨통을 끊었다.

숨 돌릴 틈 없이 이어진 연환공격에 실력이 제법 괜찮은 적이 저항 한 번 제대로 해보지 못하고 불귀의 객이 되었다.

남은 두 적은 실력이 떨어져 어렵지 않게 처리할 수 있었다.

우우웅!

그때, 왼쪽에서 묵직한 권력이 철추(鐵鎚)처럼 날아들었다. 호시탐탐 기회를 노리던 철골호심랑 배탁이 기습을 가한 것이다. 그러나 우건은 이미 배탁의 기습을 예상한 터였다.

기습을 피한 우건은 배탁을 향해 맹렬한 속도로 몸을 날렸다.

한상검의 검봉에서 새하얀 검광이 폭죽처럼 피어올랐다.

10장. 역할교체

　우건은 시작부터 생역광음과 선도선무, 유성추월, 성하
만상을 연속해 펼쳤다. 새하얀 검광이 정신없이 허공을 갈
랐다.

　타타타탕!

　배탁의 몸 주위에서 불꽃이 쉼 없이 명멸(明滅)했다.

　배탁이 입은 옷은 순식간에 걸레짝으로 변했다. 그러나 배
탁 본인은 상처가 없었다. 그가 익힌 철골강피공이 그만큼
단단하단 의미였다. 파금장을 신경 쓰느라 잠시 수세에 몰렸
던 배탁은 우건의 검이 자신에게 아무런 해를 끼치지 못한다
는 사실을 깨닫기 무섭게 바로 강력한 반격에 나섰다.

이번에는 배탁이 호심낭아권의 절초를 연이어 전개했다.

백아교승과 호조난월(虎爪亂月), 첨치인피(尖齒人皮)를 연달아 펼치는 순간, 무거운 그리고 날카로운 권력이 예측하기 쉽지 않은 곡선을 그리며 우건의 요처를 집요하게 찔러왔다.

우건은 물러서며 대해인강, 일검단해로 방어했다.

탕탕탕탕!

권력과 검광이 부딪치며 불똥이 다시 튀었다.

두 사람은 그런 식으로 순식간에 30여 합을 겨루었다.

그러나 둘 다 본격적인 살초는 전개하지 못했다.

우건은 어딘가에 숨어서 이 대결을 지켜보고 있을 장린의 또 다른 제자가 신경 쓰였다. 그리고 배탁은 우건에게 있는 외가기공 파훼무공이 신경 쓰여 전력을 다해 덤비지 못했다.

우건은 팽팽한 대치를 깨기 위해 일부러 파탄을 드러내보았다. 배탁이 손병진처럼 대적 경험이 적다면 함정에 걸려들 터였다. 그러나 배탁은 우건이 던진 미끼에 걸려들지 않았다. 손병진을 없앨 때 쓴 수법을 다시 쓰기 어렵단 의미였다.

다시 10여 합이 순식간에 흘렀다.

배탁이야 대결 시간이 길어지는 데 마음 쓸 이유가 전혀 없었다.

어딘가에 숨어 지켜보고 있을 송지운이 다 차린 상에 숟가락만 올리는 상황만 아니면 시간은 오히려 배탁의 편이었다.

배탁은 추격대를 천천히 쫓아왔을 뿐이었다. 그러나 우건은 망인단 단원 수십 명을 상대하면서 한나절 가까이 도주했다. 둘 중 훨씬 더 지친 사람을 꼽으라면 당연히 우건이었다.

우건은 배탁의 공세를 받아넘기며 기파를 은밀히 퍼트렸다.

숨어 있는 장린의 다섯 번째 제자를 찾기 위해서였다.

그러나 그 다섯 번째 제자는 자신의 신형을 감추는 법을 아는 듯했다. 있는 건 분명한데 어디에 있는지는 알 수 없었다.

다시 다섯 합을 더 겨루었을 때, 우건은 승부를 끝내기로 마음먹었다. 더 이상 지체하다간 내력이 먼저 소진될 터였다.

우건은 오른손의 한상검으로 생역광음을 펼치며 왼손으로 파금장을 날렸다. 흠칫한 배탁은 뒤로 물러서며 호심낭아권으로 생역광음을 방어했다. 그러나 파금장은 맞상대할 생각을 감히 하지 못했다. 파금장이 두려워 장력은 무조건 피했다.

우건은 배탁이 파금장을 의식하도록 만든 다음, 이를 적절히 이용했다. 왼손으로 파금장을 펼치는 척하다가 태을 십사수나, 태을진천뢰를 펼쳐 배탁이 뒤로 물러서게 만들 었다.

배탁의 신경이 온통 우건의 왼손에 향해 있을 때였다.

우건은 전력을 다해 생역광음을 펼쳤다.

새하얀 검광이 폭죽처럼 폭발하며 배탁의 목덜미를 찔러 갔다.

배탁은 고개를 젖혀 피했다. 철골강피공 덕분에 살가죽 에 상처를 입지는 않았지만 머리카락은 한 움큼 잘려 떨어 졌다.

배탁이 고개를 다시 세울 때, 검광이 사라진 틈에서 강맹 한 장력이 날아들었다. 우건이 독수괴의 한세동을 처리할 때 쓴 적 있는 검광은장(劍光隱掌)이란 수법이었다. 이름처 럼 검광으로 상대의 눈을 잠시 멀게 한 다음, 은밀히 펼친 장력으로 치명상을 입히는 태을문의 비전무공 중 하나였 다.

배탁은 깜짝 놀라 옆으로 몸을 날렸다. 그가 있던 자리에 태을진천뢰의 장력이 지나가며 밭고랑처럼 고랑이 깊이 파 였다.

우건은 재차 검광은장을 펼쳤다.

이번 역시 생역광음과 태을진천뢰를 동시에 펼쳤다.

한 번 당해본 수법이어서 그런지 배탁은 처음처럼 당황

하지 않았다. 바로 태을진천뢰에 맞서 호심낭아권을 찔러 왔다.

콰앙!

태을진천뢰와 호심낭아권이 부딪치는 순간, 엄청난 폭음 과 함께 두 사람의 몸이 살짝 떠올랐다가 가라앉았다. 그만 큼 강맹하기 짝이 없는 두 무공이 정면으로 충돌한 상황이 었다.

우건은 들끓는 기혈을 진정시키며 세 번째로 검광은장을 펼쳤다. 그때, 배탁의 눈빛이 번쩍였다. 이미 우건의 의도 를 파악했다는 듯 무게중심을 뒤로 살짝 옮겨놓은 상태였 다.

이를 모르는 듯 우건은 생역광음으로 배탁의 눈을 가렸 다. 그리고 다시 한 번 좌장을 앞으로 뻗어 장력을 발출했 다. 한데 이번엔 태을진천뢰 특유의 뇌성(雷聲)이 들리지 않았다.

이번에는 태을진천뢰가 아니라, 파금장을 펼친 것이다.

두 번에 걸쳐 태을진천뢰를 보여준 다음, 세 번째는 파금 장을 발출한 것이다. 만약, 배탁이 이를 몰랐다면 호심낭아 권으로 맞상대를 하다가 주먹이 파금장에 박살이 났을 것 이다.

그러나 이미 예상한 배탁은 뒤로 훌쩍 물러나 파금장을 피했다.

한데 그때였다.

중간쯤 펼친 파금장을 급히 거두어들인 우건은 물러서는 배탁을 집요히 따라붙으며 다시 한 번 생역광음을 발출했다.

코웃음 친 배탁이 호심낭아권으로 생역광음을 막아내려는 순간, 생역광음이 갑자기 물로 씻은 듯 자취를 감췄다. 그리고 검광이 있던 곳에 파금장의 장력이 벼락처럼 튀어나왔다.

"이럴 수가!"

화들짝 놀란 배탁이 호심낭아권을 황급히 거두어들였다. 그러나 되돌리기에는 이미 너무 늦은 상황이었다.

퍼엉!

파금장이 배탁의 오른 주먹을 박살냈다. 30년 넘게 밤잠을 설쳐가며 전력으로 수련한 철골강피공이 깨지는 순간이었다.

배탁은 외공이 깨지는 고통에 절망하며 고개를 들었다.

우건이 마저 끝장내기 위해 배탁을 짓쳐오는 중이었다.

한데 무언가 이상했다.

마치 틀린 그림 찾기처럼 좀 전의 우건과 지금의 우건이 왠지 모르게 다른 느낌을 풍겼다. 배탁은 한상검이 들려 있는 손을 보고 나서야 자신이 허무하게 당한 이유를 깨달았다.

오른손으로 쥐고 있던 한상검이 어느새 우건의 왼손에가 있었다. 그리고 검법을 펼치던 오른손으로는 장력을 펼쳤다.

그동안 오른손은 검법, 왼손은 장력이란 선입견에 갇혀 있던 배탁으로서는 미치고 팔짝 뛸 노릇이 아닐 수 없었다. 우건과 같은 검도고수에게는 자주 쓰는 팔과 그렇지 않은 팔의 차이가 엄청났다. 평범한 오른손잡이가 왼손으로 밥을 먹거나, 글씨를 쓰는 데 어려움을 겪는 일과 같은 이치였다.

한데 우건은 왼손으로 오른손과 같은 위력의 검초를 전개했다. 그리고 오른손으로는 왼손에 못지않은 장력을 발출했다.

검광은장과 더불어 태을문 비전수법 중 하나인 분심교수(分心交手)였다. 분심공을 기반으로 펼치는 분심교수는 자주 쓰는 팔과 그렇지 않은 팔의 차이가 전혀 없었다. 마음먹기에 따라서는 어떤 팔로도 똑같은 무공을 똑같은 위력으로 펼칠 수 있었다. 배탁은 우건이 분심교수로 펼친 허허실실(虛虛實實)에 당해 30년 동안 익힌 외공이 깨진 것이다.

철골강피공이 박살난 배탁은 몇 차례 저항해 보았지만 소용이 없었다. 우건이 펼친 선도선무에 허리가 잘려 절명했다.

어렵게 배탁을 처리한 우건은 근처에 있는 나무 밑에 들어가 운기조식(運氣調息)으로 내력을 보충했다. 그러나 경계를 다 풀지는 않았다. 아직 나타나지 않은 장린의 다섯 번째 제자를 주시하며 언제든 반응할 수 있게 준비해 두었다.

비는 오전에 완전히 개었다. 점심 무렵엔 언제 비가 내렸냐는 듯 해가 쨍쨍했다. 운기조식을 마친 우건은 나무 밑에서 나와 싸움이 일어났던 곳을 둘러보았다. 핏자국만 군데군데 있을 뿐, 조금 전까지 널려 있던 시체가 보이지 않았다.

짐승이 먹어치우진 않았을 것이니 다른 이유로 인해 시체가 사라졌단 뜻이었다. 우건은 배탁의 시체가 있던 곳으로 걸어갔다. 흙탕물 사이로 누런 액체가 악취를 내며 흘러갔다.

화골산으로 없앤 흔적이었다.

근처에 다른 사람이 있단 뜻이었다.

우건은 단전을 완전히 개방해 기파를 멀리까지 퍼트렸다. 북쪽 바위 뒤에 날카로운 기세를 가진 고수가 숨어 있었다.

우건은 지체 없이 그쪽으로 몸을 날렸다. 장린을 처리하기 전에 최대한 많은 적을 없애야 귀찮을 일을 피할 수 있었다.

장린의 다섯 번째 제자로 추정되는 미지의 인물은 우건이 접근함과 동시에 몸을 날려 북쪽에 있는 계곡을 넘기 시작했다. 우건은 암습에 주의하며 미지의 인물을 계속 추적했다.

그렇게 두 개의 산과 한 개의 깊은 골짜기를 지나쳤을 때였다.

정면에서 빠른 속도로 달려오는 기척을 몇 개 느꼈다.

불길한 느낌을 받은 우건은 전속력으로 달려갔다.

그때, 머리카락을 산발한 사내가 따라온 누군가와 싸우는 모습이 보였다. 팔다리가 유난히 긴 사내였다. 사내는 긴 팔로 적이 휘두른 도광을 막아 낸 다음, 몸을 돌려 도망쳤다.

오래지 않아 사내의 정체가 드러났다.

그는 바로 쾌영문주 원공후였다.

부상을 입은 듯 피가 묻은 다리 한쪽을 심하게 쩔뚝거렸는데 적의 추격이 집요해 좀처럼 거리를 벌리지 못하고 있었다.

우건은 일보능천(一步凌天)으로 달려가 원공후를 도우려 했다.

한데 적의 집요한 추격에 정신이 반쯤 나가 버린 원공후는 도우러 온 우건을 적이라 착각해 곧장 쾌영산화수를 펼쳐왔다.

다행히 우건은 쾌영산화수를 잘 아는 사람 중 하나였
다.

원공후가 쾌영문의 쾌영십팔수에 혈림 림주 혈운검의 무
영은둔과 장헌상이 소유한 권각법을 더해 쾌영산화수를 만
들 때, 우건이 도움을 줬던 터라 그에게 익숙한 무공이었
다.

우건은 가볍게 받아넘기며 내력을 담아 소리쳤다.

"나요!"

그제야 정신을 차린 원공후가 깜짝 놀라 물었다.

"어, 어떻게 알고 오셨습니까?"

우건 역시 놀라긴 마찬가지였지만 지금은 원공후를 쫓아
온 묵령대를 상대하는 일이 더 시급했다. 우건은 원공후를
끌어당기며 수중의 한상검을 곧장 찔러 갔다. 새하얀 검광
이 원공후를 공격하려던 묵령대원의 가슴을 섬전처럼 찔러
갔다.

카앙!

묵령대 대원이 도를 휘둘러 막아 냈다.

그러나 생역광음의 위력이 대단해 몸을 띄운 묵령대원은
공중에서 몇 차례나 자세를 바꾼 다음에 다시 땅에 내려섰
다.

그런 묵령대원 옆으로 10여 명의 대원이 쌍둥이처럼 늘
어섰다.

우건이 묵령대원을 재차 공격하려 할 때, 원공후가 급히
말렸다.

"놈들 뒤에 무시무시한 고수가 따라오고 있습니다!"

원공후의 말에 고개를 끄덕인 우건은 공격을 포기했다.
그 대신, 원공후의 팔을 잡아 앞으로 달려가기 시작했다.
우건은 내력을 충분히 회복한 터라, 달리는 속도가 질풍 같
았다.

금세 거리를 벌린 두 사람은 어느 심산유곡(深山幽谷)에
들어가 전열을 정비했다. 우건은 원공후의 상태부터 살폈
다.

원공후는 허벅지와 등, 그리고 왼팔에 도상(刀傷)을 입었
다. 만약 우건이 나타나는 시점이 조금만 늦었어도, 원공후
는 그를 추격해 온 묵령대 대원의 칼에 목숨을 잃었을 것이
다.

치료를 마친 후에 우건이 물었다.

"어떻게 된 일이오?"

한숨 놓은 원공후는 그 간에 있었던 일을 빠르게 설명했
다.

제자들과 헤어진 원공후는 놈들의 주의를 끌기 위해 기
습과 도주를 번갈아 했다. 그러나 애초에 그럴 필요가 없었
다. 적의 목표는 처음부터 우건도, 쾌영문의 제자들도 아니
었다.

원공후 본인이었다.

한데 묵령대를 이끄는 장린의 실력은 예상을 훨씬 뛰어넘는 바가 있었다. 웬만해선 약한 소리를 않는 원공후였지만 몇 합을 채 겨뤄보기 전에 그보다 하수임을 인정하고 도망쳤다. 그렇게 한나절 넘게 쫓기는 동안 숱한 고비를 겪었지만, 한때 천하삼대도둑의 한 명으로 명성을 날렸을 만큼 도망치는 데 일가견이 있는 덕분에 목숨을 건질 수 있었다.

우건이 미간을 찌푸리며 물었다.

"그가 왜 문주는 쫓는지 아시오?"

원공후가 한숨을 내쉬며 고개를 저었다.

"모르겠습니다."

이번에는 원공후가 물었다.

"한데 제가 쫓기고 있단 건 어찌 아셨습니까?"

"나도 몰랐소."

"그럼 중간에 마주친 게 우연이었다는 말입니까?"

"우연 역시 아니었소."

원공후가 황당해하며 물었다.

"그럼 대체 어떻게 아셨던 겁니까?"

"그 이유는 나중에 밝혀질 거요. 그보다는 우선 놈을 처리할 방법이나 찾아봅시다. 이왕 망인단을 없애기로 한 이상, 단주인 장린까지 없애야 제대로 없앴다고 할 수 있지 않겠소?"

두 사람은 작전을 상의한 후에 골짜기를 나왔다.

묵령대 30명은 흩어져서 두 사람의 위치를 추적 중이었다. 장린의 모습은 아직 보이지 않았지만 근처에 있을 터였다.

우건은 묵령대원이 지키는 길목을 월광보로 빠져나오며 하늘을 힐끔 보았다. 어느새 하루가 다 지난 듯 서쪽 하늘이 노을에 붉게 물들어 있었다. 오전에 내린 비로 축축해진 풀숲을 막 통과했을 때, 작은 공터가 보였다. 그리고 공터 안에 말라죽은 나무가 벤치처럼 쓰러져 있었는데 그 위에 장린이 앉아 있었다. 장린은 눈을 반개한 자세에서 굳은살이 잔뜩 박인 두꺼운 손가락으로 검은색 도신을 천천히 두들겼다.

장린이 보여주는 행동은 의미를 정확히 알기 어려웠다.

아니, 헷갈린다는 표현이 더 맞았다.

묵령대가 우건과 원공후를 찾아내기를 기다리며 잠시 쉬는 중인지, 아니면 우건과 원공후가 그를 곧 찾아올 것임을 예상하고 기다리는 중인지 정확히 판단을 내리기가 어려웠다.

후자라면 그만큼 자신이 있다는 뜻일 것이다.

우건은 나무 뒤에 숨어 잠시 기다렸다.

"이쪽이다!"

묵령대원으로 보이는 사내의 외침이 가까이서 들려왔다.

원공후가 작전대로 묵령대원을 다른 곳으로 유인한 모양이었다.

우건은 고개를 돌려 장린을 보았다.

장린은 그 자세 그대로 죽은 나무 위에 걸터앉아 있었다. 다만, 도신을 두드리던 손가락의 속도가 조금 빨라진 듯 보였다.

우건은 나무 뒤에서 나와 장린에게 걸어갔다.

눈을 뜬 장린은 그럴 줄 알았다는 듯 고개를 끄덕이며 일어섰다. 가까이서 보니 원공후가 무시무시하단 표현을 쓴 이유를 알 것 같았다. 장린은 완벽한 칼을 연상시켰다. 그것도 날을 아주 잘 갈아놓은 명도 한 자루를 보는 느낌이었다.

장린은 우건을 슬쩍 본 후에 고개를 돌려 주변을 확인했다.

잠시 실망한 듯 미간을 찌푸린 장린이 묵직한 저음으로 물었다.

"그 원숭이 놈은 같이 오지 않은 건가?"

우건은 잠시 귀를 기울여보았다.

원공후를 쫓는 묵령대원의 외침이 점점 먼 곳에서 들려왔다.

우건은 고개를 끄덕였다.

"그렇소. 나 혼자 왔소."

장린이 먹물을 발라놓은 것처럼 시커먼 칼을 슬쩍 흔들었다.

"일을 두 번 하게 만드는군."

말을 마친 장린은 오른발을 들었다가 다시 힘 있게 내딛었다.

쿵!

강렬한 진각(震脚)이었다.

우건은 곧장 몸을 날려 피했다.

그 순간, 우건이 있던 자리가 폭발하며 흙이 비산했다. 비산하는 흙 속에 진각으로 발출한 날카로운 암경(暗勁)이 숨어 있어 재빨리 피하지 않았으면 두 다리가 부러졌을 터였다.

쉬이익!

공중으로 몸을 날린 우건은 세찬 파공음을 듣기 무섭게 상체를 크게 비틀었다. 머리 옆으로 먹물을 칠한 것처럼 새카만 도광이 지나갔다. 진각으로 선공을 가한 장린이 어느새 3, 4미터 앞까지 전진해 날카로운 일격을 선사한 것이다.

우건은 공중에 뜬 상태에서 천지검의 절초를 연이어 퍼부었다.

캉캉캉!

장린은 칼을 연거푸 휘둘러 우건의 공격을 가볍게 받아냈다.

그 틈에 바닥에 내려선 우건은 한상검을 연속 세 번 찔러 갔다. 검봉이 상체의 대혈 열여섯 개를 거의 동시에 노려갔다.

"좋구나!"

소리친 장린이 제자리에서 빙글 돌며 칼을 옆으로 휘둘렀다.

카아앙!

시커먼 도광이 한상검의 옆면을 강하게 때렸다.

우건은 손아귀를 빠져나가려는 한상검을 황급히 붙잡은 다음, 뒤로 여섯 걸음 후퇴했다. 내력에선 장린이 한 수 위였다.

장린은 물러나는 우건을 쫓아와 도를 내려쳤다.

시커먼 도광이 짐승의 발톱처럼 우건의 어깨를 갈라 왔다. 우건은 금리도천파의 수법으로 빠져나가며 대해인강을 펼쳤다.

카아앙!

쇳소리가 울리는 순간, 우건은 정신없이 세 걸음을 물러섰다. 반면, 장린은 끄떡없다는 듯 그 자리에서 공격을 이어갔다.

장린은 묵령심애도의 삼두육비(三頭六臂)초식으로 공격해 왔다.

시커먼 도광이 아홉 개로 찢어진 다음, 채찍처럼 휘어져 우건의 전신을 베어 왔다. 우건은 섬영보로 물러서며 생역광음을 아홉 번 연속 펼쳤다. 도광과 검광이 부딪칠 때마다 주변에 자란 풀과 관목이 뿌리째 뽑혀 공중으로 날아올랐다.

장린은 다시 전진하며 칼을 옆으로 휘둘렀다.

묵령심애도의 장편결영(長鞭結影)이란 초식이었는데, 길게 늘어진 도광이 채찍처럼 춤을 추며 우건의 다리를 감아왔다.

우건은 비응보로 솟구쳐 피했다.

장린은 그럴 줄 알았다는 듯 따라 솟구치며 묵령심애도의 후반 삼초식 가운데 하나인 현월현천(弦月縣天)을 전개했다.

초승달 모양의 도광 수십 개가 우건의 하체를 쓸어 갔다.

우건은 금선탈각(金蟬脫殼)의 수법으로 피하며 장린의 허리를 찔러 갔다. 천지검의 절초 유성추월이었다. 유성추월을 피해 천근추로 지상에 내려선 장린이 아직 공중에 떠 있는 우건을 향해 후반 삼초식 중 두 번째 초식인 거경분수(巨鯨噴水)를 펼치자 어른 허리 굵기의 도광이 우건을 덮쳤다.

우건은 피할 방법이 없어 대해인강으로 막았다.

콰아앙!

굉음이 울리는 순간, 우건은 끈 떨어진 연처럼 뒤로 날아갔다.

장린은 놓치지 않겠다는 듯 재빠른 신법으로 따라붙어 수중의 도를 힘차게 휘둘렀다. 시커먼 도광 수십 가닥이 줄기차게 뻗어 나와 우건의 전신을 갈랐다. 묵령심애도 후반 삼초식 중 마지막 초식에 해당하는 묵령거신(墨靈鋸神)이었다.

파파팟!

우건의 옷이 찢어지며 핏물이 사방으로 튀었다. 마치 아마존에 사는 피라니아 떼에게 생고기를 던져준 듯한 광경이었다.

우건은 거인이 손으로 움켜쥐었다가 바닥에 내팽개친 것처럼 바닥에 떨어졌다. 그리고 아이가 물수제비를 뜰 때처럼 바닥을 몇 차례 튕긴 후에야 간신히 신형을 멈춰 세웠다.

장린은 우건이 일어설 시간을 주지 않았다. 검은 수리처럼 양팔을 뻗은 자세로 날아오른 장린이 우건이 쓰러진 곳에 도를 내리쳤다. 수십 개의 도광이 유성처럼 떨어져 내렸다.

콰콰콰쾅!

엄청난 폭음과 함께 땅이 3미터 가까이 파였다. 마치 포탄이 떨어진 듯한 광경이었다. 장린은 흡족한 표정을 지으며 가볍게 내려섰다. 오른손에 쥔 애도(愛刀)는 피를 더 달라는 듯 도신을 부르르 떨었지만 지금까지 묵령심애도 최강 초식이라 불리는 천붕지열(天崩地裂)을 버텨 낸 적은 없었다.

장린은 좌장을 휘둘러 하늘을 뒤덮은 먼지를 걷어 냈다.

잠시 후, 원뿔을 거꾸로 박아 넣은 듯한 구덩이 속에서 혈인 하나가 천천히 기어 올라왔다. 입은 옷은 이미 너덜너덜해져 넝마와 다름없었다. 또, 온몸의 살은 마치 예리한 톱으로 정성들여 톱질한 것처럼 갈라져 있었다. 그리고 갈라진 살 밑에선 굵은 핏방울이 주렴(珠簾)의 구슬처럼 떨어졌다.

장린은 동물원에 처음 간 사람처럼 신기하다는 듯 쳐다보았다.

"그 몸으로 살아 있다니 맷집이 대단하군."

우건은 자신의 피로 흠뻑 젖은 한상검을 살짝 흔들었다.

검신에 흐르는 핏물이 수증기로 변해 흩어졌다.

"당신은 내가 구덩이에서 올라올 때를 노려 손을 썼어야 했소."

장린은 고개를 살짝 저었다.

"내가 보기엔 그때 손을 쓰나, 지금 쓰나 차이가 없을 듯한데."

우건은 담담한 목소리로 대꾸했다.

"지금부터 그 말이 틀렸다는 것을 가르쳐 주겠소."

말을 마친 우건은 바로 섬영보로 거리를 좁히며 생역광음을 찔러 갔다. 장린은 이미 본 초식이라는 듯 여유롭게 막았다.

그러나 생역광음은 도중에 대해인강으로 변했다.

장린은 묵령심애도의 방어초식 중 하나인 철중쟁쟁(鐵中錚錚)으로 대해인강을 막았다. 그러나 대해인강은 다시 일검단해로 바뀌었다. 장린은 칼을 거두며 옆으로 몸을 날렸다.

촤아악!

장린이 피한 자리에 일검단해가 떨어지며 밭고랑처럼 깊은 골이 생겼다. 우건은 섬영보로 장린을 쫓아가며 선도선무, 유성추월, 성하만상 세 초식을 숨 돌릴 틈 없이 전개했다.

장린은 광룡포효(狂龍咆哮), 인심막측(人心莫測), 만사동행(萬蛇東行)으로 각각 막았다. 도광과 검광 수십 가닥이 붙었다가 떨어지기를 반복했다. 장린은 여전히 여유가 넘쳤지만 우건의 얼굴은 과다출혈로 인해 핏기가 사라져 있었다.

그러나 손만은 절대 멈추지 않았다.

한상검이 마치 용트림을 하듯 새하얀 검광 다발을 쏟아냈다.

장린에게 현월현천, 거경분수, 묵령거신으로 이어지는

강력한 삼초식이 있듯 천지검에도 강력한 연환초식이 존재
했다.

우건은 오른발을 앞으로 크게 내딛으며 한상검을 쭉 찔
러 갔다.

그 순간, 검봉에서 막대한 암경(暗勁)이 뻗어 나가 장린
의 신형을 뒤로 밀어냈다. 천지검 심뢰오식(心雷五式)의 첫
번째 초식 선인지광(仙人指光)이었다. 장린은 황급히 현월
현천을 펼쳐 같이 밀었으나 선인지광 쪽이 좀 더 정묘했다.

한데 선인지광은 밀어내는 초식, 즉 배결(排訣)에 해당했
다.

장린의 신형이 뒤에서 누가 갑자기 목덜미를 확 잡아당
긴 것처럼 홱 젖혀졌다. 밀어내는 힘이 엄청나 장린의 두
발이 허공으로 떠올랐다. 사람은 당연히 두 발로 땅을 단단
히 딛고 서 있을 때가 가장 안정적이었다. 그런 이유로 두
발이 허공에 뜬 지금은 균형을 일시적으로 상실한 상태였
다.

우건은 그 틈에 왼발을 끌어당겨 오른발과 나란히 만들
었다. 그리고는 한상검의 자루를 안쪽으로 재빨리 끌어당
겼다.

장린은 마치 낚싯바늘에 걸린 물고기처럼 우건 쪽으로
딸려 왔다. 심뢰오식의 두 번째 초식이며 흡결(吸訣)에 해
당하는 조옹조락(釣翁釣樂)이었다. 장린은 천근추로 딸려

가는 신형을 멈춰 세우려 했지만 힘이 워낙 강해 통하지 않았다.

장린은 하는 수 없이 묵령심애도의 절초 거경분수로 조옹조락에 대항했다. 과연 묵령심애도의 명성은 허언이 아니라는 듯, 딸려 가던 신형이 멈췄다. 그러나 이 역시 심뢰오식이 노리는 바 중 하나였다. 딸려 가던 신형을 멈추기 위해 힘을 과도하게 준 탓에 장린의 신형이 뒤로 홱 젖혀졌다.

심뢰오식에 차력타력(借力打力)으로 상대의 힘이나 자세를 역이용해 공격하는 고도의 심리전이 숨어 있었기 때문이었다.

그때, 두 발을 나란히 모은 우건이 그대로 도약하며 한상검과 함께 장린의 가슴을 곧장 찔러 갔다. 천지검의 최강 초식인 천지합일이었다. 심상치 않은 기운을 감지한 장린은 황급히 묵령심애도의 최강 초식인 천붕지열로 맞부딪쳐 갔다.

그러나 천지합일은 태을문 천여 년의 역사가 고스란히 녹아 있는 검초였다. 천붕지열로 막아 내기에는 너무나 강력했다.

천붕지열이 쏟아 낸 수십 개의 도광이 대나무가 쪼개지듯 힘없이 쪼개졌다. 장린은 한상검과 함께 짓쳐오는 우건을 보며 물러섰다. 한데 물러서는 속도가 엄청났다. 누가

줄로 묶어 잡아당기는 것처럼 순식간에 10여 미터를 퇴각
했다.

천지합일로 장린을 쫓아가던 우건은 내력이 점점 끊기는
느낌을 받았다. 정상적인 상태라면 장린이 어디에 있든 크게
상관없었다. 그러나 지금은 시간이 지날수록, 그리고 장린과
의 거리가 멀어질수록 점점 힘에 부치는 느낌을 받았다.

그러나 우건의 공세는 아직 끝난 게 아니었다.

천지합일은 심뢰오식의 세 번째 초식일 뿐이었다.

우건은 남은 내력을 전부 쥐어짜내 한상검을 앞으로 던
졌다.

천지검의 구명절초 비검만리였다.

우건의 손을 벗어난 한상검이 장린의 심장으로 쏘아져
갔다.

장린의 눈이 처음으로 커졌다.

"이, 이기어검(以氣御劍)?"

이기어검은 내력으로 검을 조종하는, 그야말로 신의 경
지였다.

감히 막을 생각을 못한 장린은 황급히 옆으로 피했다.

한데 한상검은 그런 장린을 쫓아가지 못하고 계속 직선
으로 날아갔다. 이기어검이라면 옆으로 피한 장린을 쫓아
갔을 것이기에 화등잔만 해졌던 장린의 눈이 원래대로 돌
아왔다.

"감히 어디서 얄팍한 속임수를!"

분노한 장린은 즉시 묵령심애도의 절초로 한상검에 맞서 갔다.

그때였다.

묵령심애도로 발출한 도광이 한상검과 맞닥뜨리는 순간.

퍼어엉!

한상검이 폭발하며 수천 개의 날카로운 파편이 사방으로 날았다. 장린은 급한 대로 묵령심애도의 방어 초식을 펼쳤다.

장린이 평생 수련한 내력을 이번 한 수에 다 쏟아부은 듯 빗방울이 파고들 틈이 보이지 않을 만큼 엄밀한 방어막이었다.

그러나 날카로운 경력이 파편 하나하나를 감싸고 있는 탓에 묵령심애도로 만든 방어막은 걸레처럼 갈기갈기 찢어졌다.

더욱이 평범한 칼이나, 장검으로 펼친 성구폭작이 아니었다. 우건이 오금의 정화를 캐다가 본신 진력으로 연마한 보검이었다. 그 파편의 날카로움은 다른 검에 비할 바 아니었다.

장린은 방어막에 금이 가는 모습을 보며 뒤로 물러섰다.

거리를 최대한 벌려 피해를 최소할 생각이었다.

예상대로 10여 미터를 벗어났을 때는 파편이 지닌 위력이 처음보다 현격하게 약해 져있었다. 그리고 장린이 외가기공인 철골강피공을 익힌 덕분에 피육이 긁히는 선에서 끝났다.

선인지광, 조옹조락, 천지합일, 비검만리, 성구폭작으로 이어지는 필살수법 심뢰오식이 결국 실패로 돌아가는 순간이었다.

장린은 방금 전 우건이 보인 가공할 신위가 죽어가는 사람이 마지막에 잠깐 기력을 되찾는 회광반조(廻光反照)임을 알았다. 한데 결국 그 수법까지 실패로 돌아간 상황이었다. 우건의 목을 치는 일이 식은 죽 먹기보다 쉽단 뜻이었다.

한상검의 파편이 사라지며 정경이 다시 드러났을 때였다. 사각에서 흐릿한 그림자 하나가 빠르게 모습을 갖추어갔다.

아차 싶은 장린은 칼을 휘두를 틈이 없어 급한 대로 호심낭아권을 뿌려갔다. 그 순간, 신형을 완전히 갖춘 우건의 우장과 장린이 좌권으로 펼친 호심낭아권이 정면으로 충돌했다.

콰직!

우건의 파금장이 장린의 왼팔을 부러트렸다.

우건은 한 발 더 들어갔다. 그리고 팔이 부러진 탓에

무방비나 다름없는 장린의 옆구리에 강력한 파금장을 재차 뿌렸다.

퍼엉!

장린의 상체가 크게 들썩였다.

코피를 뿜은 장린이 옆으로 밀려나며 오른손에 쥔 칼을 휘둘렀다. 날카로운 칼날이 우건의 등줄기를 가르며 지나갔다.

우건의 등 뒤에서 핏물이 물결처럼 튀어 올랐다.

우건은 담담한 표정으로 한 발 더 전진하며 우장을 뻗었다.

쿠르릉!

벼락이 치는 듯한 굉음과 함께 장린의 몸이 그대로 떠올랐다.

태을진천뢰에 옆구리를 제대로 맞은 장린은 공중에 뜬 상태에서 내장 조각이 섞인 피분수를 양동이를 채울 만큼 토했다.

쿠웅!

4, 5미터를 날아간 장린은 참나무 밑줄기에 부딪친 후에야 바닥으로 떨어졌다. 피가 묻은 손으로 나무를 의지해 간신히 일어선 장린은 다시 한 번 시커멓게 죽은피를 토했다. 한데 그 와중에도 오른손의 칼은 끝까지 놓지 않고 있었다.

장린은 파금장에 철골강피공이 박살난 상태에서 다시 태을진천뢰에 맞아 오장육부가 크게 상한 상황이었다. 얼른 내상부터 치료하지 않으면 후유증이 영원히 남는 상태였다.

　물론, 우건의 몸 상태가 정상이었으면 태을진천뢰에 맞는 순간, 오장육부가 다 녹아 이 세상 사람이 아니었을 것이다.

　어쨌든 목숨을 건진 장린은 우건과 대결을 시작한 후, 거의 처음으로 두려움이 가득한 시선으로 주변을 빠르게 훑었다.

　우건은 태을진천뢰를 펼쳤던 장소에 힘없이 서 있었다. 세 살 먹은 어린아이가 툭 밀어도 쓰러질 만큼 심각해 보였다.

　단전을 박박 긁어모은 내력을 태을진천뢰에 다 쏟아부은 듯 손가락 하나 까딱할 수 없는 상태였다. 그렇다면 거동이 가능한 장린의 승리였다. 장린은 걸을 수 있었다. 그리고 칼을 휘두를 수 있었다. 빈사상태의 우건과는 차원이 달랐다.

　장린은 잠시 고민했다.

　현재 그의 가슴 속에는 영단이 들어 있었다. 회주가 수뇌부에게 나누어 준 영단으로 몸 상태를 예전으로 돌리진 못하더라도 최소한 지금보다 상태를 좋아지게 만들 수는 있었다.

한데 살아 있는 적을 눈앞에 둔 상태에서 영단을 복용하는 일이 왠지 꺼림칙했다. 장린은 급히 묵령대원을 찾아보았다.

묵령대원이 돌아와 빈사상태에 놓인 우건을 죽이거나, 마혈을 짚어 제압한 다음 호법을 서주면 문제될 게 전혀 없었다.

한데 개똥도 약에 쓰려면 없다는 속담처럼 묵령대원이 눈에 띄지 않았다. 서른 명이나 되는 묵령대원들이 모두 원숭이 놈의 유인계에 당한 듯 주변이 쥐 죽은 듯 조용했다.

우건과 장린의 대결은 그야말로 경천동지(驚天動地)라는 말이 부족할 만큼 대단해 묵령대가 모르려야 모를 수가 없었다.

장린은 불안감이 엄습했지만 일단 우건부터 없애놓고 대처해야겠다는 생각이 들었다. 빈사건, 뭐건 살아 있는 적을 눈앞에 둔 상태에서 영단을 복용할 수는 없는 일이었다. 영단을 복용하면 약효를 제대로 흡수하기 위해 타좌공(打坐功)을 해야 하는데, 혹시라도 그때 우건이 정신을 차리면 눈 뜨고 코를 베이는 게 아니라 머리를 잘라줘야 할 판이었다.

결정을 내린 장린은 칼을 지팡이처럼 이용하며 죽은 듯이 서 있는 우건에게 걸어갔다. 우건의 몸 상태는 그야말로 최악이었다. 묵령심애도의 최강 절초로 꼽히는 현월현천,

거경분수, 천붕지열 세 초식에 당해 온 전신이 찢어진 상태
였다.

우건이 구덩이에서 기어 올라온 것 자체가 기적이나 마
찬가지였다.

그런 상태에서 내력의 소모가 막심한 최강 수법을 연달
아 펼치는 바람에 단전의 내력이 가뭄처럼 말라 버린 상황
이었다.

마지막에는 등허리에 중상까지 입었다.

장린은 우건이 저런 상태로 살아 있는 게 신기했다.

아니, 저런 상태로 죽지 않고 서 있는 게 신기했다.

그러나 그런 기적도 이제는 마지막을 고하기 직전이었
다. 장린은 가벼운 손짓 한 번으로 우건의 수급을 취할 수
있었다.

우건 앞에 도착한 장린이 칼을 높이 들어 올렸다.

시커먼 도신이 서늘한 묵광(墨光)을 뿜어냈다.

장린이 들어 올린 칼로 우건의 목을 내려치려는 순간.

감겨 있던 우건의 두 눈이 번쩍 뜨였다.

깜짝 놀란 장린이 손을 멈칫할 때였다.

쉬이익!

장도 하나가 뒤에서 날아와 장린의 심장을 정확히 관통
했다.

댕그랑!

칼을 떨어트린 장린이 고개를 돌렸다.

다섯 번째 제자 송지운이 복잡한 표정으로 그를 보고 있었다.

〈5권에 계속〉